西鶴を読む

中村稔
Nakamura Minoru

青土社

西鶴を読む　目次

西鶴を読む

はじめに

一．本書で採りあげた井原西鶴の作品の引用は次に示す版によった。
1 「万の文反古」『新日本古典文学大系』第七十七巻（岩波書店刊）所収版
2 「武道伝来記」右同
3 「武家義理物語」岩波文庫版
4 「本朝二十不孝」前掲『新日本古典文学大系』第七十六巻所収版
5 「好色一代男」『日本古典文学大系』第四十七巻「西鶴集　上」（岩波書店刊）所収版
6 「好色五人女」右同
7 「世間胸算用」前掲『日本古典文学大系』第四十八巻「西鶴集　下」所収版
8 「日本永代蔵」右同

右を以下、本文でも「原典」という。

原典の引用にさいし、表記を次の原則にしたがい改めた。

一、原典中、一部の漢字（たとえば「是」を「これ」のように）を平仮名に、一部の平仮名（たとえば「仏のゑん」を「仏の縁」のように）を漢字に改めた。
一、難解な語は原典の注、各種の古語辞典等を参照して、その意味を本文中にくみいれて示した。
一、原典中の現在用いられていない漢字（たとえば「娌《よめ》」）を現在普通に用いられている漢字（たとえば「嫁」）に改めた。
一、原典の「〻」「ゝ」などの繰り返し符号は「々」と、「いろ〳〵」の「〳〵」のような繰り返し符号は「いろいろ」と改め、できるだけ繰り返し符号は使用しないこととした。
一、原典中、岩波文庫版は、おおむね現在読点で示す符号を句点で、句点で示す符号は読点で示しているように見え、その他の原典でも若干現在の句読点のふり方と異なるものが見受けられた。そこでこれらは明治二十年代に確立したといわれる現在の慣行の句読点に改めた。また、原典にない読点も多く加えた。
一、原典の仮名遣いは歴史的仮名遣いでもなく、表音式でもなく、西鶴独特あるいは同時代に特有の仮名遣いのように思われるが、必ずしも統一的ではないので、おおむね歴史的仮名遣いに統一し、歴史的仮名遣いでは読みにくいと思われる一部は現代仮名遣いに改めた。ただし、原典のままにした箇所も少くない。
一、原典のルビは大幅に削り、若干のルビを付加した。ルビの仮名遣いについては前項と同様に処理した。ただし、たとえば、「黄泉」の読みは正しくは「くわうせん」であるが、このルビを「こうせん」と改めるように、若干は読みやすいように改めた。

一．送り仮名は現代仮名遣いの送り仮名の付け方を基準としたが、これもすべて、そのように改めたわけではない。

一．原典で行かえになっていない文章も、相当箇所で行かえした。

一．漢字は原則としてすべて新字とした。

以上、すべて読みやすさを目的として表記を改めたものであって、表記以外は原典を改めていない。また、右は原則であって、例外がないわけではない。

『万の文反古』

1

『万《よろづ》の文反古《ふみほうぐ》』に西鶴が稀有の人間通であること、世間通であること、書簡体文章の自在、筆致のこまやかさなどを知り、私は西鶴の才能に圧倒される思いであった。

『万の文反古』は全五巻十四話から成る。一方から他方に宛てた書簡体短篇であり、原典では各書簡の末尾に誰から誰に宛てたものであるかを明らかにし、あわせて西鶴の所感を記しているが、本稿では、読者の便宜のため、冒頭に、どういう人物からどういう人物に宛てた書簡であるか、また、どういう用件か、なども記すことにした。

2

巻一の第一話「世帯の大事は正月仕舞」から読みはじめる。これは播州に商用で赴いた親から大坂で商業を営む息子に宛てた書簡である。

「十二月九日の書中（書状）、伊勢屋十左衛門舟《ふね》、十二日にくだり着き受取申し候。一家無事にて、大方節季仕舞（年末の総勘定）いたされ候由、満足申し候。爰元《ここもと》（播州）商ひ物は残らず売り申し候へども、当年（本年）は俄かに米（米価）下《さ》がり申し候故、侍衆（武士の方々）めつきりと手づまり（窮迫）申され、一円（まったく）掛（掛売の代金）寄り（回収）申さず、難儀仕《つかまつ》り候。この体《てい》（状況）ならば、我等は此方《こなた》（播州）に越年（新年を迎える）いたし候。その心得に（そう心得て）、その方万事しまひ申さるべく（始末なさるよう）候。

先《まづ》七兵衛（手代の名）を上《のぼ》せ（大坂へ帰し）申し候。三番と書付《かきつけ》の箱に銀子《ぎんす》御座候。目録見合はせ（目録と照合し）、違ひなきやうに払ひ申さるべく候。屋賃（借家の家賃）は、霜月・師走両月は断《ことは》り申し（十一、十二月二ヶ月分はことわり）、七月より四ヶ月、百八十目（四ヶ月分百八十匁、一ヶ月当り四十五匁）お渡しあるべく候。」

七月からの家賃、半年分を滞納していたので、その中四ヶ月分だけ支払って、残余二ヶ月分は延期してもらうよう、との指示。苦しい経済状態が分る。

「米屋へ金子《きんす》三両内上《うちあ》げにして（内金として支払い）、算用（決算）は、追つつけ年内に我等上《のぼ》る（大坂へ戻る）分にして、年取物《としとりもの》（正月用の米）三俵、成程（できるだけ）加賀の上々（最上等の加賀米、当時加賀米は値が安い下等米であった）お取り、内一俵は、新米中白《ちゅうじろ》ふませ（中程度に杵を足でふんで精米したもの）、外に餅米三斗お取りあるべし。定めて（きっと）女房ども、「五斗」と申し候とも、必ず無用にいたされ（やめになされ）、毎年の嘉例違《か》へて、二十九日（通例の二十六、七日でなく）の夜更けてつき申し候がよく候。

お亀・おひさ娘ども、もまた（もはや）餅花（小さな丸い餅を柳の枝などにつけた正月の飾り物）喜ぶ時分《じぶん》（年頃）にはあらず候。長四郎が方へ破魔弓参り申し候とも（届いても）、祖母《ばば》（妻の母親、娘の嫁ぎ先の孫に実家から贈物をする風習があり、それに返礼をする必要がある。ここでは返礼しないですますため破魔弓を返すようにする趣旨）に断り申し、返し候やうに談合（話し合い）いたさるべし。正月着《き》る物（正月の晴れ着）の事、今年は娘等には春の事にいたすべく候。長四郎には、先日も申し遣はし候通りに、我等浅黄小紋の羽織を、何茶になりとも（浅黄は薄い藍色なので、適当な茶色に染めかえしできるので、染めかえし）目を引き、袖下《した》はともつぎにして（ともぎれでつぎたし）着せ申さるべく候。帯は、われら首巻三つ割に継延《つぎのべ》、二重回りにゆるりとなるべく候。その方も我等花色紬（薄い藍色の紬）を着て、元日の礼をつとめ、毎年の手帳を見合はせ、旦那場失念なくまはり（得意先をぬかりなく廻り）、いつも金杓子（年玉用の杓子）遣ひ申し候方へ、柱暦《はしらごよみ》に仕替へ申さるべく候。二本入《いり》の扇遣ひ候方へ、安筆《やすふで》一対づつにいたさるべし。町内へ例年塗箸二膳づつ年玉つかひ候へども、これも門々多し、無用に仕《つかまつ》るべく候。今までやりつけたる門なれば、夜の明けぬうちに、足許早く戸を叩きて、名《な》云ひ捨てに（年玉なしに名乗るだけで）礼を仕舞申さるべし（済ませなさい）。たとへ安くとも、鰤《ぶり》無用にいたし（正月用に鰤が珍重された）、大目黒（大鮪）

一本、塩鯛二枚で埒明け申さるべし。

さて、下女どもが仕着せも、皆紋なし浅黄か千種《ちぐさ》色（空色）かにして、袷《あはせ》に仕立て申さるべく候。玄幸《げんこう》様への薬代、八幡牛蒡三把に銭五百添へて、親仁《おやぢ》留守の由を申し、夜持たしてやり申さるべく候。大津屋へ六十匁、りんとかけて（一厘の相違もなく）利銀相渡し、「正月の末には元利共に相済まし申すべし」と、慥《たし》かに請合ひ、段々（順々に）断り申さるべし。「家主へ、五人組へ付け届け申す」と、かさだかに（居丈高に）云ふとも、怖ひ事はなく候。又、堺筋から椀・折敷《をしき》（膳）の銀《かね》取りに参り申し候時、「九月前の算用（九月九日、重陽の節句前の収支決算）に違ひあり。その時の若衆をおこしやれ（寄こしください）。今一度帳面を見合せ（照合し）、相済まし申すべし」と、成程結構に（できるだけ丁寧に）断り申し置くべし。その手代江戸へ下《くだ》り、この方《ほう》居申さず、この節季は延ばし申し候。惣じての払ひ前に、一軒も渡し申し候事、無用に候。大晦日の四つ過ぎ（現在の午後九時半過ぎ）に、百匁の所へ二十五匁づつ割《わり》つけ、「惣並みに（すべて平等に）この通り」と物やはらかに、その相手次第に言葉をさげ（言葉を丁寧に）申さるべし。人に鬼は無く候。燈火《ともしび》一つにして、茶釜下を焼《た》かずに、下々（奉公人たち）寝させて、その方一人居て払ひ申さるべく候。必ず、必ず我等がやうに、宿を出違ひ申されまじく候（借金取り逃れのために家を留守にすることはしないように）。「何事も親仁《おやぢ》のいたされやう悪しく（父親のやり方が悪く）、各々様（皆様）へ足をひかせます（足を運ばせます）」と、我事《わがこと》（自分のこと、父親）さんざんに叱り申す程、首尾よく候（よい結果となります）。

はた又、信国《のぶくに》の小脇差、右に（これに）、砥屋《とぎ》杢兵衛、金子《きんす》二両二歩までにつけ申し候。これは、元来正銘（本物）には極《きは》まり申さず候。頼みて売り払ひ、仕舞金《がね》（年末の借金払い）のたより（たのみ）にいたさるべし。さまざまに分別仕《つかまつ》り見申し候へども、四十四五貫目足り申さず候。まだも（まだしも）人の気のつかぬうちに覚悟して、播州のよき所にて、四五人暮す程の田地《でんち》をもとめ置き申す心得（心づもり）に候。何時をしれぬ事（いつ倒産となるか分らぬこと）に候。女房ども親仁《おやぢ》より借り申し候銀子さし引して（こちらからの貸金と相殺して）、借り道具も戻し申さるべし。

かやうの内証申す事、親子の仲にても良き事聞かせ申す様にはあらず。近頃迷惑（はなはだ困惑）ながら、二十九年このかたの勘定いたし見申し候へば、随分儲けも御座候。四百三十九貫目（「貫目」は「貫」に同じ）と見え申し候。然れども、銀《かね》の利（利息）ばかり三百十四貫六百匁余出《い》だし、又、掛（掛売代金）のすたり（ふみ倒し）三十七貫目余り、この外、目に見えての買損（買値以下で売ることとなった損）、米ばかりにて八十四五貫目、その上、十九貫目、親仁の譲り借銭（父親からひきついだ借金）済ます。根に持たぬ銀《かね》を借り集め、人の手代をいたし候事、口惜しく候（自分の金を持たず、他人の金を借りて商売に励み、結局金貸しの手代と同じく、金主のために働いたことは残念でならない）。

この上ながら、我等思案仕《つかまつ》る事候。何とぞ何とぞ今年ばかりの節季（大晦日の始末）、苦労ながらしのぎ申さるべし。正月中頃には罷上《まかりのぼ》り（大坂へ参り）、内談（相談）申すべく候。何にても勝手の物（台所用の物には）、一銭も御出し候事あるまじく候。さりながら、焼木《たきぎ》（薪）は樫の枯れ物を、二十掛《かけ》ばかり借り上げ申さるべし。この外は、蓬莱の海老も無用に候。

極月十八日

同　藤四郎」

この書簡について西鶴は次のとおり付記している。

「この文の子細を考見《かんが》るに、親は播州の内へ商ひに行きて、子が方へ、節季の仕舞をこまかに云ひ越すと見えたり。尤も、売人（商人）は皆才覚の世渡りながら、これ、就中、切なき手まはし（苦しい金銭のやりくり）、借銀《かりがね》故次第に手づまりたる事にぞ。これを思ふに、人の内証（経済的状況）は大からくりなり。」

借家住まいの小商人の年越しの苦労が、事こまかに、目に見えるように描かれている。この商人が律義に一所懸命に労をいとわず三十年近く働いてきた、と見えるだけに、彼ら親子の境涯の哀れが身につまされる思いがある。

そのことだけでなく、これだけの境遇を思いやることのできる西鶴の想像力の豊かさ、如実に彼らの哀れさを描きだしている西鶴の筆力の逞しさにはただ舌を捲くばかり、という感がつよい。

なお、西鶴の付言の末尾に「人の内証は大からくり」の「大からくり」を原典の脚注は「からくり仕掛けでごまかしているようなもの」と注しているが、「ごまかし」という意があるわけではあるまい。文字通りに解せば「からくり」は「やりくり」という意ではないか。ただ、「商人の経済的内情はごまかし」だと解すれば、「ごまかし」には違いない。

2

巻一の第三話「百三十里の所を十匁の無心」もそぞろ哀れを催す話である。江戸で身を立てようと江戸へ下ったものの江戸での生活に行詰った弟から、これも零落した大坂の兄に、大坂の土になりたいから路銀を貸してほしいという無心状である。

「この鎌倉屋清左衛門殿と申すは、爰元《ここもと》（江戸）にて我ら相棚（同じ長屋の住人）の指物細工（机・箱・たんすなど、木をさし合わせて組み立てた器具類）いたされ候人にて御座候。別して（とりわけ）念比《ねんごろ》に申し合わせ候。この度、御親父《しんぷ》の十七年（十七回忌）にあたり、高野（高野山）参りのついでに、堺・大坂をも見物なされたき由、幸ひのたより（良い機会と思い）、一筆申し上げ候。

いよいよ御無事に御座なされ候や、御ゆかしく（お聞きしたく）存じ奉り候。わたくし儀も不仕合《ふしあはせ》故、その後は状（書状）も進じ申さず（さしあげず）、御無沙汰に罷りなり候。その段は御許し下さるべく候。先《まづ》もつて吉太郎・小次郎・およし、いずれも息災《そくさい》に御座候や。定めて（きっと）吉太郎は、手習ひなどいたし、貴様（あなた）の御気助《おんきだす》け（心を励ます助け）にもなり申すべく候。はた又、そこ元（あなた）も近年は商《あきな》ひ事御座なく、屋敷もお売りなされ、長町五丁目に宿御替なされ（転居なされ）、はんじ物の団屋《うちはや》（謎絵を描いた団扇を作る職人）をあそばし（なさっておいで）候由、借屋の住ひ、さぞさぞ御不自由、察し申し候。

我等も只今、御異見（ご意見）の事ども、切《きり》目（疵）に塩の沁むやうに存じ出《い》だし、そのままそこ元（大坂）にて肴《さかな》屋をいたし居り申し候はば、緩々《ゆるゆる》と（ゆっくりと）口過ぎ（生活）は気遣ひ御座なく（心配なく）候を、若気故（若気のいたりで）、爰元《ここもと》（江戸）には抓取《つかみどり》（ぼろ儲け）もあるやうに存じ、ふらふらと罷り下り（江戸に下り）、さてさて後悔仕《つかまつ》り申し候。

はじめは、少しの銀子《ぎんす》にて十文字紙子（紀州産の花井紙で作った衣服）を請売り（問屋、製造元から仕入れて売る）いたし候へども、これも春に罷りなり（防寒用なので春になると）、一円（一向）埒《らち》明《あ》き（はかどること）申さず。それより高崎煙草売り候へども、これも掛に罷りなり（売掛金が回収できず）、半年ばかりいたし取置き（止め）申し候。重き物肩に置き申す事（重い荷物を肩で運ぶ肉体労働をすること）もなりがたく、印肉の墨をあはして（墨の印肉の調合）売り申し候が、これもはかどらず（はかばかしくなく）、今程は一日暮しに、朝の間は仏の花を売り、昼は冷《ひや》水を売り、暮方より蚊ふすべの鋸屑《をがくず》（蚊やりに用いるおが屑）を売り、宿（家）に帰りて、夜は百を八文づつにて茶売りの紙袋つぎ申し、少しも油断なく稼ぎ申し候へども、さりとは世間賢く（世間の人がせちがらく）利徳（利益）をとらせず、日に一匁五分と申す銀子は、なかなか儲けかね申し候。

去冬伜子《きよふゆせがれ》をもうけ、三人口に罷りなり（一家三人の世帯になり）、この渡世（くらし）送りがたく候。そこ元（大坂）へ罷り上り、日用《ひよう》（日雇）働きとも仕《つかまつ》りたく候。家普請（家の新築）はやり申し候様に承り申し候。今程は、以前の気質《かたぎ》（性質）は捨て申し候。菟角生国《しやうごく》懐しく、皆々様へ御出入《おでいり》申し、せめて雨・風・火事などといふ時分駈けつけ、御用に立ち申したく候。前の事、御許しくださるべく候。皆酒故身体《しんだい》（身代、資産）取り乱し、おのおの様（皆様方）にも御厄介かけ申し候。只今は、五節句にもたべ（酒を飲み）申さず候。その段は（そのことは）、この清左衛門殿に御訊ねくださるべく候。壁の隣事に御座候へば、内証（内状）御存知に候。

又、爰元《ここもと》にて（江戸で）女房持ち申し候事、夢々（決して）栄耀《えよう》（贅沢、見栄）にて持ち申さず。さる屋敷方のお物師《ものし》（裁縫専門の女奉公人）、針手きき（縫物が上手で）申し候て、銘々稼ぎ（夫婦共稼ぎ）にいたしかぬるものにては御座なく候。殊に始末者（倹約家）にて、数年給銀《きうぎん》を貯《た》め置き、八百匁敷銀（持参金）、これにて持ち申し候。この女も随分働き申し候へども、近年何商ひも御座なく、勝手（家計）さしつまり、散々《さんざん》の体《てい》（有様）に罷りなり、そこ元へ（大坂へ）上り申し候も、路銀（旅費）に迷惑（困惑）仕《つかまつ》り申し候。兄弟の御慈悲と思し召し、銀拾二匁程、このたより（機会）に御越し頼み上げ候。これを遣ひ銀（費用）にいたし、爰元《ここもと》（江戸を）仕舞（かたをつけ）

罷り上り申したく候。

女房が儀は、悴子《せがれ》そのまま付け置き、暇《いとま》の状（離縁状）を残し、沙汰なし（まったく縁を切っても）仕《つかまつ》り候て苦しからず候。金杉と申す所に、歴々の姉（しっかりした身分の姉）、縄筵の買ひ置き（安値で買って高値で売る商売）仕《つかまつ》り居り申し候。これが方《かた》へ引取り、かたづけ申し候。私の身の取置き（始末）、何ともなり申さず候。たとへ鉢開き坊主（托鉢の乞食坊主）に罷りなり候とも、大坂の土になり申したき願ひに御座候。いよいよ銀十二匁か銭一貫、この人に御越し頼み申し上げ候。一日も爰元《ここもと》（江戸）に居申す程かつへ（飢え）申し候。

なをなを、爰元《ここもと》にて持ち申し候女房、わたくし上気（浮気）にて持ち申さず候証拠には、我等より十二三も年寄にて御座候。万事、この清左衛門殿御物語、お聞きなされくださるべく候。以上。

五月二十八日

江戸白銀《しろがね》町

源右衛門判

大坂長町五丁目

団屋《うちはや》源五左衛門様」

西鶴の付記は次のとおりである。

「この文《ふみ》の子細を考へ見るに、この男、手前（暮らし向き）をしそこない、兄にも談合なしに江戸へ下ると知れたり。何国《いづく》にても今の世、金がかねを儲ける時になりぬ。朝夕《てうせき》その覚悟して、それぞれの家業情《せい》に入るべし（精を出すべきである）。無い所には、一匁無い物は銀なり。日本国の金銀集り、瓦石《ぐはせき》の如く見えし江戸より、僅か十匁あまりの手づまり、長々と無心申し越すも、いまだ兄弟のよしみなればなり。他人の方へ、銭一文の事にても云ひ難し。世は大事なり（この世で生きるのは大変なことだ）。」

原典の脚注には、「本文では「皆酒ゆへ身体取乱し」と記し、「只今御異見の事ども、切目に塩のしむ」とあるのみだが、ここの記述から上方での失敗を自分の努力で挽回すべく江戸へ下った人物であることを示唆。かくて、その決意も「金がかねをもうける時」ゆえに挫折し、すでに零落した兄に「大坂の土に成申度願ひ」を持って十匁余の銀を乞う結果となった現実の厳しさを印象づける」とあり、また、「江戸・大坂間は十数日の旅程ゆえ、一日銀一匁弱となり」十二匁は最低の路銀とある。

さて、西鶴は「金がかねを儲ける時」と時代を見通している。資金があれば、金貸が金利で儲けることもできれば、商品を大量に生産、あるいは大量に仕入れ、安い原価で、問屋小売商に高い値段で売るなどして、儲けられるが、資金がなければ細々とした商売しかできないから、生活するに精一杯で儲けにはならない。そういう事情を知悉しているから、江戸へ下った弟が僅かな小商人としてかつかつの生活を続けながら、しだいに困窮していく状況をいきいきと描いているのであり、零落した挙句、兄に僅か十二匁を懇願し、せめて生れ故郷の大坂の土になりたいと願う心の哀れさが、西鶴ならではの世間観、人間観によるとしか思われない。

ただ、現代の私たちからみれば、離婚された十歳以上年長の女房はどうなるか。彼女は針仕事が上手だというから仕立などで身過ぎできるとしても押しつけられた息子の養育、手習いなどはいったいどうなるか。別れさせられた女房の苦労が目に見えるようである。

西鶴とすれば、こうした結婚離婚を弟にさせなくても、この短篇は成立したはずである。弟の身勝手、非情がこの短篇の読み所かもしれない。

3

巻二の第一話「縁付《えんづき》まへの娘自慢」を読む。

派手に育て、派手に娘を嫁《とつ》がせる大坂の弟に宛てた、堅実に京都で暮らす兄の手紙である。

「貴札（貴信）忝《かたじけな》く拝見仕《つかまつ》り申し候。殊に煮海老《いり》一籠・浜焼二枚、御意《ぎょい》にかけられ（お心にかけてお贈りくださり）、毎度御心入《おこころいれ》の段、浅からず存じ奉り候。内々は（私の心づもりでは）祇園かけて（祇園会にかけて四条河原に）涼みに御上りなさるべき由、相待ち申し候処に、おはつ縁付《えんづき》相極《きは》まり、目出度《めでたく》存じ候。殊に先様（先方）手前者（裕福な方）、珍重に候。

さりながら、問屋（問屋商売は利益が少いので外見は派手だが内実は苦しい）は大方身体《しんだい》（身代、資産）落着かぬ（安定しない）ものに候。この上ながら、よくよくお聞き合せ（あれこれ問合せ）なされ、つかはさるべく候。家蔵の白壁、絹布の不断着（ふだん着、絹織物を着るのは贅沢のあらわれ）、世間をもつぱらにして（世間に見栄をはって）、振舞好き（客に御馳走することを好み）、つくり庭（造園に趣向をこらし）、鞠《まり》・楊弓・連俳、芸能に名をとる人、世の聞《きき》（評判）は良くて、内証（家計の内状）悪しき物に候。さやうの人、京にも数多《あまた》御座候。

菟角聟は、不足に思ふ程なるが勝手（家の経済）によく候。その子細（わけ）は、年中のつけとどけ（親類間の贈答）、先様より立派を好み（先方が立派にやることを好み）、鏡の餅に平樽（祝儀用の平たい樽）、鰤一本、祝儀を取集めて、つゐ小男に一荷《いつか》にして（天秤棒にかついで）送りければ、半紙一折、銭三十包みてとらせ、「遠い所を大義（ご苦労）、茶呑んでいね（茶を呑んでから帰れ）」と云ふて済む事に御座候を、一番男（背の大きな男）の六尺（駕籠かき）揃へて、絹物着せたる腰元に、祝儀の目録、高蒔絵《たかまきえ》の長文箱に入れ、唐房（美しい房）の色を飾りて持たせ、これにつけて、置綿《をきわた》（真綿で作った女性のかぶり物）きたる中居に口上（挨拶）云はせ、式々に（格式ばって）仕掛けぬれば、つまみ銭（僅かな駄賃）にてはやられず、腰元に銀子一両・小杉（小型の杉原紙）一束、女（仲居）に銀三匁・うねたび一足（絹糸で指先を畝のように糸を刺し縫いした足袋）一足、男どもに銀二匁づつ出して、とりつくろふて（恰好をつけて）、「吸物よ、酒よ、肴よ」と、書出し（請求書書き）忙しき中に、商売の邪魔と云ひ、外聞ばかりに物入（出費）、この如くの取りやりは、千貫目より上越し慥《たし》かなる身体《しんだい》（身代）の人のする事を、一拍子違へば（ちょっと調子が狂うと）手扣《たた》ひて仕舞（自己破産になること、その確認のさい、債権者、債務者が手をたたく）、僅か五十貫目・七十貫目の小商人の、我を知らぬ奢りと存じ候。必ず母親、後先なしに（前後も考えず）人目ばかり思ひて、手前の失墜（経済状態の悪化）をかまはず、棟の高き家（構えの立派な家）の聟自慢して、買調《かひととの》へて年中の遣ひ物、目に見ずして大きなる費《つゐへ》（散財）に罷り成り候。

他人口からは申されぬ事（他人の言わぬ事だが）、只今までのおはつ育てやう、我ら一つも気に入り申さず。何の町人の入らざる琴・小舞・踊までを習はせ、歌舞伎者のやうに御仕立（服装などをととのえ）、わけ（理由）もなき事に存じ候。我々づれが（私どもの身分の）娘は、さながら（まるで）下子《げす》（下女）働きこそさせまじ、似合たる手業、真綿つませ、糸屑なりともひねらせ置けば、見分《けんぶん》（外見）は良くて、世帯のためになり申し候。今程は、爰元《ここもと》の新在家（医者・連歌師など大名・高家出入りの人々）の衆さへ、庭（土間）の片隅に下機《しもはた》（麻・木綿の織機）を立てられ、両替町に諸職人に貸屋出来申す事、昔はない事なれども、算用（勘定）づくにて皆々住居を替へられ、内儀の花見・月見にも、大乗物（大型の上質の駕籠）をやめて、その用の時ばかり辻駕籠を借りて、こどりまはしにして（てきぱきとして）出られしも、時代にて（今の時代に）見よく候。

承り申し候へば、おはつ事、四人揃へ紋付一重物着せて（四人の駕籠かきに揃いの紋付の一重物を着せ）、外は常にて（外見は地味に）、内を金砂子《きんすなご》に草花書きし駕籠《のりもの》に、時々の仕出し衣裳（最新流行の衣服）ひけらかし、天王寺の桜、住吉の汐干、高津の涼み、舎利寺参り、毎日の芝居見、さりとは（さてさて）無用に存じ候。爰元《ここもと》にも衣の棚に、一人娘を自慢して、人の見帰るを喜び、歴々の（すぐれた家柄の）身体《しんだい》（身代）を潰し申し候。これ、母親心からに候。

この度《たび》の、買物の注文見合はせ、我ら同心（同意）に存ぜず候。先《まづ》もつて結構過ぎ候。貝桶（貝合せの貝をいれる桶）にわたりの（舶来の）緞子蓋《どんすををい》、無用に候。奉公雛（嫁入り先に生涯仕える意をこめた雛人形）も御望みの通りには、二百七十匁に出来申し候。その外、手道具、時代物いらぬ事に候。嫁入は、新しき紋付良く候。さて又、鹿子の色々、十二までは無用に存じ候。とても着申す物にはあらず、数を揃へて持つたといふ分《ぶん》に候。これも、本国寺手木《てき》の下のつや鹿子は、十二の内にて六百四五十匁の違ひあり。これによつて私才覚いたし、さる御方の御息女御死去なされ、そのあがり物（寺に供養のため寄進された衣裳など）を調《とと》へ遣はし申し候。結句頭《かみ》の固い（丈夫な）物に候。人は知らぬ事、お寺はこの方次第にて、心安く求め申し候。

この外は、そこ元お内儀汚れぬ上着ども、黒紅に御所車の縫箔の小袖、所あきのさいはひ菱の袷《あはせ》、地なしの綸子《りんず》小袖、これらを皆々脇明け（袖をふさいである大人用の小袖の脇をあけ、娘用の振袖にすること）て、物数にいたさるべし。袖下の短きを、誰《たが》吟味する者なく候。我らかやうに始末（倹約）心を申す事、定めてお内儀、御不足に思し召し候はんづれども、我等も、姪が事なれば、悪しかれと存ずる事にあらず候。今度買物の銀子取替（立替）申すにつき、迷惑さに申すには、神《しん》ぞ神ぞ（神かけて）御座なく候。小夜《こよる》（着物よりやや大きめな夜着）・小布団《こぶとん》二通りは、この方より仕立とらせ申し候。

私の思案に落付申さず候は（私の考えで納得がいかないのは）、先様より敷銀（持参金）かつて望みなく、万事拵《こしら》へきれいと申し候を、合点参らず候。尤も、銀《かね》（持参金）を好み申す候はよろしからぬ事ながら、今の風儀（風習）に御座候。それも又、女は形によりて、物好きに男の方《かた》より拵へして呼ぶも御座候へども、これは格別に候。わたくし姪ながら、さのみ生れ付き（器量）よいとも云はれず、然も片足ふそくあつて、よほど目に立ち申し候を、敷銀なしに、「親仁《おやぢ》の心入《こころいれ》たのもしきを、親類になるを満足」と申すは、いよいよ同心に存ぜず候。貴様に金銀こそなけれ、三ヶ所の家屋敷、只今では七十貫目余が物なれば、何ぞ請取事（請負仕事、危険な投機など）して、その請人（保証人）に立て申す心ざし、見るやうに候。常々、その心得なされべく候。もはや頼み（結納）をお取りなされ候上《うへ》は、嫌がならず候（もう嫌とはいえないことだ）。随分仕立（分にしたがって相応に）、送り申されべく候。私は、左様のよい衆（裕福な金持）づきあい嫌いに御座候。初めからさし出《い》で申すまじく候。いづれとも近日罷《まか》り下り申し上ぐべく候。以上。

六月二十一日

兵庫屋
平九郎

兵庫屋平右衛門様
尊報」

西鶴の付記は次のとおりである。

「この文の子細を考見《かんが》るに、京へ縁組の買物を申し遣しける、この娘がためには、伯父方へと見へたり。この者の申すごとく、一代に一度の大事、念を入れて後約束申すべき事ぞかし。今程世間に見せかけのはやる事はなし。面《おもて》むき・内証の十露盤《そろばん》入れてからは、大方三五《さんご》の十八。」

西鶴のいう最後の言葉は外見と内証とは同じでない、十露盤を入れて正確に勘定すると三かける五の十五が十八ほどの違いがあり、外見は信用してはならない、という意味であろう。

原典の脚注に次の解釈が記されている。

「京都は大坂や江戸に比して早く経済成長が止まり、その暮しぶりも倹約で地味。本章は、京都で家業を保守する兄と大坂に出て派手な暮しぶりに流れる弟との生活感覚の差を背景に、その土地柄による時代認識の差を浮び上らせる。」

京都と大坂との商人の生活意識の差はあるかもしれない。しかし、当時の風習である嫁《とつ》ぐさいの持参金を要求することなく、器量も十人並、意味不明だが「片足ふそく」の娘と結婚しようという男には何かの魂胆があるのではないか、と思うのが自然であろう。西鶴の立場はこの兄と同様なのではないか。

それにしても兄の弟に対する卒直きわまる忠告は現代なら絶交に至りかねない烈しさである。当時はそれだけ兄は弟に権威をもっていたのであろう。ただし、私の眼からみると、問屋という職業の危うさ、姪を贅沢三昧に育てていること、結婚相手の男の気持が決して納得できないこと、など兄のいうことはまことにもっともであり、そのように描いているのは、これが西鶴の持論だったからにちがいない。それにしても、具体的な一々の指摘は、西鶴が万事に知識があり、かつ、着実な見識をもつ人物だったことを示している。弟は愚かなのではないか。そう思わせるのが西鶴の筆である。

4

同じ巻二の第三話「京にも思ふやう成事《なる》なし」を読む。仙台から京の暮らしにあこがれて上ったものの、身ぐるみはがれて窮迫した男が望郷の思いを秘めて、仙台の知人に送った手紙である。

「わざと飛脚をもつて一書（書状）啓達（啓上）せしめ候。そこ元（貴殿）いづれも御堅固に御座なされ候や。今になつて生国御懐しく存じ候。私儀、若気《わかげ》にて（若気の至りで）京都の住居《すまゐ》望み、おのおの（皆様方）の御異見（意見）聞かず、国元を立ち退《の》き、十八年罷り過ぎ申し候へども、昔の事忘れ申さず候。さぞさぞ置去りに仕《つかまつ》り候女房ども、我に恨み申すべく候。それ故、両三度まで暇《いとま》の状（離縁状）くだし申し候に、無用の心中《しんぢう》を立て（信義を守り）、縁にはつかぬ（再婚しない）事に候。惣じての女、男を持ち申す事、一生の身過《みすぎ》づく（生活のため）に御座候。この方にはふつふつと（ぷっつりと）思ひ切り申し候。これ程つらく（非情に）申し候男に、何とて執心残し申し候や。この段々（このような自分の気持）よくよく御申し聞かせなされ、いまだ若いうちにかたづき（嫁ぐ）候が、その身のためと存じ候。一度《ひとたび》語らひ（夫婦の契り）をなし候事なれば、悪しかれとは存ぜず候。

菟角我等あき申し候は、常々悋気《りんき》云ひつのり候に、ふつふつと皃見《かほみ》る事もうたてく（厭わしく）、入縁《いりゑ》（入り聟）のままならぬ（入り聟は自分から離縁を申し出られないので）は捨置き、爰元《ここもと》（京）に上り、独《ひとり》も暮《くら》しがたく、四条通かはら（河原）町のほとりに銭店（小銭の両替店）を出《い》だし、丁稚・食焼《めしたき》女、三人口を（三人世帯を）こがまへ（ささやかに構え）に、儲けも知れぬ身過と存じ、年中の始末第一、薪の高い所なれば、箸よりこまかに小刀割の黒木、爪に火ともすとは、この事に候。朝夕《てうせき》の鍋釜もそれぞれに仕入れ置きて、さりとては（さてさて）尻軽（手軽）に御座候。関東の釣鍋に大束（大束の薪）くべて、二時《ふたとき》（四時間）ばかり焼《た》けども、物の煮へ申さず候を、所々と（所によって異なる習慣）と可笑しく存じ候。そこ元（あなた）の下女一人の喰物にては、京の女五人は、ゆるりと夜日を送り申し候。人の世帯程、さまざま替る物は御座なく候。その地にて生鰯を一銭に十四五も売れば、下子《げす》（下女）どもの口へも、一度に十ばかりも頭《かしら》から焼喰ひ候。又、都にては、小さき干鰯を、一銭に十六七にも当たるを、一人に三つあてがひ焼きて、生醤油につけて、下女さへこの頭《かしら》はくはず、何事も花車《きやしや》（上品）に世を渡れば、女は上方《かみがた》にて、然《しか》も手業（手仕事）に油断なく、大方はしり婦夫《めうと》（かけおち者の夫婦）は銘々過《すぎ》いたせば（共働きするから）、女房持つも勝手（生活のために経済的）づくに罷りなり候と存じ、寺町の白粉《おしろい》屋の娘、かたち（容貌）も十人並なれば、これを呼び迎ひしに、そこ元の女房どもとは各別違ひ、遊山・夜歩きにかまはず（遊山や夜歩きを気にせず）、かつて悋気いたさぬを、何とやら合点ゆかず（理解できず）、見合はせ候うちに（様子をうかがっているうちに）、我等を嫌ひ、暇乞《いとまこひ》申す事たびたびに候。これは男の（男として）口惜しく存じ、悪《にく》しと引きつけ置き申し候へば、けが（誤ってそうして）の由にて椀・皿箱をうち割り、作病《さくびやう》（仮病）しての昼寝、銭読ますれば（勘定させれば）長百づつつなぎて損をかけ（銭九十六文を銭さしにつなぎ百文として通用させていたので、百文つなげば四文の損になる）、香の物桶の塩入時をかまはず、あたら（残念なことに）瓜・茄子を捨てさせ、有明に灯心（用心のため明け方までつけておく灯心）六筋七筋入れて輝かせ、傘は干さずにたたみ、門浄瑠璃に銭米をとらせ、毎日湯湧かして水へ入る如く、手にも足もさはる所に費《つゐへ》（無駄な費用をかけ）、これも積りて身体（身代）のさはり（障害）なれば、一日も置くが損と分別して、埒を明け申し候。

その後思案して、「菟角年の行きたるが世帯薬」と存じ、この望み人に頼み申し候に、幸ひ六角堂の門前に順礼宿（巡礼を泊める粗末な木賃宿）の娘、男に死に別れで戻りなるが、あの方から二十七と申せば、三つ四つ年隠してから、三十の内外の女と見定め、いかにしても風俗（容貌）の良きにほだされ、祝言いたし候へば、思ひの外古い所あらはれ、脇にて子細知る人に尋ね申し候に、「今三十六になる娘あり。これは十七の時の子なれば、今年五十二か三か」云ふ人御座候へば、「さても大きなるかづき物（だまされ者）」と、次第にうるさく（うっとうしく）なつて、尻目にかけて（相手に知られぬよう横目で）ためし見るに、毎日の仕事に白髪をしのびしのびにぬく手元堪忍ならず、物入り（結婚のさいの費用）を無にし、去つてのけ申し候。

それより後、御所方に勤めし女﨟衆あがりとて、形に云ふ所なく、心もやさしく、我人の気に入り、「これはよき楽しみ、末々までも」と思ひしに、さりとは世間の事に疎く、秤《はかり》目知らぬは断り（尤も）なるが、摺鉢のうつぶせなるを、「富士を写せし焼物か（富士山の形に作った陶器か）」と詠《なが》め、釣瓶《つるべ》取を「小舟の碇か」と、不思議そふに見れば、ましてや五合枡などは知らず候。これでは小家の台所預けられず、別るる事、悲しく惜しく候へども、これも隙《ひま》（離縁状）やり申し候。

その後又、烏丸に家賃七十匁づつ居宅の外にとれる家屋敷のある後家の方へ、取りもつ人ありてゆきしに、外に隠居の祖父・祖母、これのみ（そればかりか）、妹の姪とて、かかりもの（居候）八九人も御座候。これさへ難しく存じ候に、家に付きたる借銭二十三貫目、一生済む事（完済すること）あるまじきと存じ、爰《ここ》も少しの損（取持人、仲介人への礼金）仕《つかまつ》り、出《い》でて帰り申し候。

この後、「竹屋町の古金屋（古道具屋）の娘、生れつきも人並にて、敷銀（持参金）三貫目つけて、夏冬の物も寒からぬ程御座候」とて、十分《じうぶ》一取《と》る仲人（持参金の一割をとる職業的媒酌人）がきも入り、「これは仕合《しあわせ》」と呼び入れ申し候へば、月に二三度づつ乱気（気が狂うこと）になりて、丸裸にて門《かど》に飛出《い》でる事迷惑いたし、そのまま送り帰し申し候。

爰元《ここもと》（京都は）女の随分沢山なる所にて、縁組と申すからは、思ふやうなる事御座なく候。我等も十七年のうちに二十三人（これは西鶴の誇張、と原典の脚注にいう）持ち替へ見申し候に、皆思ひど（欠点）御座候て、帰し申し候。我少しも御座候金銀は、この祝言事に使ひこみ、只今は、手と身ばかりに罷りなり候。もはや女房持ち申す候力も御座なく候へば、竹田通りの町はづれなる、伏見に近き裏屋住ひして、菅笠の骨をこしらへて、その日暮らしに、さても死なれぬ浮世に御座候。

これ程悲しき身に罷りなり候へども、そこ元（仙台）の女に微塵《みじん》も心残らず候は、よくよくの悪縁に候。いよいよこのむごき心底《しんてい》を御物語あそばし、早く縁付《えんづき》いたし候やうに、頼み申し候。

京も田舎も、住《すみ》うき事（住みにくい事）少しも変らず、夫婦は寄り合い過ぎ（たがいに力となって過すこと）と存じ候。今の身に比べては、昔の仙台の住所ましと存じ候。都ながら桜を見ず、涼みに行かず、秋の嵯峨松茸も喰はず、雪のうちの鰒汁《ふぐじる》も知らず、やうやう鳥羽に帰る車の音を聞きて、都かと思ふばかりに候。はるばるの京に上り、女房去って身躰《しんだい》（身代）潰し候。恥かしき事に候。必ず必ず他人には聞かせぬ事に候。

かさねては、書中にても申し上げまじく候。我等死んだ者分《ものぶん》になされ、御尋ね御無用に候。もし命ながらへ申し候はば、坊主罷りなり、執行（修行）に下《くだ》り申すべく候。以上。

二月二十五日

福嶋屋

九　平　次

京より

仙台本町一丁目

最上屋市右衛門様」

西鶴は次のとおり短い付記を記している。

「この文《ふみ》の子細を考《かんが》見るに、生国仙台の者、女を置きざりにして京へ上り、たびたび女房呼び替へ、身躰《しんだい》（身代）のさはりとなりけると見えたり。」

西鶴のいう「身躰のさはり」とは資産を失った、という意にちがいない。

原典の脚注に「御たづね無用」と言いつつ、住所を記し、坊主になって仙台へ下るかもしれない、と書いているのを、仙台への未練と解しているのは同感である。

この第三話は京都の風俗、習慣、人情を描いた作品であろうか。西鶴がそうした風俗等に大いに関心をもち、本文でも詳細にわたって描写していることからも、この関心は疑いない。しかし、本音は、高望みの物を知らぬ田舎者が京に上り、京の人々、ことに女性たちによって身ぐるみはがれる、という滑稽譚と読むこともできる。西鶴がお上りさんを嗤い者にした話と読むべきかもしれないと私は考える。

5

巻四の第一話「南部の人が見たも真言《まこと》」を読む。水難で死んだと思った亭主が生きて戻ったときは女房は亭主の弟と再婚していたことから生じた悲劇を語っている、芝居茶屋の主人の手紙である。

「西国（ここでは九州）の珍節（珍しく変った話）どもお聞かせくだされ、長崎の事見るやうに存じ候。貴様（あなたが）そこ元（そちら）に御入りなされ候（おいでになった）一両年のうちに、我等も罷《まか》り下り、又上方《かみがた》と万事変りたる大湊（長崎）、一見仕《いっけんつかまつ》りたく候。はた又、爰元《ここもと》（ここでは京都）にて風聞仕り候は（噂でお聞きしたところでは）、艮竜《あまりりやう》（南洋産のキノボリトカゲ）の子飼ひ（子供のときからの飼育）御座候由、何とぞ御才覚なされ（工夫して）、金子《きんす》五十両までならば、お求め頼み申し候。川原（四条河原）に見世物ことをかき（不足）申し候。春中に大分《だいぶん》の銭を取り申す事に候（春の間に大部分の代金は回収できるでしょう）。これに限らず、角の生《は》へ申し候猿か、足の四五本ある唐鳥《からとり》（鸚鵡、孔雀など）か、何ぞ変つて（変った）生物を望み御座候。ないない（人知れず）御心がけくださるべく候。

この程は、芝居へも本見物（芝居茶屋を通じて桟敷で見る上客）は出《い》で申さず、客宿（芝居茶屋）もなかなか合い申さず（採算がとれず）、人々《にんにん》（各自）に身過《みす》ぎ（生活）の分別（工夫）いたし候。京も次第に世智賢く、近き頃より、東福寺のほとりに、献立看板（献立を書いた看板）といふ物を出《い》だし置き、一分から二匁まで、当座食《とうざめし》（即席料理）を仕出し（始め）、御汁、干葉《ほしば》に蛤のぬき実《み》（蛤からとりだした肉）、料理、鱠子《なます》（魚貝の肉をこまかく切った料理）は見合はせ、煮物、生貝・ぜんまい、焼物、干鱈《ひだら》、引きて（膳に添えて出す料理）、香物（漬物）。右は五分膳（代金五分の料理）、品々道具綺麗さ、夜舟に乗る都人、これにて仕度（食事）をして、伏見の宿へ寄らず下《くだ》り申し候。惣じて、こんな事に罷りなり、息も鼻もさす事にはあらず（息をつかすこともできない）、切なき命をつなぎ（生きのび）申し候。然れども都にて御座候。算用の大尽（勘定を問題にしない大金持）出《い》で申し候。合はぬ（勘定が合わない）物とは知りながら、又当年も二千両までは請け合ひ（出資をひきうけ）、新芝居取り立て（新しい芝居の興行を組織し）、大坂役者の良き者かかへ込み申し候。又一花は（一度は花咲くように派手に大儲け）、いづれも見申すべく候。」

ここまでは序文で本文と関係ない。京都の最近の状況を読者の興味を惹くための導入部として西鶴は書いたものであろう。

「さて、是非もなき浮世（どうしようもないこの世）と存じ候は、貴様御目かけられし川原町の利平、この九月十九日に、相手と内談して（内々の相談して）討ち果たし申し候（果し合いして死にました）。存知の外《ほか》（思いの外）なる事に、かくは成り行き申し候。利平事、丹波の下《しも》村より、孫八郎方へ、少しの銀子《ぎんす》を持参いたし、養子に参り、五六年も過ぎ申し候て、その約束なれば、孫八娘《むすめ》こよしと娶《めあは》せ、万事相渡し（すべて譲り渡して隠居し）、夫婦は寺詣りを浮世の仕事に仕《つかまつ》り、喜び申し候折ふし（その時）、利平、京にて、紙商売も、茶屋へ売掛け思はしからず（茶屋への売掛金の回収もかんばしくなく）、染棉《そめもめん》を仕込みて、奥筋（奥州）へ下《くだ》り申し候が、その時分、五月雨降り続き、道中の難儀思ひやる所へ、南部より上《のぼ》られし商人《あきんど》、孫八北隣の問屋に着きて、最上川の高水（洪水）の咄し、「往来の渡し舟、浪にうちこまれ、人馬荷物大分《だいぶん》にそこねたる（いためて損になる）」由を語り申し候程に、孫八郎これを聞きて、利平が事心もとなく（心配して）、年の頃・風俗（身なり）をいひて「もしかやうの男などは、その舟に見へわたり申さず候や（お見かけになりませんでしたか）」と訊ねられしに、「それは、立嶋の帷子《かたびら》に、黒き一重羽織の紋所に山形に剣菱を付けて、色白なる皃《かほ》に少し釣髭《ひげ》（先をはねあげた髭）ある人ではなかつたか」と、利平にひとつも違《ちが》はず申せば、孫八驚き、「さて、その人も死にましたか」と云へば、「成程（たしかに）

最後を申し候。四五度も高浪に浮き沈みして、念仏の声二三遍せしが、その中《うち》に我等の乗りし舟は、やうやう此方《こなた》へ着きて、命を拾《ひら》ひました」と、小者（奉公人）と口を揃へて申しければ、孫八歎き出《い》だし、宿（自分の家）に帰るに足立ちかね、男泣きに世上《せじやう》（世間の思惑）をはばからず、持仏堂へ御燈火《みあかし》をあげ、花をさし替へ、香を盛りて、鐘を打ち鳴らせば、祖母の泪の片手に（祖母は泪を流しながら片手で）お団子《だんご》のこしらへ、近所からは思ひも寄らぬ弔《とむら》ひ（弔い）、娘は狂乱の如く身悶へ、見るさへこれは悲しく、わざわざ丹波へ人を仕立て（通知のため人をさし向け）、本《ほん》の（実の）親の方へ知らせ申し候へば、存知の外（予想違いで）諦めて、「それまでの事」と云ひ、帰り申され候。

去る人は日々に疎《うと》しと、早《はや》百ケ日も過ぎて、「このままにておかれじ。せめて歎きの止むため」とて、あたりの人取り持ちて、縁組の事を云ひ出せば、こよしは思ひ切り、「後夫《ごふ》は求めじ」と申し候を、「この家立たねば（この家を断絶させては）二《ふた》親への不孝」と、無理に合点（承知）させ、利平弟の利左衛門を丹波より寄び寄せ、「兄の跡《あと》をかやうに相続する事、世間にある習ひ」と、是非（むりやりに）祝言させせて、三国一（の祝い歌）を歌ふて仕舞申し候て、いまだ二三日過ぎて、利平、仕合《しあわ》せよく無事立ち帰り申し候へば、いづれも呆れはて申し候風情《ふぜい》、何とも落着きかね、日頃別しての方《かた》（とりわけ親しくしている人の許）に行き、この首尾（一部始終）段々（一々）聞きとどけ（十分に聞いて確かめ）、度々《たびたび》書状を上《のぼ》せしに、一度も届かざる事、因果（人の力でどうにもならぬ運命）にて御座候」と、何となく静まり、兄弟共に「一分立ちがたし」と思ひ込み申し候か、その夜ひそかに同道して、高野・熊野に参詣して、山中にて二人共に打果たしたると（刺し違えて死んだと）、沙汰仕《つかまつ》り申し候。孫八娘こよしも、宿は出て行方知れずなり申し候。これほど情《なさけ》なき兄弟の最後は御座無く候。最前《さいぜん》の南部商人、「まざまざと見たも偽りはなき」由を申し候。莵角《とかく》利平前生の因果に極《きは》まり申し候。以上。

霜月三日

京茶屋
又兵衛

長崎にて
林金五郎様」

西鶴の付記は次のとおりである。

「この文《ふみ》を考見《かんが》るに、急がぬ事を取り持ちて、是非もなき祝言に、三人まで命を失ひけるは、不憫なり」

こよしは行方不明だから、三人まで命を落したとは西鶴の書き損じであろうが、西鶴は似たような話を『懐硯《ふところすずり》』巻一の四「案内しつてむかしの寝所」にも書いている。一九五一年といえば、七十年近い昔のことだが、私は『世代』という同人誌に関係していた。ガリ版刷りの第十三号に、後に東大教授となったフランス文学者、平井啓之が「三つの浦島物語」というすぐれた評論を発表している。その中で平井は、西鶴の『懐硯』を引用、その末尾を次のとおり引用している。

「人も多きに殊更杢兵衛は、久六と年月遺恨の止まざる者なれば悪《にく》しみ、常より深くありて、久六分別《ふんべつ》して先づ舟吹き流され、奥の海に行きし難儀を語り、其後心静かに女を刺殺し、杢兵衛を討つて捨て、その刀にして其の身も失せける。鄙びたる男の仕業には、神妙なる取置きぞかし。」

平井の評論は、西鶴、モーパッサンの「帰宅」、フィリップの同題の作「帰宅」と比較した卓抜な論考であり、僅か三十歳くらいの若さだった平井の学殖に畏敬の念を覚えるが、それはさておき、先のアジア・太平洋戦争のさいにも同様の悲劇を生じた。昔から、戦争、水難、海難のため、死んだと思った夫がすでに再婚している妻の許に帰ってきたために生じた悲劇は多い。西鶴もこうした普遍的な主題をとりあげ、読者の心を痛める作品に仕上げたのであった。

6

巻五の第一話「広き江戸にて才覚男」を読む。かつて堺で倒産した男が上京、資産家にとりいり商売に成功し、なお節約につとめている状況を親戚の者に書き送った書状である。

「長崎へ手代ども差し下《くだ》し候幸便《かうびん》（よいついで）に、一筆申し入れ候。然れば（さて）、紬嶋《つむぎじま》半疋、お内儀様へ進じ（さし上げ）申し候。不断着（普段着）にあそばさるべく候。今後は爰元《ここもと》も、結構なる（贅沢な）衣裳着申し候事、流行《はや》り申さず候。

はた又、貴様（あなた様）大酒なされ候事、少しおとまり候や、承りたく候。世界に（この世で）怖きものは、酒の酔《あひ》と銀《かね》の利（借金の利息）にて御座候。その方常住のお身持（ふだんの身の処し方）、一つとしてこの方（私は）合点（納得）参らず候。先《まづ》、今時の商売、かね親（営業資金を出してくれる人）後ろ楯なくては、なかなか分限《ぶんげん》（富裕者）にはなられず候。その覚悟ない事、不才覚（心がけ不十分）に存じ候。世の人は賢き者にて、又欺《だま》しやすく候。さりながら、貴様の明石ちぢみの帷子《かたびら》に、黒縮緬の羽織、いまだ若い人の竹杖（伊達につく杖）、そんな風俗にては、殊に堺といふ所、請取《うけとり》申さず（受け入れてくれない）候。

中より下の身体《しんだい》（身代、資産）の人は、鬢付《びんつき》跡あがりにして、奈良晒《ざらし》の浅黄帷子、二三度も水に入れて、紋所の上絵剝げたるに、丸ぐけの帯に真皮の前巾着をさげ、織目の切れたる扇をさし、二十七日八日をかかさず（十月二十八日は親鸞上人の忌日）御堂に参り、松の芯、下草取り合はせて、三文ばかりがの手に持ちて、夏も革《かは》足袋に雪駄はきて、人の慥《たし》かに思ひつく身持（確実な人と信用してくれる行状）大事にて、さて、分限者に俄かに取り入る事はならず候。何時となく近づき、少しにても病気の時分、せつせつ（しきりに）見舞、いつぞの程より（何時の間にか）勝手（台所）

までつけ入り、面《つら》の皮厚うかかりて、医者詮索の時さし出て、念比《ねんごろ》（懇切に）内談して、このついでに毒ならざる肴《さかな》物を贈り、御内室（大商人夫人）へ菓子をつかはし、自《おのづか》ら親しみ、験気（快気）の時分礼返し（快気祝い）、又喜びに参り、とやかくするうちに出《い》で入るやうに罷りなり、時分を見合はせ（時機を見て）、慥《たし》かなる質物など肝入《きもいり》（確実な担保のある貸金の世話をし）、少しためになる事をさして、名代《みやうだい》（主人の代理をつとめる手代）の若い者どもに取り入り、先《まづ》、僅かの取りやり、約束違《たが》はず返して、はづみ（機会）を見て大分金銀取りこみ（借金し）、その大節季（大晦日）にも、差引三ケ一程（借金の中、差引して三分の一程）は手よく（上手に）残し、皆は済まし申さぬがよく候。これを綱（手がかり）にして、せんぐりに（次々と）借りこみ、手広く商ひしかけ、手前者（富裕な者）になる事、程はなく候（それほど時はかからない）。

惣じて商人《あきんど》の、銀《かね》借所こしらへるを第一にいたし候。中々少しの手銀《てがね》（自己資産）にては、はかのゆく事（はかばかしい事）にはあらず候。いかにしても貴様常々の（ふだんの）手廻《まは》し（やり方）悪《あ》しく、何時までも同じ口過《くちすぎ》（生活）、然《しか》も、次第に寂しきやうに（さびれていくように）相見え申し候。

我等事、おのおの（皆さん）に見限られ、堺を出《い》でし時は、江戸までの路銭さへなくて、「伊勢への抜け参り」と偽りを申し、大小路の両替屋にて、借り取り（借りたまま返さず）して罷り下《くだ》り、何に取りつく嶋もなく候へども、才覚して（智恵を働かして）刻み昆布《こぶ》に取《とり》つき、爰元《ここもと》に（江戸では）それまでは珍しく、忙がはしき所にて、申し候へば、よき仕出し（趣向）と流行《はや》りて、年四五年に金子八十両のばし（貯え）、松前の昆布を引請け、問屋になり、次第に分限になり申し候は、手にとるやうに覚へ申し候へども、銀親《かねおや》（資金出資者）なくて手づまり（金銭の融通がつかなくなった）申し候時、爰元《ここもと》歴々金持《かねもち》（由緒ある家柄の富裕な商人）へ出入り申さるる医者を見すまし（見届け）、わざと患《い》ひ出だし、その医者を、少しの事の療治を頼み、薬七八服呑みて、この礼、金子一歩ばかり遣はしよく候を（支払っておけばよかったところを）、小判五両に絹綿・樽肴《たるざかな》をきつと（きちんと）遣はしければ、この医者、心当（心づもり）より格別なれば、思ひの外手前者（金持）のやうに、方々にて云ひありき、世間買《せけんかい》がかりも（諸方からの掛買いも）心のままに罷りなり候時、かの医者を頼み、金子のいる内証（内々の財政事情）を語れば、この医者請け合ひ、小判五百両借りうけ、これより手回しよく（金銭の融通がよく）、いまだ二十四五年の内に、財宝の外金子ばかり九千両、この正月の棚おろし（在庫調査）に見え申し候。金なくて金は儲けられぬ浮世に候。その心得あるべし。

何と申しても御江戸にて候。子供ども、悪気のつかぬ（遊びぐせのつかぬ）うちに御下《くだ》しあるべし。盗人心さへなくば、十年の内には、小判三百両づつ持たせ上《のぼ》せ申すべく候。その上は（三百両以上は）、銘々（各自）の手柄（手腕）次第に御座候。爰元《ここもと》（江戸）町人の風儀（風習）、なかなか軽行《かるゆ》きに（手軽で外見を飾らず）身を持ち申し候。我等一万両の身体《しんだい》（身代）なれども、今に風呂屋へ供つれず、浴衣を自ら首に捲きて入りに行き申し候。女房どもも、大勢（多数の奉公人）の朝夕《てうせき》の飯を盛らせ申し候。見分《けんぶん》（見かけ）悪しく候へども、この始末（節約）、年中に五十両やなどの違ひ御座候。一日に二度杓子を持てばとて、手に（杓子が）付いてもなく、又香炉も持たれ申し候。お上《うへ》様とて、打掛けして、大黒柱にもたれて、細目づかひしても（目をほそめて気どっても）、東国《あづま》育ちの女の足の鍬平《くわびら》がなをる（偏平足が直る）にもあらず候。

さてさて、世に金持たぬ程悲しき物はなく候。嘘も軽薄も悪心も、皆貧よりおこり申し候。貴様今の世渡り、半分よりはいつわりのまし候様に承り申し候。口惜しく思し召し、子孫のために今一稼ぎあれかしと存じ候。

八月十九日　　松前屋権太夫

江戸より

薬屋忠左衛門様」

西鶴は次のとおり左記している。

「この文《ふみ》の子細を考《かんが》見るに、泉州堺を身体《しんだい》（身代）やぶり、二たび江戸にて稼ぎ出《い》だし、昔の一門の方へ、内証を申しつかはせしと見えたり。」

医者を通じての分限者へのとりいり方など、西鶴は人情の機微に通じた人物だったに違いない。

これはいわば、分限者になる心得といった文章だが、この時代、自家では風呂を焚かなかったようである。奉公人のために主婦が飯を盛るのも、奉公人のための親切、心入れであろうが、奉公人が無制限に飯を食うのを牽制したのではないか。なお、この当時、一日二食が慣行であったようである。

7

『万の文反古』はどの挿話を読んでも、西鶴の人間通、世間通であることを教えられるが、何よりも一方から他方への書簡体という形式により（往復書簡という形式でなく）、書き手と受取人の双方の人となり、身すぎ、世すぎの在り方まで透徹した見方で描ききっていることに私は心から感嘆している。『万の文反古』は私見によれば西鶴リアリズムの極致である。

『武道伝来記』

1

『武道伝来記』は八巻、各巻四話から成る、合計三十二の短篇を収めている。その中から、私が興趣を覚えた数話をとりあげたい。巻一の第一話「心底《しんてい》を弾《ひ》く琵琶《びわ》の海《うみ》」から読みはじめなければなるまい。

近江の国、安土に城のあった、はるか昔の話である、という。

「その頃、平尾修理《しゆり》といへる人、天武天皇の末裔《ばつえう》にして高家《かうけ》（高貴な家柄の武家）なれば、諸役御免あつて、世を遊楽にその名《な》を埋づみ、五十五歳の時、入道して眼夢《がんむ》と改め、その後《のち》は、長剣・馬上《ばじやう》をやめて、禅学にもとづき、常の屋形《やかた》（武家屋敷）を離れ、西の方《かた》の山陰《かげ》に、小笹《をざさ》かり葺《ぶき》の庵むすべば、仏の縁に引《ひ》かれ、生死日前《しようじもくぜん》の湖、これ則《すなは》ち弘誓《ぐせい》の丸木船、一大事踏《ふ》みはづしてはあるべからずと、観念の南窓《みなみまど》に（仏法の道理を深く考えようとする身となって南向きの窓の下に）諸釈を集めて（種々の仏典やその注釈書を集めて）、見台《けんだい》気を移し（書見台の上の書物に熱中し）、板戸《いたど》内より閉めて、人倫《じんりん》（人）かよひ道なく、それ御姿を見ぬ事、百日にあまりて、末々の者、これを歎きぬ。」

こうして眼夢は行い澄ましていたが、彼には断ち切れぬ人間関係のしがらみがあった。

「かねて妻女《さいじょ》ももたせ給はず、子孫の願ひなく、心の行末を見立《みたて》（思いのままに）、美童《びどう》（美少年）を愛し給へり。これも、みだりにこの道（男色）に溺れ給はず、筋目正しき浪人の子供に、森坂采女《うねめ》・秋津左京、この二人《ににん》、同年にして十六歳、心も形も、これ程変らぬ生れつきはなし。朝暮《てうぼ》お目通りを離れず、夜は御枕《おまくら》の左右《さう》に並び、わりなき（言うにいわれぬ）御情《なさけ》にあづかり、采女も左京もいやしからず、互に衆道（男色の世界の正しいあり方）の義理を恥《はぢ》かはし（互いに意識して距離を保ち）、旦那《だんな》一人の御心に、両人若命を惜しまず（若衆として主人に尽くすべく命を惜しまず）、骨髄《こつずい》に徹して勤めける事、色ばかりには非ず。」

采女、左京二人の若衆が、「思ひのほかなる主人のご発心《ほっしん》、生きながら会はで（会わずに）別るべきか」と悩み、簑笠に身を隠し、ご庵室の裏手にまわり、戸車の鳴るときに簑笠をぬぎ、「これ、殿さま、采女・左京が、あまりに悲しく存じ、御音信《おんおとづれ》を申しあぐるなり。年月のご厚恩、そもや忘れ果つべきか。ご発心の折柄は、なをもつて近う召し使はれ、朝《あした》に岩もる雫を結びあげ（両手ですくいあげ）、夕にお茶湯《ちやたう》のかよひ（仏前に煎茶を供えること）をつかふまつり、昔の道を変へて、菩提の道に引入《ひきい》れさせ給へ」とかきくどくと、眼夢もとりみだしたものの思いかえし、「これもと色道《しきだう》の迷ひなり。何ぞこの色に大願《たいぐわん》を破るべき事の道ならず」といっそう決意をかため、「大かたの（尋常の）断《ことわ》り、聞分《ききわ》けでは帰らじ。爰《ここ》は方便の偽り、諸天（仏法を守護する天上界の諸神）も許し給へ」とわりきって、「おのれら、爰《ここ》に来たれる者にあらず。年月我を背《そむ》き、前後《ぜんご》わきまへぬ非道、その数《かず》かさなって、須弥山にもあまれり」と責め、「七生《しちしよう》までの勘当」を申し渡す。

そこで二人は覚悟をきめる。

「「せんずる所（所詮）最後なり。眼夢も、次第に弱り行かせ給へば、ご死去も程はあらじ（遠くはあるまい）。願はくは見奉りて後、心静かに御供《おんとも》申したきものなれども、かねて「殉死の事任《つかまつ》るまじき」（殉死を禁止していたためのようである）と、再三の仰せをかうぶりければ、これもまた主命《しゆうめい》を背《そむ》くの道理、武士は命を捨つる所をのがれては、その名をくだすなり（名を汚すのだ）。（中略）只我々は先腹切《さきばらき》つて、死出の山路の案内せん」と、おもひ立ち、日を定め、（中略）銘々に腹《はら》二《ママ》文字に引捨《ひきす》て、その後《のち》さし向ひ、剣《つるぎ》を互《たがひ》につらぬき、「只今《ただいま》」といふ声に驚き、おのおの板戸を破り、かけ入りてみれば、魂、はや浮世を去りて、是非もなき面影、白小袖に紋なしの袴ゆたかに、なでおろしたる鬢《びん》もそそげず、身をかため（きちんと）、二人ながら、中眼（半眼）にひらき笑へる皃《かほ》ばせ、つねにかはらず。」

こうして、殉死のさいの追腹《おいばら》ならぬ、主人の死に先立つ先腹《さきばら》切って、釆女・左京は死を遂げた。

「書置《かきおき》の段々至極《だんだんしごく》（もっともと納得）して、この事、眼夢に申しあぐれば、ご誓言《せいごん》も忘れさせ給ひ、やうやう庵室を離れさせ給ふに、御足立たせ給はぬを、人々肩にかけ、屋形に移しければ、この有様《ありさま》に取《とり》みださせ給ひ、「勘当せしも、汝等が命の程を惜しみて、さまざま申せしも徒《あだ》となり、我に先立つ心底《しんてい》、さりとは武士の子なり。老足なれども、この道は追付《おひつ》くべし（老人の足ではあるがあの世に行く道では追いつくだろう）」と、左京が脇差《わきざし》を取《とり》給ふを、皆々取つき、「世の聞えもいかがなり」と、無理にとどめ奉りしに、これより御心も疲れさせ給ひ、三日も立たぬに御命かぎりとなり、かれこれ歎きかさなり、一子《いっし》もたせ給はねば、あたら平尾の家絶果《たえは》てける。」

衆道と主従の義理で先腹切って死ぬ二人の若者は憐れだが、彼らの心情は私には理解が難しい。武道とはそれほど苛酷なものだと作者は語っているようにみえる。

さて『武道伝来記』は「諸国敵討」と副題しているとおり、敵討が主題なので、右はこの第一話の序章である。これから本題に入り、かねて左京に思いを寄せていた関屋為右衛門という武士が、

「この度《たび》左京は、命を惜しみ、「主人お恨《うら》みあれば、暇乞《いとまこひ》すて他国（自分勝手に主人に暇を告げ他国へ行く）」といふを、采女引きとどめ、「申しかはせし通り、是非さし違へて二世の同道（来世までも一緒に）」と、義理に責められ、痛い腹を切りける」と申しなしぬ。左京、草の蔭にても、さぞ口惜しかるべし。」

また、為右衛門が采女の弟、求馬《もとめ》の同席している場で、采女を褒めあげたのを求馬が聞き、為

右衛門に苦情を言う。

「「左京・采女、いづれかあひ劣るべき心底《しんてい》にあらず。然《しか》も左京は、采女にまされるの所ありて、すこしも人におくるる若衆《わかしゆ》にあらず。その上《うへ》、そなたにも傍輩《ほうばい》の事、今になつてよしなき（いわれない噂）流布《るふ》せらるる事、天命知らずなり。大勢の中にして露顕（隠すべきことを表にあらわすこと）の上なれば、かさねて申さぬとはいはせじ。この事、左京弟左膳に知らせて、正八幡《しやうはちまん》も御示現（霊験を示し現われること）あれ。その身のがさじ」と云へば、為右衛門、聞きもあへず、「推参なり（無礼である）」と立ちあがるを、求馬、天理をもつてうつ太刀《たち》早く、車《くるま》に切りはなち（車切りに、刀を横に払い胸を輪切りにすること）。静かに鞘《さや》におさめて立出《たちい》づるを、いづれも廃妄して（うろたえて）、これをとどむる人なし。」

為右衛門が、左京は采女に強請されて心ならずも先腹を切ったのだから、左京は無念だったろうと、采女を非難したので、求馬は為右衛門を討ったわけである。

「すぐに左膳宅に行きて、このあらましを語るうちに、為右衛門一子《いつし》次郎九郎、素鑓《すやり》（真直な穂先の鑓）ひつさげ懸《か》けつけしに、左膳、長刀《なぎなた》にてわたしあひぬ。求馬は、鬢《びん》鏡取出《い》だし姿を写して、黒髪撫付けて、ゐながら見物をしける。跡より家来《けらい》走りつく時、門をかため、「むくろ（死骸）はおのればら（お前たち）にとらすべし」といふ。この勢《いきほ》ひに、下々《したじた》、あさましく逃げ帰りぬ。その跡《あと》（後）にて、左膳、次郎九郎を切りふせ、とどめまでさしおほせ、「今ぞのき道」と、二人、一家《いっけ》をつれて、成程（できるだけ）急がず、丹波路に入りける。「古今の稀者《まれもの》、これぞ」と、語り伝へし。」

第一話は右で終る。原典の脚注によれば、「これまでの切合いは私闘・喧嘩の域を出ない。私闘・喧嘩は当然処罰の対象となるから、求馬と左膳は国を立退かざるをえないわけである」という。この第一話は、敵討は余計であり、前段に興趣がある。その興趣とは衆道・主従の義理・人情の苛酷さであると私には思われる。

2

巻二から第二話「見ぬ人皃《ひとがほ》に宵《よひ》の無分別」を採りあげたい。土地は肥後の城下、熊本、玄春《げんしゆん》後家《ごけ》という鍼医の仲人口が物語の発端である。

家中の善連寺外記《ぜんれんじげき》という武士におたねという妹がいた。「十八まで縁遠く、部屋住居《ずまゐ》の気づくし、心地悩ませ、胸のつかへの養生に、妙春（前出玄春後家と同一人物）に針をうたせられ」効験あって、妙春は懇意にあずかっていた。

同じ家中の御使番《おつかいばん》を勤め、「仁躰《じんたい》（風采）すぐれて、武芸に達し」た、福崎軍平という武士は、二十六歳、いまだ妻がなかった。その軍平が妙春に「縁付頃《えんつきごろ》の息女《そくぢょ》はあらずや」と尋ね、妙春はおたねを「世に又もなき美女のやうに」話したので、軍平は「見ぬ人をこがれ」、「いかにもして申し請けた」し、と縁談を申し入れ、霜月十一日、おたねは美々しく嫁入りする。そこで悲劇がおこる。

「軍平も心嬉しく、その面影を見しに、思ふに各別《かくべつ》の相違ありて、姿ばかり尋常にて、横皃《がほ》に幅広く、額《ひたい》あがりて髪すくなく、しかも、唇厚く鼻低う、つきづきの女（付添いの女）に見くらべてさへ、さりとは思はしからず。

軍平腹立《ふくりう》、胸をすへかねて、妙春をよび立て、「世の昼盗人（非常にずうずうしい者）とは、おのれが事なり。女にあらずは、生けては返さじなれども、命《いのち》を助くる代りに、あれをそのまま、今宵のうちに外記方《げきかた》へ戻せ」と、思案もなく（深い配慮もなく）、無分別に申せば、妙春、挟《はさみ》箱の蓋《ふた》をあけて、金子《きんす》二百両取出《とりい》だして、「右に（前もって）御契約は申さねども、あなたの御手前よろしき故に（あちら様の暮し向きがよろしいから）、この小判《こばん》を送らるるなり。今の世の中は、かうした事が勝手づく（生活のため都合がよい）、女房がよいとて（美人だからといって）、ご身躰《しんだい》（生活）のたよりにはなりませぬ。御《おん》ための悪《あ》しき事はいたさぬ」と、いかめしく見せければ、軍平、たまりかねて、妙春に縄をかけて、乗物に押込み、長持・手道具、残らず外記《げき》門外に積ませければ、おたねは、世《よ》に口惜しく思ひつめ、宿（家、外記邸）には帰らず、軍平方《かた》にて、自害して果《はて》にける。」

軍平の身勝手は許しがたいが、哀れをとどめるのはおたねの自死である。武家の生の辛さは男だけではない。武家に生まれれば、女性であっても面目が立たなかったのである。

「外記、堪忍《かんにん》ならず、早馬にて駈けつくれば、軍平方には覚悟して、大門ひらきて待ち請《う》け、外記、馬より降りて、玄関前に走りあがるを、両方より、長道具（槍）にてはさみ立ち、心まかせに働かせず。やうやう若党二人切臥《きりふ》せ、四五人にも手を負《を》ふせ、奥へ切入《きりい》る所を、石倉慰《ぜう》右衛門といへる牢人（浪人）、軍平にかかり人（居候）にてありしが、うしろより十文字（穂先が十文字の槍）にて突付《つきつ》け、つゐに外記は討たれける。近所の屋形、立騒《たちさわ》ぎたるうちに、手前ばやに（手早く）立ちのきざまに、妙春も打つて捨て、一家行《ゆ》きがた知らず、明《あけ》屋敷になりける。」

妙春については、乗物に押込めて外記の許へ送り返したはずだから、ここで「妙春を打つて捨て」は記述に矛盾がある、と脚注が指摘している。打捨ては斬りすてる意。これからが敵討となるのだが、その前に一波瀾がある。

「その折ふし、外記弟八九郎といへる者、熊野山一見の同道ありて（熊野参詣の同行者があって）、参詣せし留守のうちなり。山は雪に埋づみ、大木小松に見なし、枝折《しをり》の薄《すすき》も葉がくれの道しれず、岩根づたひに行末は、鳥の声なく風あらく、氷を砕きて息をつぎ、身をこらして（苦労して）行くうちに、和田林《りん》八と云ふ者、足をいたませ、心ばかりはすすみて、腑甲斐なく見えければ、八九郎立寄り、「日頃《ひごろ》口ほどにもなき男、今からそのごとく腰ぬけて、なを行さきの峰は、いかにして越ゆべきや」と、手を打つて笑ひ、「この度《たび》の参詣も、汝思ひ立ち故に、連れ立ちたる甲斐ぞなき。小者にあれまで肩にかかれ。それよりは、我らが抱きてなりとも越ゆべきを」と、林八に力をつくべき（はげます）ために、言葉あらしければ（わざと乱暴に言葉をかけると）、この者、これを無念に思ひ、「足はたたずとも、その方にまさるつよき所を覚へたり。八幡のがさじ（八幡菩薩に誓って、断じて）」と、刀抜きかざして打つてかかれば、八九郎も、是非をここに極《きは》め（もはや何ともならぬと心を決めて）、切先《きつさき》より火を出し、しのぎ削《けづ》りてあやうき時、枯野より、外記、常にかはりたる姿のあらはれ出《い》で、その中に飛び入り、「これは当座の（その場の）言葉とがめ、我は福嶋《ママ》軍平に討たれ、浮世を去つての亡霊なり。敵討たすべき者は八九郎なれば、大事の命悲しく、爰《ここ》に二《ふた》たびまみゆるなり。この意趣やまずは（この遺恨が終らないなら）、軍平を打つての後、互ひの思ひをなし給へ（恨みを晴らしてください）。是非に頼む」と、いふ声の下より、消えて形《かたち》はなかりけり。

両人、眼前に驚き、しばし十方《とはう》（途方）にくれけるが、八九郎、涙に沈みて、「運命のつきか」と、これを歎く。林八いさめて、「今は帰らぬ事なり。天をわけ地をかへして、軍平を打ち給へ。助太刀はそれがし」と、八九郎に力をそへ、本国に帰れば、外記夢の告げに違《たが》はねば、八九郎・林八、すぐに肥後をたち出《い》で、いづくを定めず尋ねける。」

これから八九郎が林八の助けをえて軍平に対する敵討となる。

「かくて、二年《ふたとせ》あまりも心を尽くし、尋ねめぐり、「信州戸隠山の社僧に内縁ありて、これを頼みにして、その山中に住みける」由聞《よし》出し、やるせなく心の燃《も》ゆる（思いのはらしようもなく心は燃え上がって）、信濃なるその山に忍び行き、ひそかに様子を聞くに、軍平、道伝と名を変へ、世をのがれたる墨衣、仏もなき（仏像も置かず、信仰心のない）草庵を結び、東の山原《やまはら》に、黙然《もくねん》として年月《としつき》を送るは、さらに仏心にはあらず、臆病風に引籠り、世上《せじやう》（世間）を恐れての山居《さんきよ》ぞかし。

八九郎・林八、笹戸を踏破りてかけ入り、「軍平、今月今日、最後の覚悟」と、名乗りかけしに、昔の勇力《ゆうりき》出ず、手を合せ降参して、「今はこの身になりて、外記殿の御跡を吊《とぶら》ひ（弔い）ければ、命を助け給へ」といふ。八九郎、庵を見まはし、「汝、心中に偽《いつは》りあり。用心の枕鑓《まくらやり》、形《かたち》は墨染、一心は以前に変らじ。いかに逃《のが》るべき。さあ立ちあがれ」と責めかくれば、「かなはじ」と、鑓を取る手を打ちおとせば、かひがひしくも、打ちおとされし手を左の手にもち、林八が助太刀を打ちおとし、林八を切りふせる所を、八九郎、とびかかり切倒《きりた》をし、とどめをさし、林八が死骸に取りつき、なげくに甲斐なく、今はや、髻《もとどり》切《き》つて発心《ほつしん》し、津の国中山寺のほとりに身をかくし、外記・林八両人の後の世を吊《と》ひ（弔い）けると、いにしへの名は朽ちずして、今に石塔のみ残れり。」

妹の縁組みを破談にされたからといって、破廉恥な相手を斬らねば意地が立たない武家の面目、そのために殺された兄の敵を討ったために友人までまきぞえにしてしまう。敵討というものの無残さ、空しさをしみじみと感じさせる作である。

3

巻三の第三話「大蛇《だいじや》も世にある人が見た様《ためし》」も読後、感じるところふかい物語である。

「予州宇和嶋と云ふ所に、手繰《てぐり》の綱をおろさせ、女まじりに今や引くらん。五端帆《ごたんぼ》の舟二艘を、出嶋の宿《やど》の椽《えん》の前《さき》まで釣揚げさせ、潮を湛《たた》へて、数の魚《うを》を放ち、これぞ正真《しやうじん》の沖鱠《おきなます》、入日《いりひ》を金柑《かん》に見なし、浪《なみ》の浮藻《うきも》を水鉢に作り、この気色《けしき》は、下手な仙人より増《まし》に、詠《なが》めの長《ちやう》じて（すばらしくて）、小船《せうせん》に棹《さほ》さし、盃流しの一曲を、興《けう》じてうたふ所に、俄《にはか》に海上震動《しんどう》して、白浪舟をゆりあげ、水より少し下に五丈ばかりの竜《りやう》、うねり廻るを、見る者肝《きも》をけし、船頭をあらけなく叱りて、「こんな所へ乗せて来るものか。夕の夢見あしきに、こまい（来まい）といふたを、女どもが、「それでは約束の義理が欠ける」といふて、この様な怖い目をさせる」と泣出《なきい》だすと、着物みなぬぎて、大小にくくりつけ、犢鼻褌《ふんどし》まで放《は》づして、泳ぎ支度《じたく》をする。」

脚注に竜と大蛇は混同されるとある。ここで船中一同の動揺が描かれるが略す。

「その中に、石目《いしめ》弾左衛門、艫先《へさき》に立ちあがりて、大躬鑓《おほみやり》（大身の槍）を上段に構へ、大音《だいおん》あげ、「正躰《しやうたい》いかなる物ぞ。この治まれる時津波、太平の御代にあやしき姿、天晴《あつぱれ》、僻者《くせもの》なるべし」と、海上を白眼《にらみ》つけたる有様のゆゆしき、ふしぎや大蛇、淡路が嶋の方へゆくとみへて、気色《けしき》しづかに浪おさまり、皆々夢の覚めたる心地して、又、右の汀《みぎは》に漕ぎ戻し、からき（あやうい）命を我物にしてあがりぬ。」

この結果、弾左衛門の手柄が評判となり、同船した成川《なるかは》専蔵・木村土左衛門の臆病が評判される。

五月雨のふる夜、久米田《くめた》新平その他が主人井田素《そ》左衛門の家に集っていたところ、素左衛門と「わりなく云ひかはしたる中」（深い関係になっている）成川専蔵の子息滝之助が来るはずと待っていたが、滝之助が玄関まで訪れたとき、専蔵の舟遊山《ふなゆさん》の時の不首尾の有様が語られており、座中大笑いしているのを耳にする。

「「これ、堪忍《かんにん》ならぬ所、よしよしこれまで」と、降りつづく雨にそぼぬれて、「座を立つを待ちかけ、物の見事に打果《うちは》たさん」と思ひながら、「いやいや、この事を云ひつのりて、かふなる時は（果し合いになるときは）、いよいよ親仁《おやじ》の卑気《ひけ》、恥の上の恥辱、ここは分別所なり、かへつて不孝の科《とが》をのがれず。堪忍ならぬ所なれども」、胸をさすり、歯をくひしばり、「所詮今の物語は、久米田新平、相手に不足なし」と、無念ながら宿（自宅）に帰り、その後《のち》、素左衛門・新平に逢へども、色に出《い》ださず、時を過ごしぬ。」

同地に太田鬼卜《きぼく》という浪人が丹石流の兵法の師をしていたので、若者たちが弟子入りしていた。

「折ふし、新平にあたりたる時、滝之助、「さいわひの所」と、打太刀（切りこんで行く側）に出で、続けて二三本したるに、それでは、とまる（受けとめられる）、とまらぬと、穿鑿《せんさく》仕出しけるに、新平、おとなげなくせいて、「品柄《しなえ》（竹刀）といふては、疵《きず》がつかぬによつて、その証拠知れず。生若輩《なまじやくはい》（未熟者）なる口より、云はれぬ事（無用なこと、言うことのできないこと）を云はんより、勢を出せば（稽古に精を出して励めば）、つゐしれる事（すぐ分ること）、瓜の蔓《つる》に茄子《なすび》はならず」と呟くを、滝之助、なを聞かぬたくみ（計略）なれば、「いな（おかしな）たとへを承はる。ことに品柄《しなえ》では証拠の知れぬとは、真剣では、拙者得《え》いたすまいとおぼすか。弓矢八幡、のがし申さず、よく覚え給へ」と、云ひ捨てて帰り、最前《さいぜん》の意趣を、これにたくみかへたる心底《しんてい》、武士の子程《ほど》あり。」

そこで滝之助は果し状を送りつけることとなり、父親の恥を雪《そそ》ぐための決闘となる。「その日の八ッ時分に、新平方《かた》へ状をつけ、「今晩、椿原《つばきはら》にて仕合《しあひ》致すべき」由云ひやりて、日の暮るるを、松が根に腰をかけて、覚悟を極めける。

その頃、新平が念比《ねんごろ》の弟分に、富坂《とみさか》弁四郎、この事を聞きて、只独り爰《ここ》に来たるを、五月闇《さつきやみ》のあやめしらず、新平と心得、「滝之助なり」と、言葉をかけしに、弁四郎、わざと言葉をかはさず、新平にかはりて切りむすび、たがひに数ヶ所手を負ひて、しばし佇む所へ、新平来たりて、「滝之助はいづかたに」といふに驚き、「さては人たがひか」と思ふうちに「弁四郎、助太刀に参りたり」と、云ひはてず、又切つてかかるを、飛びちがへてうつ太刀に、弁四郎が首、後ろに落つると、すかさず新平、ぬき合せける所へ、素左衛門又、滝之助が助太刀に来たりてみれば、打ち逢ふたび毎《ごと》に、しのぎより出《い》づる火は、蛍のごとく飛びみだれ、最前《さいぜん》より滝之助、あまた手負《お》ひつかれ、足もたまりえぬ（こらえられない）を、急にたたき付けられ、木の根につまづき、「南《な》無三宝《むさんぼう》」と、ころびながらうけ留《と》めて、あやうき所を、「素左衛門なるは」と勢《せい》を付《つ》け、新平とわたしあひて（切りあって）、二打三打《ふたうちみうち》うつと思ひしが、素左衛門切り倒され、「無念」といふ声を、最後に残しぬ。

滝之助は、弁四郎が死骸を枕にして、息をつきたるに、この音《おと》を聞きて力をおとし、「口惜《くちお》しくも爰《ここ》にて、両人共に討たるるこそ本意《ほい》なけれ。何とぞして新平を手にかけ、本懐達すべく思へども、五躰続かず、手を負ひて、はや太刀打《たちうち》もかなふまじ」と、思案廻《しあんめぐ》らし、小声になつて「南無あみ南無あみ」と二三返《へん》となへ、「誰かある。早くとどめをさせ」といふ声に、新平、気をくつろげ（気をゆるめ）、「さては仕《し》すましたり」と立ち寄るを、寝ながら横にはらへば、高股《たかもも》切りおとし、倒るる所を、起きなをりて首をうち、「先《まづ》本望達したり」と、嬉しきばかりにて、次第に弱りはて、新平がむくろに腰をかけ、差《さし》ぞへ（脇差）腹にあてながら、切るまでは力なく、何ぞと問ひし白玉の、椿が原の露と消えけり。」

脚注は「何ぞ」以下は『伊勢物語』六段の「白玉か何ぞと人の問ひし時露と答へて消えなまし

ものを」をうけていると記している。

若者二人と彼らのそれぞれと情をかわした若者二人、合計四人が凄絶な決闘のはてに、全員が死ぬ結果を迎える。これは敵討ともいえない、武士の意地から出た、果し合いである。武士とはかくも烈しく、はかない存在であることを作者は透徹した眼で見通している。

4

『武道伝来記』巻四からはその第一話「太夫格子《たゆうかうし》に立名《たつな》の男」を読んでおきたい。

事件は駿河国安倍川沿いの遊廓でおこった。

「恋は闇こそおかしけれ（恋には闇が好都合）。出家も頭巾の山深く、茶問屋の客も、女めづらしく、旅人《りよじん》も、一夜切《いちやぎり》（遊廓は客を一日一夜以上滞在させないきまりであった）の慰みに浮かれ、かざし扇をする（扇で顔をかくす）もあり。編笠を人もとがめず、かかる悪所《あくしよ》（遊里）は、互《たがひ》に堪忍するこそよけれ。折ふし、同じ屋敷をしのびの友（隠れ遊びの友）、青柳十蔵・榎坂《あさか》専左衛門、この両人、供をもつれず、ひそかに、浮世狂ひに乱れありき、宵に呑過ごしたる酔の機嫌に、正気を忘れ、無用の口論をして、日頃のよしみをかへり見ず、刀抜き合はせて切りむすびしが、十蔵、首尾よく専左衛門打つて捨て、取《とり》まはしよく（うまく処置して）立退《たちの》き、屋敷に帰り、沙汰なしにして（しらをきって）、世上《せじやう》を聞《きき》あはせける（世間の噂などをうかがっていた）。」

『武道伝来記』における敵討の契機にはほとんど大義名分がない。ここにみるような些細な口論から敵討という悲劇がおこるのである。

専左衛門の弟専兵衛がさまざま詮索するが、相手は分らない。掟に背き、夜中に屋敷を出て遊廓で斬られたのだから、御長屋に住み続けることができなくなり、専左衛門の妻と七歳になる息子の専太郎は、清見寺の近くに寓居し、妻は「つれあひの事、面影に立ちそひ、寝覚《ねざめ》に、専太郎が、「父様《ととさま》は」と尋ねし時、なを又心も乱れて、「世にながらへて物思ひ、身をあだ浪に沈めん」と、妻戸あくればうら淋しく、三保の松風吹きつづき」といった生活の中、「「我相果てなば、さぞ専太郎が歎くべし。女の心のはかなや、夜を日につぎて成人させ、是非に敵《かたき》を討たせでは」と、覚悟しかへて身かため、愁《うれ》ひを胸にふくませ、面《おもて》は鬼に見せて、その後、更に歎かず、専太郎が一人遊びの傀儡坊《でくのぼう》・竹馬を捨てさせ、女房ながら打太刀《うちだち》して、兵法を励ませける。」

やがて偶然のことから、喧嘩口論の相手、敵が青柳十蔵であったことを専兵衛が探りだし、十蔵を狙うこととなり、妻子もない十蔵は逃亡、行方知れずとなる。専兵衛は「天をわけ地をさがし、この本望をとぐべし」と発心したが、はからずも都そだちで美しい兄嫁に心を寄せる。

「武士の義理をもかへり見ず、寝間に忍びて、言葉かずかず尽くし、人の聞《きこ》え、世の思惑をもかまはねば、一生の迷惑爰《ここ》に極《きは》まり、涙袂《たもと》にあまり、「さりとは天命そむき、道ならぬ御事、思ひもよらぬお調諧《たはぶれ》、いかに女なればとて、専左衛門殿に離れ、後夫《こうふ》を求むる心底《しんてい》にあらず」と、道理至極《しごく》の断り。専兵衛、更に聞きわけずして、なほなほ（それでもやはり）無理を進み（道理にはずれたことをして）、夜着《よぎ》の下臥《したぶし》する時、今は是非を一つに思ひ定め（仕方なく覚悟をきめて）、肌刀をぬきて、専兵衛が脇腹をさし通し、その刀にて胸をつらぬき、惜《を》しや二十四の春の夜の夢とはなりぬ。」

「その後、専太郎九歳になれば、おとなしく（一人前に）、伯父《ママ》専兵衛を恨み、母を悲しみ、「ながらへてせんなし」と、命を捨つるを抱きとどめ、「武士の子として、知れたる親の敵を討たずして、今空しくなり給はば、草の蔭なる父母、さぞ口惜しかるべし」とさまざま申すを聞きわけ、「この上ながら頼む」と、涙をこぼすを見て、心なき野人《やじん》まで、哀れみをかけぬはなし。」

天涯孤独の幼い専太郎が、「武士の子」として敵討をとげねばならぬ宿命が、『武道伝来記』の語るところである。専太郎は十三歳となり、以前雇っていた小者吉蔵を連れ、十蔵を探す旅に出ることとなる。

「この事、十蔵伝へ聞きて、「若年《じやくねん》の気をつくし（苦労をし）、我を打つべき所存、専左衛門子なり。つらつら世の有様を観ずるに、菟角《とかく》は夢に極《きは》まれり。我、専左衛門を打つて後、そのまま切腹すべきこそ武道なれ。さもしき心底《しんてい》おこりて、世をしのび、人のそしりを請けぬる事もよしなし。我方より名乗り出《い》でて、子細なく討たれて、専太郎が本望をとげさすべし」とはるばるの国里《くにさと》をいそぎ、清見潟《きよみがた》を尋ねのぼれば、「専太郎は東国に行く」と聞きて帰れば、北国にまはり、西国めぐれば、南海に行き、一年にあまり逢はざる事をとけしなく（もどかしく）、「我生国《わがしやうごく》、出羽の羽黒山の麓寺、観音院にて待つべし」と、興津川《おきつ》に札を立置《たて》き、その身は東《あづま》にくだりけるが、いつとなく疝気《せんき》（漢方にいう、下腹部の痛み）に悩み、様々《さまざま》養生するに、頼みすくなく、世《よ》の限りと見えし時、観音院をふかく頼み、「我事《わが》、つねづね申すごとく、人に命を預りし身なれば、今となりての病死、さりとは武勇の本意にあらず。然りといへども、時節（寿命）の命なれば是非なし。死去の後、形をこのまま土中《どちう》に筑込《つきこ》め、専太郎、尋ね来たらば、たとひ白骨《はくこつ》となるとも、二たび我を掘出《ほりい》だし、敵《かたき》を討たせ給へ」と、慥《たし》かなる詞《ことば》残して、つゐに空しくなりぬ。十蔵遺言のとをり、そのからだを取置《とり》きける。」

「専左衛門を打つて後、そのまま切腹すべきこそ武道なれ」といい、また、自分は「人に命を預りし身」といった諦観が、専太郎の「武士の子」なれば、という動機と対応するであろう。

専太郎は興津の立札を見て、羽黒山観音院に赴く。住僧に名乗ると、十蔵の死を告げられ、遺言を聞く。「その死骸を見ずしては、浮世に心の残れり」と住僧に頼む。住僧が塚のしるしを掘りのけると、「はや百日あまりも過ぎけれども、ありし姿のさのみ変らず、生《しやう》ある人の眠れる如くなり。走り寄つて声をかけ、「榎坂専左衛門が世忰《せがれ》、専太郎なるが、親の敵のからだなれば、討つ」といへば、十蔵死骸、眼《まなこ》をひらき、笑ひ貞《がほ》して首さしのばす。この心通《しんつう》（心の通じあい）

を見て、猶《なほ》いさぎよく、指したる刀・脇ざしをみれば、刃引《はびき》（刃をつぶして切れなくすること）にして、目釘竹をはづし置き、専太郎に、手むかひせず打たるる覚悟の心入《こころいれ》、ためしなき男なり。「この後《のち》、恨みはなし」と、即座にもとどり切つて、元《もと》の如くに埋づみて、その跡ねんごろにとぶらひ、「今は世界に望みなし」と、観音院を師と頼み、出家堅固に勤めける。惜しや盛《さかり》をまつ花の帽子、身は墨染の桜散る世語《がた》り。」

脚注には、この「結末には哀れさと同時に空しさが伴うであろう。このような話の構成によって敵討の空しさを感得させる作者の武家への見方には、一見詠嘆的な結びにもかかわらず、冷くつき放した姿勢が存していると いわざるをえない」とある。

和辻哲郎は『日本倫理思想史』中、この物語を評して次のとおり記している（傍点原文、ルビは省略した）。

「われわれはこの物語において、まず第一に、最初の果たし合いの原因がきわめて些細な喧嘩に過ぎないという点に注目する。この点は作者自身も充分に承知しており、それを力説するような態度に出ている。この特徴は、武道伝来記に集められた話の大部分において、同様に見受けられるところである。ごく些細な侮辱の言葉、軽蔑のそぶり、冷淡な批評などが、直ちに武士たちを果たし合いに駆り立てて行く。しかもその果たし合いの結果はいつも重大である。それは必然に復讐を生み、復讐はさらに復讐を生む。結果の悲惨なのに対して、最初の原因はいつもふつりあいなほど軽微なものである。時には作者が武士階級に対する嘲笑の意図をここに秘めているのではないかとさえ思わせるほどである。というのは、その時代に他方で士道の論者たちが、そういう無用な口論の結果犬死にをする武士たちの醜態をしきりに戒めていたからである。しかし作者は、そういう軽率な所行にもかかわらず、武士たちが後に敬重すべき人物であることを示したという点に、眼をつけている。どうも嘲笑の意図はなさそうである。葉隠のなかで山本常朝が西鶴をほめているのを見ても、このことは確かであろう。西鶴が力を入れて描いているのは、どういう原因にしろ、とにかく争闘が始まってからの武士の態度である。そこには、名のために惜しげもなく命を捨てるという気概が見える。人を殺した以上、その場で切腹すべきであったと考えるのも、同じ態度である。侮辱の言葉に対して直ちに刀を抜くのは、いかにも軽率に見えるが、しかしその時に相手を殺すというだけでなくおのれ自身も命を投げ出していれば、その態度は武道にかなうのである。この武道は葉隠のそれと似ているが、西鶴の捉えたのはまさにそういう武士道であった。

　第二に気づく点は、殺された親や兄の敵を討つということが、その親や兄の殺された理由と無関係に、それ自身に意義を持っていることである。武士の子としては、敵討ちは絶対的な義務であって、避けることを許されない。だから西鶴は、似寄った題材を扱った。『無分別は見越の木登』（巻四ノ三）において、幼い者が復讐の旅に出るのを描く際に、はっきりとそれを「武士の道」と呼んでいる。そうなると、敵として、ねらわれている者は、その「武士の道」を立てるためには、ただ討たれるほかはないであろう。『身袋破る落書の団』（巻二ノ三）も同じような話であるが、ここでは親の敵の方から進んで敵討ちの少年に討たれてやったことを、「さすが武士の正道なり」と批評させている。それほどに親の敵討ちは重んぜられているのである。ここでは曽我物語の伝統が武士道全体を占領してしまったようにさえ見えるであろう。」

さすがに広い視野に立った卓抜な見解である。武士道とは和辻が説いたようなものだろうし、そういう本質を西鶴が見抜いていたことも間違いあるまい。しかし、その上で、私には、西鶴の眼には、武士道ないし武道とは何と空しいものか、名はそれほど重みをもつものか、と考えていたとしか思われない。

和辻は青柳十蔵の覚悟に「気概」をみ、また、西鶴は「武士たちが後に敬重すべき人物であることを示し」たというのも、十蔵を敬愛すべき人物として描いたということであろう。また、敵討になれば敵は討たれる他ない、と西鶴が描いたことも事実である。しかし、それは西鶴がそうした生き方に共感したことにはならない、と私は考える。

そこで次に、和辻が似た話という「無分別は見越の木登」を読むことにする。

5

『武道伝来記』中でも巻四の第三話「無分別《むふんべつ》は見越《みこし》の木登《きのぼり》」ほど哀れを催す物語は他にない。

肥後の国に新参ながら財政に明るいことから僅か三年の間に二千石を拝領することとなった大《おほ》壁《かべ》源五左衛門という武士が仕えていた。隣邸に古参の武士、安森《やすもり》戸左衛門が住んでいた。非番の戸左衛門が内儀と二人、しめやかに語らい「何心なく仮枕」していたところを、源五左衛門邸の庭の楓の大木の若葉をその子息小八郎がほしがったので、中間が木に登り、樹上から「仮枕」を覗き見したのに戸左衛門が気付き、無作法千万と怒り、「鉄炮二ツ玉こめて、狙いすまして」打ったので、中間は「気もたましゐもぬけて落《おち》ける」とはじまる。題名の所以である。

驚いた源五左衛門は不注意とはいいながらも、あまりの仕打、堪忍ならず、ということから、切合いになり、「源五左衛門が長刀、鴨居に切《きり》付《つ》け引きかぬるを」戸左衛門が「車に払ひ倒し、留《とど》めまでさして」、今立退《の》くと内儀に知らせ、源五左衛門の若党二人切り捨て、立退いた、ことが敵討の発端である。

戸左衛門の家は断絶、源五左衛門の子息小八郎に二十人扶持を与えられたが、その後八、九年後、小八郎が十五歳になったとき、母が子細を話すと、老中に敵討を申し出、「討得《うちえ》たらん時には、本知（もとの禄高）相違なく下さるべき」由を聞き、「本望達する迄は、路金入用次第に、御用人」に申越したらよい、と言われ、小八郎は草履取一人を連れ、敵討に出発する。山陽、四国を巡り、源五左衛門の十三回忌を美作の国誕生寺で弔い、さらに畿内その他諸国を尋ね歩き、その間、母と再会、三人で旅する間、美濃国関原《せきがはら》で追剝数十人と出会い、母も下僕も殺される。「思ひもよらぬ事に、独《ひとり》残り給ひし母まで刃《やいば》にかけ、年来の敵《かたき》は打たずして、いやましに憂目をかさぬる事、これ程、侍冥加《さぶらひみやうが》（侍として神仏から受ける加護）にも尽《つ》きぬる者か。よしよしこれまで」と自死も考えるが、気をとり直し、さらに旅を続け、やがて白峰村右衛門という男の下僕となる。ある時、村右衛門の若党と四方山話のついでに村右衛門がかつての戸左衛門であることを確証をもって知ることとなる。

「これ天の与へ、優曇花《うどんげ》の開くを待ちえたる心地して、「今は、かけ込みて討つべき、忍びてや討たん」と様々《さまざま》分別しきりなるを、色につつみ（気持を押し隠し）、その夜の明くるを待兼《まちかね》て、朝日に我《わが》古里の氏神を拝《をが》み奉り、「この度《たび》、本望を遂げさせ給へ」と祈りける所に、村右衛門、登城の支度して出《い》づるを、「源五左衛門が一子《いっし》、小八郎」と、名乗りかけると、村右衛門、うけとめけれども、念力に（強い執念を込めた力で）打太刀《うつたち》、即座に打負《うちをふ》せ、「今はこれまで」と、嬉涙《うれしなみだ》をこぼす所に、村右衛門若党、六七人ぬき連れて、互《たがひ》に手は負《を》ひながら、戦ふ音に驚き、近所に、大目付役の稲村与助、かけ付《つけ》しに、はや、最前《さいぜん》村右衛門様子を語りし者も切り伏せられ、過半疵《くはんきず》（大部分疵を）を蒙《かうぶ》り、立《たち》じろく（たじろぐ）所を、「これはいかなる子細」と問ふに、一様に口をそろへ、「主を殺す悪人」といふに、小八郎は、「親の敵なり」と詞《ことば》だたかひ（口論）にも、なり（騒ぎ）は静まらざりけるを、与助、「しばし」と、両方へ引《ひき》わけて、様子を聞《きけ》ば、「敵《かたき》にまがひなし」と、段々《だんだん》（一部始終）咄《はな》しければ、その頃の太守、小久嶋《こくしま》民部殿に申上げしに、「然らば、かの者《もの》の国へ使者を立《たつ》べし。それより中《うち》は、小八郎を与助に御預け」にて、谷見《たにみ》森右衛門、使者に仰せ付《つけ》られ、筑紫に下りぬ。

知れぬは人間の命、源五左衛門に不憫（あわれみ）加へられし殿《との》は、過《すぎ》し九月十九日に、日腫《にっしゅ》（日毎に患部の広がる悪性の腫瘍）といふ病にて逝去なされ、いまだ百ケ日も立たぬ所へ、大壁小八郎事、段々書付《かきつけ》をもつて、奉行所迄申し来たる由、家老瀬良内蔵《せらくら》之介へ伺ふに及ばず、御代《ごだい》代りて、「大壁の家は、今まで立つても、潰すべき」旨、内々若殿の御内意《ごないい》なれば、たとへ贔屓《ひいき》に存ずる者ありても、取りあげる者一人もなし。ことに、源五左衛門、出頭《しゅったう》するに任《まか》せて、前後に眼《まなこ》見へず、権威己《をの》がままにふるまひしに付きて、意趣（恨み）ふくむの族《やから》、使者に立ちむかひて、「当家の扶持人にあらず」と云ひて、大儀（ご苦労）とも云ふ礼儀さへ、云ふに及ばず帰しければ、使者、美濃に立ち帰り、この段委細《ゐさい》に申せば、敵《かたき》といふ証拠なきによつて、主を殺す科《とが》に定まり、哀れや、年来《ねんらい》のうき難儀、母までに後《おく》れながら、本望は遂げたれども、賤しき者の手にかかりて果《はて》しを、語り伝へてあはれなり。」

物語の発端はまことにたあいない。戸左衛門は非番とは言いながら、昼日中から夫婦で睦みあっていたのであり、それを見越しの楓の大木の梢から隣屋敷の中間に見られてしまったのも醜態なら、いざ果たし合いになって、源五左衛門の刀が鴨居に切付け、引抜けぬまま、戸左衛門に斬られるのも、泰平の世の武士とはいいながら、屋内での太刀の使い方を知らぬ不始末である。『武道伝来記』ではつねにこうした些末が敵討という悲劇をひきおこすのである。

この事件のばあい、脚注には「敵討に出立する前には殿の許可が必要。本章では、殿の許可を得て出立している以上、三奉行所に届出、敵討帳にものっているはずだが、その点は、章末では忘却されている」とあり、また「二、三年前に正式に届出て許可された敵討である以上、現実にはありえない結末だが、そのように虚構して西鶴は、単に話の面白さをねらうのみではなく、武家社会のあり方を認識させ敵討の空しさを読者に感じとらせようとしている」と記されている。

穂積陳重『復讐と法律』（岩波文庫）には「徳川時代においては、復讐の届出は、江戸は町奉行へ、京都は所司代へ、地方は領主または地頭へ届出るのである。武士ならば、その主君より永の暇《いとま》を貰い浪人となって敵討に出るのであるが、首尾よく本望を遂げれば帰参することとなる。百姓・町人の敵討においても願出るのであるが、領主・地頭らは勿論これを許可して、更に幕府に届出で、幕府においてはその族籍・姓名・身分等を「公儀御帳」に登録するのである」と記されている。

森鷗外「護持院原の敵討」では、次の記述がある（『鷗外全集』14、岩波書店）。

「酒井忠実《ただみつ》は月番老中大久保加賀守忠真《ただざね》と三奉行とに届済《とどけずみ》の上で、二月二十六日附を以て、宇平、りよ、九郎右衛門の三人に宛てた、大目附連署の証文を渡して、敵討を許した。「早々本意を達し可立帰《たちかへるべし》、若《もし》又敵人死候《てきじんしにさふら》はば、慥《たしか》なる証拠を以可申立《もつてまをしたつべし》」と云ふ沙汰《さた》である。」

これだけの面倒な手続が正式の敵討には必要であった。実際、こうした証文がなければ、たんなる殺人ではない、と申立てることもできない。この事件のばあい、肥後藩がこうした手続をふみ、記録にとどめる、ということを怠ったこともありうるのではないか。

『武道伝来記』に描かれた多くの敵討がすべてこうした手続をふんだものとは言いきれないのではないか。私は西鶴の虚構と必ずしも考える必要はないように思われる。

この事件の背景には新参の家臣と筋目正しい古参の家臣との対立もあったろう。先代の殿が死去したのは僅か百日かそこら前であった。先代が存命していなかったのが不運であった。しかし、人間はそうした運命に翻弄されるのだと西鶴は説いているようにみえる。

6

西鶴には男色を題材にした作品は数多いが、「諸国敵討」と副題した『武道伝来記』にも男色に由来する、いわば悲恋の敵討の物語がある。巻五の第二話「吟味《ぎんみ》は奥嶋《をくじま》の袴《はかま》」がその例である。

場所は壱岐島である。若衆は糸鹿《いとが》梅之助、父親の糸鹿内蔵《くら》は奉行職、「かかる鄙《ひな》にもまたあるものか、俤《おもかげ》の花」と描かれた花のように美しい容姿の若者であり、彼に思いを寄せて、ふかく語らっているのは壱岐へ通行する舟を監視する舟改め役の村芝与十郎である。

藩主の若殿がある時梅之助を一目見て、しきりに召出すべき旨を仰せられる。父親の内蔵は梅之助に承知すべきだと言うが、梅之助は「もし、ぜひ召出《い》だされ、御傍《おそば》近く御用《ごよう》承る時には、与十郎手前の道を欠く（男女の道義にはずれる）事の恨めしく」、と考え仮病を言い立て、部屋を出ない。

近習勤めの十倉《とくら》新六も梅之助に心を寄せていたが、若殿が梅之助は本腹（病が全快）しないのかと尋ねるので、梅之助に手紙を送ると、念比分《ねんごろぶん》（念者、男色関係の兄分）あり、という言訳であった。若殿は言いだした以上、このままでは引下がれない、と考えていた。やがて、新六は梅之助と与十郎の関係が確かであることを知り、遺恨に思い、若殿に梅之助は仮病であり、与十郎が生きている限り、ご奉公にも差支えると申し上げる。若殿は、「然らば、方便《てだて》をもつて与十郎を成敗すべし。さりながら、大殿《との》の者なれば、一端貫ひての上（一旦自分の家来として貰いうけた上で）」と、家老白浜刑部《ぎやうぶ》まで「村芝与十郎、利口《りこう》もの（かしこい）たるにより、若殿お召使《めしつかひ》なされたき」由《よし》、仰せ遣《つかは》るるに「これ程の者（この程度の身分の者）、お耳に達するまでもなし。いか様《やう》とも、ご用請け給はるべし」と、与十郎を呼寄《よびよ》せ、仰渡《おほせわた》しを申し付けたるに、有難く、直《ぢき》に

（直接に）若殿へお目見、即座に切米《きりまい》（知行取りでない下級武士の俸給）十石のご加増《かぞう》、殊に、女中部屋の下横目役（監察役補佐）仰《おほ》せ付《つ》けられ、首尾残る所なく、外聞かたがた（面目も十分に）、面《めん》目《ぼく》身に余り、宿（自宅）に帰りぬ。」

こうして若殿に仕える身となった与十郎は鈴の間という大名屋敷の表と奥の境の部屋の番にあたることになった。相役三人、一人が二時間ずつ、交替で寝ずの番、他の二人は眠る、という交替制となっていた。新六の姨《をば》野沢が女中頭であったので、夜半、与十郎が高架（便所）に行くため脱いでいた袴を野沢が盗み、表と奥の境の戸を閉めて隠してしまった。同僚二人は寝入っている。戸はかたく閉じられている。だから訊ねるわけにもいかず、訊ねればかえって不審に思われると考え、話すことなく、勤務時間を終えたのだが、その時、同僚の田上磯右衛門が、袴はどうした、と質問し、ここは御城内の番所だから盗人が入るはずない、見つからないでは済まぬこと、と大目付が調べることとなる。ここで野沢が、南女中部屋に怪しい男の姿を見た、と申立て、南女中部屋に与十郎の不義の相手がいるのだろうという結論となり、与十郎は、若殿の謀略通り、縛首にされ、「葉末の露と消えぬ」といういたましい死を遂げることになる。

そこで梅之助を呼出し、若殿は不満の数々を言い立て、「それも、様子を聞けば憎からず。さるによつて、与十郎事、不義の科《とが》にかこつけて、今朝成敗したれば、この上はもはやさはる（障害となる）事はあるまじ。身（自分）に奉公すべし」と申し付ける。梅之助は「「与十郎と拙者儀、さらさら左様の事にあらず。か様《やう》なる儀は、お側《そば》に佞人《ねい》有つて、跡かたもなき讒《ざん》言申し上げたるものにて御座あるべし」といふ言葉の下より、新六罷《まか》り出《い》でて、「何と、お側の佞人とは、誰をさすぞ。その上、その方と与十郎念比《ねんごろ》の事は、国中にかくれなきによって、某《それがし》申し上げたり。生若輩《なまじやくはい》なる口より云はれざる過言、一つには御前《ごぜん》をもはばからぬ、それを佞人といふ」と色を変へて詞《ことば》だたかひ（口論）するを、若殿、両人を御なだめあつて、「それはともかくも、梅之助、身が近習へ詰むれば、別義なし。向後《きやうかう》、互に意趣（恨み）に含む事なかれ」と云って奥に入る。「梅之助、直《すぐ》に宿《やど》に帰り、「さても是非なき次第、これ、新六がなせる所。与十郎、露も知らせ給はず、やみやみと（あっけなく殺されて）なられたる事」のかなしきに、涙にくれながら、文こまごまと書置《かき》き、その夕暮、立ち出《い》でて、新六が帰るさを待ちかけたるに、菱蔓《ひしづる》の紋挑灯《もんちやうちん》、「これ新六」と詞《ことば》をかけ、抜合せて打つ一太刀に切《きり》臥せ、若党二人も遁《のが》さず切倒し、鑓持《やり》・小者追散《こものをつち》らし、「今はこれまで」と、新六が死骸に腰をかけ、心静かに切腹し、自ら首掻《か》き落《おと》して消えぬ。」

ここで物語は終るが、西鶴は次のとおり書き加えている。

「この太刀音《たちおと》、近所に驚き、駈け寄るに、はや両方ことされて、一通の書簡あり。披《ひら》き見るに、「およそこの一道におひては、高き賤しき隔《へだ》てなく、たとへば一天の王子も、草露《さうろ》の牧笛を鳴らし給ひて、御思ひを晴れさせ給ひき。いはんや、その下来《しもつかた》（下に仕える者）は、申すも愚かなれども、恋慕に捨つる命は、風塵より軽《かろ》く、屍《かばね》を霜刃《さうじん》（鋭利な剣）に刻まるるとも、一たびかはす侍《さぶらひ》の一言をや。爰《ここ》に、この恋知らずありて、漫《みだり》に、忠信の者を、無実の科《とが》に偽《いつは》りて殺害す。よしや存命して、人皮畜《にんぴちく》（畜生同然の人間）の世界に遊んで、契絶々《ちぎりたへだへ》ならんより、邪魔の関を踏み破《やぶ》つて、永き黄泉の旅枕、かさぬる衾《ふすま》はこれぞ、鴛鴦《えんあう》の剣（愛しあう二人が力を合わせる剣）を以て、いとしと思ふ兄分の敵を打つて、浮世の夢を覚すものなり」と。見るもの、感涙の雨、さかりなる梅の、あたら落花の名残を惜しまぬ人なく、今に語り伝へて、聞くさへあはれなり。」

こうした男色は、現在の男性間の同性愛とは違うようである。若衆は必ず前髪の少年であり、若衆はまた稚児ともいわれる。現代の男性間の同性愛はむしろ成人間が多いから、同性婚も問題になるのであろう。このような男色は江戸時代、それも元禄期ころがもっとも盛んで、その後衰微したのであろうか。

7

巻六の第四話「碓《いしうす》引くべき埴生《はにゆう》の琴」、巻七の第一話「我が命の早使《はやづかひ》」、巻八の第三話「播州の浦浪皆帰り打《うち》」など、興味ふかい物語が多く、これらも採り上げたいと思ったが、紙幅の都合上、『武道伝来記』については、ここで筆を措くこととする。

『武家義理物語』

1

外国語に翻訳できない、あるいは翻訳しにくい日本語がある。そうした日本語は日本の文化に特有の性格をもっている。いうまでもなく特定の日本語が特定の外国語と一対一で対応することはありえないけれども、外国語に翻訳することがほとんど不可能な日本語の意味を解き明すことは日本文化の特徴を知る手がかりとなるであろう。「義理」という言葉は、さしあたって、その種の言葉の一と思われる。西鶴の『武家義理物語』は文学的には『武道伝来記』よりかなり劣ると考えているけれども、それなりの興趣がないわけではないし、「義理」という言葉を通して、日本文化の特徴の一端を知ることができるかもしれない。そういう立場から『武家義理物語』を読むこととする。

『武家義理物語』は巻一から巻六まで、各巻、四篇または五篇の短篇というより掌篇ともいうべき短い物語を収めている。それだけ各篇深みも厚みも乏しいが、紙幅の都合上、採りあげるのは、二十七篇のうち、私が興趣を覚えた作品に限られる。

2

はじめに巻一の第五話「死《しな》ば同じ浪枕《なみまくら》とや」を読む。

「人間定命《ちやうみやう》（寿命）の外、義理の死をする事、これ弓馬の家のならひ。人みな魂に変る事なく、只その時に至りて覚悟極《きはむ》るに、見苦しからず。」

義理のために死ぬことは武家のならわしだが、人の心には変りはない、ただ、義理のために死ぬ時になってその覚悟を決めるのは見事なことだ、といったほどの意であろう。

「その頃摂州伊丹の城主、荒木村重に仕へて、神崎式部と云へる人、横目役（監察役）を勤めて、年久しく、この御家を治められしは、筋目（家柄）正しき故なり。

ある時、主君のご次男、村丸《むらまる》、東国夷《えぞ》が千嶋《ちしま》の風景ご一覧の覚《おぼ》しめし立ち、式部もお供役仰《あふ》せ付けられしに、一子《いつし》の勝《かつ》太郎もお供の願ひ叶《かな》ひて、父子ともにその用意して、東路《あづまぢ》に下《くだ》りぬ。頃は卯月《うづき》（陰暦四月）の末、日数かさねて、今日の旅泊《たびどまり》は、駿河なる嶋田《しまだ》の宿にかねて定《さだ》めしに、折ふし（ちょうどその時）の雨降り続き、殊にその日は佐夜《さよ》の中々（佐夜の中山を越える日も雨か）をだやみなく（小止みなく）、菊川（中山東麓の渓流）わづかの道橋も、白浪越すかと見えて、しかも松吹嵐に、末々の者は袖合羽（袖付きで裾の短い雨合羽）の裾かへされて、難儀の山坂越《さかこ》へて、金谷の宿に人数《にんじゅ》（多くの人）を揃へ、大井川の渡りをいそがせられしに、式部は跡役《あとやく》（跡始末をする役）あらため来たつて、川の気色《けしき》（状態）を見渡し、水嵩《かさ》次第につのれば、今日はこれに御一宿《しゅく》あれと、様ざま留《とど》め参《まい》らしけれども、血気さかんにましまして、是非を考へ給はず。御心のままに、越《こ》せよとの仰せ、いづれも大浪に分入《わけい》り、流《なが》れて死骸の見えぬもあまたにて、渡りかからせてのご難儀、跡へかへらず（はなはだ難儀であったが、ひき返しもならず）、漸《やうやう》先の宿《しゅく》にあがらせ給ひぬ。」

血気にはやる若殿、村丸の我侭が悲劇のもととなるのだが、そういう我侭に従わねばならぬのも家臣の辛さである。

「式部は跡より越へけるが、国元を出《い》でし時、同役の森岡丹後、一子《いっし》に丹三郎十六歳なるが、はじめての旅立《たびだち》、諸事頼むとの一言《ごん》、爰《ここ》の事なりと、我子の勝太郎を先《さき》にたて、次に丹三郎を渡らせ、人馬《にんば》ともに吟味して、その身は跡より続きしに、程なく暮《くれ》に及び、川越《かはこし》（川越の人夫）瀬を踏違《ふみちが》へて、丹三郎馬の鞍かへりて、横浪に掛《かけ》られ、はるか流《ながれ》て沈み、これを歎くに、はや行方《ゆきかた》知れずなりにき。しかも岸根（岸）今少しになりて、ことに歎き深し。我子の勝太郎は子細なく、汀《みぎは》にあがりぬ。」

ここで武家の義理が問われることとなる。

「式部十方《とほう》（途方）にくれて、暫く思案しすまして、一子の勝太郎を近づけ云ひけるは、丹三郎儀は（丹三郎のことは）、親より預り来り、爰《ここ》にて最期を見捨《みす》て、汝《なんぢ》世に残しては、丹後手前《てまへ》、武士の一分《いちぶん》立ちがたし。時刻うつさず相果《は》てよと諫めければ（訓戒したので）、流石《さすが》侍の心根《こころね》、少しもたるむ所なく、引かへして、立浪《たつなみ》に飛入《とびい》り、二たびその俤《おもかげ》は見えずなりぬ。式部は暫く世を観《くはん》じ、まことに人間の義理程悲しき物はなし。故郷《ふるさと》を出《い》でし時、人も多きに、我を頼むとの一言《ごん》、そのままには捨てがたく、無事に大川を越へたる一子《し》を、態《わざ》と最期を見し事、さりとては恨めしの世や。丹後は外にも男子《むすこ》をあまた持ちぬれば、歎きの中にも忘るる事もありなん。某《それがし》はひとりの勝太郎に別れ、次第による年の末に、何か願ひの楽しみなし。殊に母が歎きも常ならず。時節《じせつ》外なる憂別《うきわかれ》、思へばひとしほ悲しく、この身も爰《ここ》に果《はて》なんと思ひしが、主命《しうめい》の道を背くの大事と、面《おもて》に世間を立てて（表面は精勤して）、内意は無常の只中を観念して、若殿御機嫌よくご帰城を見届《みとど》け、何となく病気にして取籠《とりこも》り、その後お暇《いとま》を乞ひて、首尾よく伊丹を立ちのき、播州の清水《きよみづ》に、山ふかく分け入り、夫婦形を変へて（僧侶となり）、仏の道を願ひ、それまでは子細《しさい》を人も知らざりしが、勝太郎最期の次第、丹後伝へ聞きて、その心ざしを感じ、これも俄かにお隙乞請《ひまこひう》け、妻子も同じ墨衣《すみごろも》、式部入道の跡を慕ひて、その山に尋ね入り、憂世の夢を松風に覚《さま》し、泪《なみだ》を子どもの手向《たむけ》水となし、ふしぎの縁にひかれて、菩提に入りし山の端の月、心の曇《くも》らぬ語らひ、たぐひなき。後世《ごせ》の友（共に極楽往生を願う友）。行ひすまして年月を送りしに、その人も残らず、今又世にある人も残らず（彼らも死んでしまったが、今生きている人々も、いずれは死んでいくのである)。」

右が省略なしの全文である。和辻哲郎は『日本倫理思想史』において、「武士の道は、情にほだされず、愛着に囚われず、純粋に義理を貫ぬくという点に認められているのである。それは感性的な愛着心の否定において義務の意識をきわ立たせようとする考えと、ほとんど同じものだと言ってよい」と記し、「死ば同じ浪枕とや」においても、「感性的な愛着心の否定は命をすてることにおいて絶頂に達するのである」と書いている(傍点原文、ルビは省略した)。

しかし、他の物語はともかくとして、「死ば同じ浪枕とや」では命を捨てるのは、勝太郎であり、勝太郎に対する愛情を断ちきることによって、式部は丹後の頼みを果たせなかったことの償いとするわけである。

こうした「義理」はおそらく武家独特のものであって、普遍性をもつ倫理ではあるまい。私は西鶴がこうした「義理」に共感したとは考えない。西鶴の「義理」に対する否定的感想がこの物語の末尾に認められると考える。

3

巻二の第四話「我子《わがこ》をうち替手《かへで》」を読む。

「丹後のきれとの文珠《もんじゅ》に、二十五日のあけぼのより、国中うつして（国中の人が残らず）参詣す。爰《ここ》に大代《おほしろ》伝三郎一子《し》に伝之介、十五歳になりしが、小者《こもの》一人召し連れて詣でける。かかる折ふし、同じ家中に、新座者（新参者）七尾久八郎と云へる人の子に、八十郎と申せしは、今年十三歳なりしが、これも草履取《ざうりとり》一人連れて、此所はじめてなれば、うら珍しく、天の橋立の松の葉越《はごし》に、月夕影（月は日の誤字と推定されると補注にいう）移るまで、あなたこなたを詠《なが》めめぐりて、立帰る折ふし、伝之介に袖すれて、たがひに鞘とがめして（自分の鞘に他人の鞘が触れたのを咎めて喧嘩すること）、抜き合せ、はなやかに切りむすび、八十郎首尾よく伝之介を打ちとめ、前後を見合せ（あたりに人のいないのを確め）、立ちのきける。両方の小者は相打《あひうち》して、空しくなりぬ。

伝之介親《をや》これを聞つけ、その所に行て、詮索するに、相手の行方知れず、小者も夜中なれば、見分《みわけ》がたく、先《まづ》伝之介死骸を取りかくしける。八十郎は屋敷に帰り、親にはじめ（一部始終）を語れば、これまで帰る所にあらず（同家中の者を殺して、安閑と家に帰る道理はない）、最期の覚悟仕《つかまつ》れと、書状添へて、八十郎を乗物にて（引戸のある上製の駕籠に乗せて）、伝三郎方へつかはし、この者、それにて、何《いか》やうにもお心任せと申入れ、伝三郎請け取り、先《まづ》座敷に置けば、伝之介が敵《かたき》と喜び、母親長刀《なぎなた》をつとりかけ寄るを、伝三郎押さへ、あれ（先方）より見事につかはしけるを、むだむだと（むざむざと）討つべき子細なし。ことに我子は十五歳、これは十三にて、武道も各別にまされば、申し請《う》けてこの家継《やつぎ》にすべし。これ同心《どうしん》（同意）ならずば、その方離別と云はれて、男（夫）に従ふ女心、伝三郎喜び、段々《だんだん》（一々の次第）お願ひ申し上れば、ためし（前例）なきしかた、大望《たいもう》にまかせ、八十郎を伝三郎にたまはり、親子の結びをなせば、母にも孝を尽くし、まことの親には、二たびおもてを見合《みあは》す事もなく、伝之介と名も改めて、日毎に武の道に心ざし深く、成人の後、伝三郎娘と合はせ（結婚させ）、昔の恨みなくて、母もこれに不憫をかけ（いたわりいつくしみ）て、大代の家を継ぎて名を残しぬ。」

若者同士の些細な鞘とがめから、相手を打ち殺したからといって、八十郎に責はない。八十郎を大代家にどうぞご自由にと送りこむ、八十郎の父七尾久八郎にも、そうした義務はない。また、穂積陳重『復讐と法律』（岩波文庫）に『甲陽軍鑑』に「敵討は、親の敵を子のうつは順、兄のを弟のうつは順、子の敵を親のうつは逆、弟のを兄の討つは逆なり」とあると記されている。それ故、伝之介の母が子の敵として八十郎を討つことも本来許されないはずである。

この物語には、新参の家臣の古参の家臣に対する遠慮があるかもしれないが、ここまで「義理」であるかは疑しい。むしろ、八十郎を、どうぞご自由に、と大代家に差し出した好意を受入れた大代伝三郎に武家の義理を見るべきなのであろう。

ここで私が想起するのは源了圓『義理と人情』（中公文庫）における「いくらか機械的になることを覚悟して」整理した『武家義理物語』における「義理」の分類である。同書の著者の分類は次のとおりである。

「(1)——義理の内容にそくした分類

A(a)自己のうけた信頼、または好意にたいして、いかなる犠牲を払ってもこたえようとするもの（この信頼もしくは好意にたいしてこたえようとする心のはたらきを「契約」という行為によって表現する場合も含める）

(b)はずかしめられることを最高の悪とし、自己の名誉を守るために、生命を賭することを辞さないもの

B 相手、もしくは当事者の立場を傷つけないよう、その場において最もふさわしい、しかるべき処置をするもの

(2)——対人関係にそくした分類

A パーソナルな人間関係において成立している義理

B ジッテ、カスタム的（習俗、慣習）な意味あいをもつ義理」

この分類からみると、(1)A(a)に該当すると考えてよいであろう。それだけにこの物語には「義理」に追いつめられた武士の運命の苛烈さに似合わぬ爽やかさがあり、読後ほのぼのとした味わいがある。

4

「近代《きんだい》（近頃）は、武士の身持、心のおさめやう、各別に替れり。昔は、勇《ゆう》を専《もつぱら》にして、命をかろく、すこしの鞘とがめなど云ひつのり、無用の喧嘩《けんくは》を取結《とり》び、その場にて打《うち》はたし、或《あるひ》は相手を切りふせ、首尾よく立ちのくを、侍の本意のやうに沙汰せしが、これひとつと（ひとつとして、全然）道ならず。子細は、その主人、自然の役に立《たて》ぬべしために、その身相応の知行を与へ置かれしに。この恩は外になし。自分の事に、身を捨つるは、天理に背く大悪人。いか程の手柄すればとて、これを高名《かうみやう》とは云ひがたし。」

これは巻三の第一話「発明《はつめい》は瓢簞より出る」の冒頭である。この文章からみても、些細な口論から果たし合いになって殺し、殺される『武道伝来記』に描かれた武士たちの多くや、『武家義理物語』において「義理」のために死ぬ武士たちに、西鶴が共感していないこと、武道ないし武道の義理に批判的であったことは理解されるはずである。こうした思想を序文にして、本文は次のとおり始まる。

「御代《みよ》静かなる、江戸詰の西国大名の家中に、竹嶋氏の何がし、滝津氏の何がし、この両人一所に御役、首尾よく勤《つと》めて、生国に帰る。道中申し合はせて、互ひに機嫌よく、日をかさね、参州岡崎の泊りの夕暮、水風呂《すいふろ》（風呂桶に水を入れて焚く風呂、むし風呂と区別していう）をたかせ、二人ともに入仕舞《いりしまひ》、明衣《ゆかた》（浴衣）を着ながら、折ふしの暑さ、しばし端居《はしい》して涼み、滝津氏の人、鼻紙喰《くひ》さきて、灸《きう》の蓋《ふた》（灸を据えた個所に貼る紙片）をこしらへ、慮外ながら、これひとつ腰へと頼む。竹嶋氏、その蓋《ふた》をしてやる時、すこしの疵《きず》を見付《みつ》け、何心もなく、これ逃疵《にげきず》かと云ふ。いかに心安くても、武士は云ふまじき事なり。滝津氏これを気にかけて、この疵は、先年狩場の働きにて、かくはなりけれども、その証拠なければ是非なし。菟角《とかく》国元にくだり着き、その時分療治いたさせし外科を呼びて、一通り申し、その上にて打果《うちはた》せば済む事なりと、心中《しんぢう》を極《きは》め、その色《いろ》（その気配）見せず。」

竹嶋という武士はまことに軽率、武士として聞き捨てできない冗談を口にし、そう言われた滝津は国元へ帰った後、申し開きをした上で果たし合いの覚悟をする。

「道を急ぎ、伏見の浜に着きて、番所に断《ことわり》申し、五十石舟を借《かり》きり（貸切船貨六匁という）、荷物あらためさせ、舟を出せといふ所へ、六十ばかりの侍、十二三の美児《びしやう》を連れて、この舟に乗りたしと云ふ。船頭貸切《かしきり》と云へば、残念の皃《かほ》つきして、かの子が手を引帰《ひきかへ》る有様《ありさま》、いかにしても見かねて、迚《とて》も（どうせ）先《さき》の間《ま》（船首の方の間）は明《あ》いてあるなれば、乗せて進《しん》じませいと云ふ。船頭酒手《さかて》と喜び、座をこしらへて乗せけるに、又三十ばかりの旅僧、ゆたん包《づつみ》（油単、防水用の油を引いた布または紙の包）を提《さ》げて、この舟見かけて（目ざして）走りくるを、これも情《なさけ》にて乗《のせ》ければ、出家侍二人ともに、数々《かずかず》のお礼を申しつくし、広き所に自由にかり枕（旅寝）を喜ぶ。

やうやう淀の小橋を過ぎ、水車の夕浪面白く、これを肴《さかな》にして吸筒《すいづつ》（酒を入れる携帯用の筒型の容器）取出《とりい》だし、二人さし請《うけ》（さされた盃をうけとること）もせはしければ、後に乗りたる両人も呼びまぜて、酒事《さけ》おかしくなりぬ。かの少人《せうじん》に小謡、出家も座興に流行《はやり》ぶしの小哥《うた》、ひとしほ慰みとなる。その後深くともし火の影にして、なを扱《くみ》（汲）かはし、いつとなく大盃になし、滝津氏の人にまはれれば、いかないかなこれではならぬと立ちのかれしに、竹嶋氏袖をひかへ、又逃《に》げ給ふかと云はれければ、この言葉聞きとがめ、最前《さいぜん》岡崎にて、にげ疵《きず》と云ひ、今又堪忍《かんにん》ならずと、刀ひつさげ立ちかかる。竹嶋心得たりと、そばに置きし刀を取るに（取ろうとしたが）、なかりき。滝津暫く待ちて、刀見えぬとは不思議なり。心静かにたづね給へ。それまでは相待《あいま》つと云ふ。色々僉議《いろいろせんぎ》するに、いよいよ見えぬに極《きはま》りければ、竹嶋覚悟して、これ武運の尽《つ》き、一分《いちぶん》の立たぬ所なれば、相手取るまでもなしと、自害を、まづさしとめ、後に乗りたる侍の申せしは、この刀の有る所《ところ》、それがしの推量、大方は違ふまじ。私の望みに申す所聞《ところき》き入れ給はらば、その刀出《い》でさせ申すべしと云へば、竹嶋は元《もと》より、滝津氏も、お差図《さしず》はもれじと、誓言にて申しける。

その刀これなる出家が盗みたると云へば、気色を変へて、法師をあなどりて云ふやと怒る。かの侍騒がず、その方が酒なかばに、腰より長緒の付《つき》し瓢箪を取出し、山桝《さんせう》（山椒）をつみける（かんでいた）。その瓢箪ありや。ないにおいては（無いのであれば）、をのれ（お前だ）と、僉《せん》議つめられ、折《せつ》なく（絶体絶命になり）川中に飛込み、をのれと自滅いたせり（自ら死んでしまった）。既にその夜も明《あ》けて、舟さしもどし、瀬々見渡し行くに、鵜野の枯芦の中に、小さき瓢簞浮きて、流れもあえず、見えけるを、これぞと取りあげしに、刀のうけ（浮標、うき）に付《つけ》て、酒盛半《なかば》に沈め置きしと見えたり。人の気の付かぬ所を、さりとは名誉の（面妖なほどの、すぐれた）勘者《かんしや》（勘の鋭い人）と、かの侍の事を感じける。かの侍、最前刀出《さいぜんかたな》出たらば頼むと申す願《ねが》ひは両人の中事（仲違い）と、首尾能《よく》して別れける。」

これも無事に解決した事件であり、興趣は盗んだ刀を瓢簞を浮きに使って河中に隠した僧侶と、これを見破った侍の推理にあるのであろうが、武家の「義理」としては、自らの失言から果たし合いを挑まれ、受けるべき刀がない以上は、自害する他ない、と決意した竹嶋の覚悟にこの物語の読み所がある。

これは源了圓『義理と人情』の分類によれば「(2)Aパーソナルな人間関係において成立している義理」に属するのであろう。竹嶋としては自らの短慮による失言の始末をつけるには果たし合いを受けざるをえないし、刀がない以上は、自害する他に義理ないし面目を保つ方途はなかったわけである。

このような短慮によって死を招くことに西鶴が批判的であることは冒頭で述べている。

5

同じ巻三の第二話「約束は雪の朝食《あさめし》」は石川丈山にまつわる挿話である。

「石川や老《おい》の浪立《たつ》影は恥づかしと読捨《よみす》て、今の都も憂世《うきよ》と見なし、賀茂山に隠れし、丈山坊は、俗性歴々《れきれき》の昔を忘れ、詩歌に気を移し、その徳あらはるる道者（悟りをえた人）なり。さるによって、心にかなふ友もなし。

ある時、小栗何がしといへる人、これもへつらふ世を見限り、形を替へて（僧侶となり）、京都にのぼり、東武（武蔵の国）にて、親しく語りしゆかしさに、この草菴《さうあん》に訪ねて、過ぎにし事ども、今の境界の気散じ（気晴らし）なる身の程、心にかかる山の端もなく、梢は落葉して、冬気《げ》色《しき》のあらはなり。月を南面《おもて》の竹椽《たけゑん》に、つゐ居詠《いながめ》ながら語りしが、この客何となく、風斗《ふと》（ふと）立ちて、我は備前の岡山に行く事ありと云ふ。今宵はこれに（お泊りくださいと）と留《とめ》もせず、勝手次第（お気のすむように）と別れさまに、又いつ頃か京帰りと聞けば、命あらば、霜月の末にと云ふ。然らば二十七日は我《わが》心ざしの日なれば、これにて一飯《はん》かならずと約束して、立ち行きぬ。

両人共に世を捨てし、心のままなるは、朝《あした》を待たぬ、旅衣。夜露を肩に結び、枯野枯葉の藤の森になる時、海道続きの人家寝しづまりて、伏見戻りの馬方《むまかた》の声絶へて、竹田寺の半夜（真夜中）の鐘の鳴《な》る時《とき》、丈山その人の跡を慕ひて、しる谷越《たにごへ》にいそがれしに、神無月《かんなづき》八日の夜《よ》の月かすかなる、松陰より人の足音せはしきに立ちとまりて、丈山かと云へば、いかにも見送りにこれまでと云ひけるに、都に友もあまたなれど、心ざしはその方《ほう》ならではあらじと、立ちながら暇乞《いとまごひ》して別れぬ。

その後備前に着きし便りもなく、日数ふりて、十一月二十六日の夜降《ふ》りし大雪に、筧扱《かけひく》むべき道もなければ、まだ人皃《がほ》の見えぬ暁に、丈山竹箒《ばふき》を手づからに心はありて心なくも、白雪に跡を付けて、踏石の見ゆるまでと思ふ折ふし、外面《そとも》の笹戸を音信《おとづれ》し、嵐の松かなど聞耳立《ききみみた》つるに、正《まさ》しく人声すれば、明けわたる今、小栗何がし、訪ね来たるに、そのさま破紙子《やぶれかみこ》一つ前（かさね着の前を一つに合せること）、門に入るより編笠ぬぎて、互ひの無事を語り合ひ、暫くありて、この度《たび》は寒空に何としてのぼり給ふぞと云へば、そなたは忘れ給ふか、霜月二十七日の一飯たべに、まかりし。それよそれよと、俄《にはか》に木葉焼《このはたきつ》付け、柚味噌《ゆみそ》ばかりの膳を出せば、喰仕廻《くひしまふ》て、その箸も下に置きあへず、又春までは備前に居て、西行が詠め残せし、瀬戸の曙、唐琴の夕暮、昼寝も京よりは心よしとて、取りいそぎてくだりぬ。さてはこの人、日外《いつぞや》（過日）かりそめに申しかはせし言葉をたがへず、今朝の一飯喰ふばかりに、はるばるの備前より京までのぼられけるよと、昔は武士の實《まこと》ある心底《しんてい》を感ぜられし。」

石川丈山の詩仙堂はいまも京都の観光の名所の一として私も見物したことがある。羨望にたえない閑居であったが、予想したよりはだいぶ宏壮であった。

ところで、これは約束を守ることが義理の一態様であることを語っている。その面では義理は普遍的な性格をもっており、日本に限らない。しかし、この挿話はそれにしても律義も律義、ここまで律義に約束を守らなければならないのか、という感があり、これはむしろ意地に近いとさえ思われる。

原典の補注に義理について津田左右吉『文学に現はれたる国民思想の研究』第三巻第一篇中の文章を示しているので、ここで引用する。

「意地を他のことばで義理ともいふ。義理と意地とは一事の両面で、自己の心情からいへば意地であり、他に対する面から見れば義理である。死すべき時に死するのは、死するものの心情からいへば意地であるが、死すべしといふ社会的規範から見れば義理である。この義理として考へられた事がらは、本来戦国武士の熱情から出たことであるが、それが義理として見られるやうになつたのは、冷静なる分別の上で事を処しなくてはならぬ平和の世だからである。（中略）既に義理であつて情ではない。義理と情との矛盾がそこに生ずるのは当然であり、意地が情と戦つてそれに打勝つところにあるといふ事実は、これと相応するものである。（中略）武士の道義的観念に於いて名聞と世間体とが重んぜられ、彼等の間の紀綱がそれによつて維持せられる点の多かつたこと、さうしてそれが平和の世に不自然な戦国的気風の形骸を保存しようといふ要求から出たものであることは、以上反覆考へて来たところによつて知られるであらう。」

小栗なにがしからみれば、この訪問は意地であり、石川丈山からみれば義理として把えられるかもしれない。この物語はひどく単純だが、秘められている問題はかなりに難しい。

6

巻四の第三話は「恨《うらみ》の数読《かずよむ》永楽通宝」と題されている。

「寅の年には、必ず洪水と語り伝へり。昔、駿河の国、安部川の渡り絶へて（川止めになって）、十日の雨宿《あまやど》りして、旅《りよ》人の難儀せし事あり。その頃は諸国の大名屋形《やかた》（大名屋敷）立ち続きて、商売人は抓取《つかみどり》（金銀のつかみどり、ぼろ儲け）ありて、その時代、小判《こばん》乏しからず、渡世をなしける（暮らしていた）。」

脚注によれば、慶長十二年三月徳川家康の駿府隠退より、元和二年四月逝去まで、駿府が天下の政治の中心地であった。また、慶長六年以降、江戸・京都・佐渡・駿府で大判・小判・一分判を鋳造していた、という。この物語は家康治世の一七世紀初頭のことである。

「爰《ここ》に北国の城主の中屋敷、はるか府中を離れ、はるか西の方の野末にありしが、これには一年替り（交替）の国衆《こくしゆ》（本国在住の家臣）の長屋住《ずま》ひ。千塚《ちづか》太郎右衛門といへる方へ、雲馬茂介《うんばもすけ》といふ人、降《ふり》続く五月雨《さみだれ》の淋しさにたよりて（暇潰しに来て）、世の咄《はな》しもかさなる。雲間に入日の影、わづかに、木枯《こがら》しの森移《うつ》ろひ、今日こそ気も晴れけると、遠山、久し振りにて詠《なが》め、傘《からかさ》干せ、庭の溜り水かへ出せなど、小者に申し付けしに、この水竹椽の下に細く流れ込み、千丈の堤、蟻穴より崩《くづ》るが如く、見しうちにめいり（めりこみ）て、柱もゆがみ壁も毀《こぼ》れ、これは不思議の事ぞと、この土中《どちう》心許なく（土の中が気がかりで）、鋤鍬《すきくは》はやめ上土《うはつち》除《の》ければ、死人形《かたち》も崩れず、見へける。

二人念比《ねんごろ》に見届け、これは年経《ふ》りたる死骨（死骸）にあらず、凡そ四五年の埋《うづ》みものなり。いかさま（たしかに）子細《しさい》有るべしと、先《まづ》両人心を合はせ内談して、とかく（とにかく）御役人衆《しゆ》まで申し入《い》るべし。折ふし参り合はされ、見へわたりたる通り（ご覧の通りですから）、証人と申せば、茂介聞届け、いかにも一緒に上屋敷へ参るべし。私宅《したく》に帰れば時節移れば、いざこれより同道申すべしと、連れ立ち、御門に出れば、役人錠《ぢやうし》閉めける。

両人断《ことはり》を申す。私の用《やう》ならず、老中まで申上る事ぞと云へば、何事にもいたせ、今晩御門は明けがたし。各《をのをの》ははじめてこの御屋敷に入る。ことに、この程御国よりお越しなれば、かやうに厳しく仕《つかまつ》る子細をご存知あるまじ。去去年《きよきよねん》（一昨年）の十二月二十三日に、銭売《ぜにうり》（金銀貨を銭と両替して手数料をとる商人）御門は入りしが、その後出《ごい》でざれば、色々ご僉義《せんぎ》あそばしけるに、その有所《ありしよ》（ありか）、知れ難し。親類これをお歎き申し上げ、世の取沙汰（評判）もよろしからず。不憫や立嶋《たつじま》（縦縞）の布子《ぬのこ》（木綿の綿入れの着物）着て、毎日その男を見しに、金商人《かねあきびと》故、殺されけるや。それ以後かく改め申すと語れば、いかにもいかにもその儀ならば、明日の事にと、又両人、長屋に立帰《たちか》へり、かの死人を見るに、立嶋の着物《きるもの》、これ疑ひなし。さてその年、この長屋に住みける人を、詮索すれば、谷淵長六《たにぶちちやうろく》とて、家中《かちう》広き朋輩にも、別して両人語り合ひ、殊更太郎右衛門とは、縁類なれば、この事ひとしほ迷惑して、一思案《ひとしあん》の皃色《かほいろ》、茂介見届《みとど》け、この段はご自分と、拙者が心にて済む事（あなたと私の心だけで済む事だ）と申せば、太郎右衛門満足して、然らば隠密に（秘密に）仕《つか》つると、下々《しもじも》の口を閉ぢ、茂介は夜更《ふけ》て我宿に帰りぬ。

その夜も明《あ》けて、五つ時分に、御上屋鋪《やしき》より横目衆（監察の人々）参られ、この前知れざりし、銭売《ぜにうり》の御詮索有るべき御事と、ひそかに沙汰（命令）ありしを、太郎右衛門聞付《ききつ》け、そのまま茂介宅《たく》にかけ入り、夜前《やぜん》（昨夜）申し合はせし甲斐もなく、さりとは、卑怯なる心底《しんてい》、かくあるべき事にはあらず、まつたくそこを立たせじ（即座に斬り殺そう）と云ふ。茂介騒がず、この段《だん》に（この場になって）言訳にはあらず。神以《しんもつ》て（神かけて誓って）それがし他言申せしにあらず、されども外より申すべき人なし。これ程《ほど》分別に能《あた》はざる事（理解できない事）なし。是非もなき（止むを得ない）仕合《しあわ》せ（めぐりあわせ）、いざ時刻移さじ（さあすぐ立合いましょう）と、茂介二十七歳、太郎右衛門二十三、互ひに声かけて、相打ちにして、首尾残所《のこるところ》なく、浮世の限りをみせける（死んでしまった）。

この事また下々に御僉義《せんぎ》あり。右の次第委細（こまごました事情）に知れける。この段茂介申せしにはあらず。御上屋敷の小玄関へ、男一人現はれ、私事《わたくし》、去々年《きよきよ》締め殺しにあへる銭屋なりしが、今宵体《からだ》を掘出《ほりい》だされて、嬉しや、十三両の小判をお取り帰してと、云ふかと聞きしが、忽ち見へずなりにき。これよりの御僉義なり。さては、その銭売が、亡霊なるべしと、この沙汰になりぬ。この事国元に聞こへ、谷淵《たにぶち》長六が下々（使用人）の仕業《しわざ》には極《きは》まれども、太郎右衛門茂介両人が心底《しんてい》を聞きて、その身ものがれず、今年二十五歳の、夏の夜の夢物語とはなりける（短夜の夢の如く、はかなく自殺した）。」

茂介は身の証《あか》しを立てる方法が他にないために、果し合いをうけることによって、武家の「義理」を果たしたのであり、谷淵長六は、あるいはその小者が銭売を殺したのかもしれないにしても、むざむざと太郎右衛門、茂介の両名を死なせたことの責任をとるために自死して武家の「義理」を果たしたのである。

茂介は直ちに果し合いに応じる前に、事実を調べるよう太郎右衛門に申し入れてもよかったのではないか。私には茂介にしても太郎右衛門にしても、早まったのではないか、と思われるし、そもそも両名は死体の発見を秘密にせず届出るべきであったと思われる。これら二人の短慮のために、長六が自死したのも、憐れである。「義理」がそれほどに重んじなければならぬものとは現代に生きている私は考えない。

7

『武家義理物語』には女性を主人公としたものが五話ある。巻四の第四話「丸綿《まるわた》かづきて偽りの世渡り」はその一である。その冒頭で西鶴は次のとおり感想を語っている。

「房付枕《ふさつきまくら》も定めず、昨日《きのふ》夢、今日は又、思ひ川の瀬に替《かは》りゆく流れとて、いとしからぬ男に身をこらし（体をまかせ）、まんざら偽りの泪《なみだ》。待つも別れも、それからそれまで（その場限り）、いづれの女か勤めそめて、憂《う》き年送るさへ苦しきに、この程の遊女は、昔の如く、かぶき者（軽佻な好色女）にはあらず。貧しき親の渡世のたよりに（暮らしを助けるために）、身を売られて、身を売る女郎とはなりぬ。惣《すべ》て賤しき女にもあらず、これに定《さだ》まる筋目（こうときまった家柄）にもなく、時節に従ひ、かくこそなれ。」

西鶴をフェミニストというのが適切でないとしても、職業の貴賤によって人格を判断することを嫌った人物であったことは間違いあるまい。こうした考察を述べた上で、西鶴は本文に入る。

「過ぎにし関ヶ原陣に、高名《かうみやう》隠れなき、何《なに》の守《かみ》とかやの孫娘、父浪人の身となり、今の都北の山里、物の侘びしき住ひ、煙の種に拾ひ集めし、落葉の宿。名も埋《むもれ》木の風にいたみ、程なく病死あそばしての後《のち》、母のいたはりにて、十二の春《はる》の花にたとへて、小桜《こざくら》と名に呼ばれ、里の総角《あげまき》（十三、四歳を過ぎてから髪を両分し、頭上の左右にあげて巻き輪に作った髪の結い方）に結びし金水引

（金箔を置いた紙で作った水引）も、今の風儀の髪形《かみかたち》になれば、鄙《ひな》びたれども、都の人と見かへる程になれり。

ある時、諸国へ人きもいり（遊女・奉公人などの周旋をする女）の口鼻《かか》（嚊）訪ね来たり、この息《そく》女《ちょ》常ならねば、あたら美形《びけい》を、かく徒らになし給ふもよしなし。幸ひ、難波の大名の御母儀《ごぼ》（御母堂）様より、うるはしき、お側仕《そばつか》ひお尋ねにて、昨日も、さる方より、烏帽子《ゑぼし》装束《しやうぞく》（公家の服装）を着させ給ふ人の息女さへ、行末おぼしめしてつかはされける。このお子も、いかなる武家の御前（奥方）にか、ならせ給ふも知れまじと、物馴《ものなれ》が言葉（海千山千の女衒の巧みな言葉）にことをふくませて（事柄に含みをもたせて）、云ひければ、母人《はは》同心（同意）ましまして（なさって）、娘が後《のち》の身のためとや、それをこそ願ひなれ、万事はお主さま頼む由、こつちへ任《まか》せ給へと、その明《あけ》の日早く、乗物《のりもの》差し向け、お供《とも》申すと、物事重く云ひなし、これは当座のお心付と、小袖に金判《はん》十両、母に渡して、隣家の野夫《やぶ》（農夫）を招き、代筆に証文《しやうもん》書かせ、別れは親子の泪なるを、やがての正月には家父《やぶ》入（藪入）とて、会はせらるるも程なしと、息女を引取《ひきと》り、すぐに伏見の川舟に移し、岸根続きの里珍らしく、浪の流れの身となる事は、浮鳥《うきどり》語らず。口鼻《かか》（嚊）も黙りて、大坂の色町、佐渡嶋屋の何がしの宿にこれを渡して、その女房は京に帰りぬ。小桜は何の差《しや》別《べつ》（見さかい）もなく、遊女禿《かぶろ》（上級の遊女の使う少女）の大勢《おほぜい》見へわたりて、しやれたる（華美な）姿を嬉しく、勤め、かへりの気晴《きばら》しに、貝合《かひあはせ》、哥《うた》がるた取《とり》に、花車《きやしや》のまじはり、よろづに賢く、しかも心ざし悪《にく》まれず、莵角《とかく》この子は松（遊女の最高位）に極《きは》めて、なるべき者と、末頼母しく思ひ、身の欲ながら、外より大事に掛けしに、それまでは、遊女になるとも思はざりしに、小林《こばやし》といへる禿《かぶろ》を、松山さまと云はせて、天職（太夫の次位の遊女）に仕立て、明日より水あげ（客をとること）に出すといふより、我身の事と覚悟して、遊女になるべき事口惜しく、それより作病《さくびやう》（仮病）おこし、あたゆる薬をのまず、まして、食物を断つて、親方（抱え主）の歎きをかへり見ず。無言になつて、人見る事もうるさく、眼をふさぎ、卯月の末より、床《とこ》に臥《ふ》して、五月《さつき》闇《やみ》の頃、まことに心も闇《くら》くなりぬ（衰弱して意識も朦朧となった）。人々これを悲しく、その身流《ながれ》（流れの身）にはなさじ。無事の姿を見立《みた》て、親里に送り参らせんと云へど、今更それをも聞き入れずして、我も武士の子なるものと、これを名残の一言にして、太夫になる子を惜しやさて。」

本書の補注に、この物語のモデルとなった実話が「色道大鏡」巻十五・雑談部に記されているとあり、これを紹介しているので、その記述も記しておきたい。

「大坂佐渡嶋家の上職に、もろこしとてあり。父は宍戸氏の裔にて牢人なりしが、貧窮に迫り、一子なれども彼を傾国となす。時に父娘に詭《いつわ》つて曰《いは》く、汝に幸の縁を招きありつけんと思へど、家貧しければその用意し難し、養子につかはして、その先方より縁を求むるぞと云ひふくめて送る。

この女十四歳なれば、佐渡嶋が家に来たりて程もなく出世に及ぶ。貌すぐれたれば、我先にと乞ひうく。初会の夜ははぢかはしくおどろおどろしけれど、介借の人にすくめられて席をわたす。あけの夜は他客なりしが、床に入りてこれを見るよりふと立出《たちい》でて、遣女《つかひめ》に告げて曰く、我閨《ねや》に知らぬ男の居れり。これいかにぞやと云ふ。遣女《つかひめ》尤もとは思ひながら、いろいろに諫め制すれども許容せず、はては愁歎の涙に沈めり。

かくありつれどすべき様なければ、泪ながらにもてはやされて月日過ぎぬ。父の振舞の口惜しさよと、常はうち恨み過ごしつる思ひの積りにやありけん、たちやみに患ひて、後は労咳になり、久しく床につきて最早たのもしげなく見えける程に、家主父の方へ便《たより》しければ、父来たれり。あつかふおうなども、枕上に立ちてかくと告ぐる。もろこしがいはく、我に父あらず、会ふ者なしと云ふ。いや確かに来られて次におはするにと、かさねて云ふ。又いはく、我父はすでに宍戸参河守が末にて、関が原とやらんの一戦にも心ばせありとききし。その一子たらんほどの者を、かかる有様になしはてられし人をば親とは思はず。最期の対面叶ひがたしと、絹引かづき猶臥して、臨終正念に終りき。

父は押してその座に入る事能《あた》はず。この言を物ごしに聞きて、涙を押へて云ひけるは、誠に僅かなる露命をつながんために、一子をむさぼり先祖の名を汚し侍る事、をのをのへ対し面目もなき次第なりと帰りしが、その後遁世しつると聞きし。」

補注は「両文を比較検討すれば西鶴の換骨奪胎ぶり一目瞭然である」と付記している。

『武家義理物語』における西鶴の脚色が見事とは思われない。ことに、小桜が、いざ太夫として客をとらされるまで、彼女が暮らしている環境が遊女屋であることに気付かなかったことが不審に思われる。

この物語が『武家義理物語』にとりいれられたのは、小桜の心意気、気位が「義理」だからにちがいない。この心意気は、津田左右吉の言葉を借りれば、「意地を他のことばで義理ともいふ。義理と意地とは一事の両面」ということの典型的事例であろう。

8

巻五の第五話「身がな二つ二人の男に」も女性が重要な役割を果たしているが、本筋は敵討である。

「浮かれ女《め》の身は定《さだ》めがたく、つながぬ舟にたとへて、浪の枕を千人にかはし、紅舌万客《こうぜつばんかく》になめさせ、ひとつの心をその日の男好《すけ》るに持《もち》なし、笑ふ時あり、泣折《なくをり》あり、さまざま替った浮世の物語り。聞《きき》流せる年月を、嘆きながらの哥《うた》のふしに送りて、下の関の勤めも、今一年《とせ》に足らずなりて、生国筑前の芦屋なる親里に帰るを、楽しみに思ふ折節、牢人らしき男の、言葉は関東の人めきて、世を忍ぶなりふりして、いつの頃よりか、かりそめにあひ馴れ、いとしさ又もなく、恋をかさねしうちに、この男、今は心底《しんてい》残さず語りけるは、我本国は出羽の庄内の者、荒嶋《あらしま》小助と云ひしが、子細あつて、朋輩の億住《おくずみ》源太兵衛討ちて、首尾よく所を立退《たちの》き、今爰《ここ》にしるべの町人を頼み忍びけるは、一子源十郎我をねらひ、諸国をめぐると聞くから、身隠し、遊山所（遊廓など）もはばかるなりと。段々《だんだん》（いろいろ）物語して、天理にて、源十郎に討たれてもある時は、菩提をとひ（弔い）給はれと、春日の御作の守り観音給はりければ、限りのやうに思はれて悲しく、泪に沈みて別れしが、その後は日々にうとくなりて、たづね給はぬは、世にうき浪人故かと思ひやられ、いとど口惜《くちを》しく、日毎に状通《でうつう》して、たまさかに会ふ時は、枕も定めず（契りもせず）泪《なみだ》にして、一日を暮らしぬ。その後又旅人《りよじん》の雨やどりの憂《う》さ晴《ばら》しに、酒の友となりけるに、この男も又定家《ていか》にふかくなづみて（惚れこんで）、長崎までくだれる舟よりあがり、主なしの身の楽《らく》は、これぞと爰《ここ》に日を送り、夜をこめて、女郎のためによき事ばかりつのりて、定家も又自《おのづか》らに気を移して、小助事は忘れし、これ不心中《ふしんぢう》（非人情）にはあらず、常の女さへ時に従ふならひなれば、まして流《ながれ》の身（遊女）として、定家は奇特の女ぞかし。

小助尾羽を枯らして、会ふべき便りなきを、女郎の方《かた》より揚屋《あげや》の首尾をととのへしが、今は了《れう》簡《けん》つきて（費用が続かなくなって）、親方（抱え主）吟味つよく、忍びて逢ふ事も絶へたり。又源十郎も此所の遊興に路金尽きて、跡へも先へも行きがたし。諸神に大願かけて、敵討つ身の不覚ぞかし。

これも契りをかさねてから、子細を語りて聞けば、小助身の上の事に疑ひなし。定家身にふるひ出《い》でて、それも又この人も（小助も源十郎も）、いとしさ替《かは》る事なし。何とも差当っての迷惑、大方ならぬ因果なれば、先《まづ》この事小助殿に通じて、此所を立退き給へる文したため し時、源十郎小者、小助在家《ありか》を見出し、走り来たつて、けはしく（あわてて）様子語り、女郎と思ひ、何の遠慮もなく内談《ないだん》せしは、その家野ばなれ（人家を離れた野辺）なればこそ幸なれ。松の茂みに木隠《こがくれ》て、人家《じんか》を出して（家から出て来たところを）名乗りかけ願ひのままに討つべきと、着込鉢巻して刀の目釘をあらため、今日ぞ思ひの晴らし所、女郎もこの身を祝ふてたべ。敵を討つ縁となり、この程爰《ここ》に足を止めたる仕合《しあわ》せぞかし。追付《をつつけ》めでたふ御見《ごげん》に入《い》るべし。首途《かどで》盃さし給へといふ。是非なく常より機嫌なる皃《かほ》にして、三献《ごん》の酒も心を付《つけ》て、大事の前なればと控へて、祝儀《しうぎ》をふくみて暇乞《いとまごひ》して、いさみいさみて揚屋を出て行く。

程なふ町はづれの木陰《こかげ》にしのび、小助が様子を見合《みあ》ひけるに、時節と（折も折）借家を出て、何心もなふ松原にさしかかりしを、源十郎進み出て、小助見忘れはせまじ、億仕源太兵衛が一子源十郎、親の敵討つ太刀なりと、飛びかかれば、小助しさつて（あとに退いて）抜合《ぬきあ》わせ、暫く切りむすぶうちに、女の歩みにはかかひがひしく、定家この中に飛込《とびこ》めば、両人目と目を見合《みあ》ひける。定家は心の程を書残して、二人の勝負つかざるうちに、速やかに自害して果てける。互ひに大事の中にも、これは不憫と泪ぐみしが、その死骸を脇に見て、入乱《いりみだ》れて手を負《を》い、両人ともに相打ちにして、命終りぬ。小助が働き、源十郎が残念、定家が心ざし、わけて三所に面影残り（三人の心境が、三人の死顔に現われており）、見し人これを世語りの泪。」

敵討によって刃をかわすのは武士としての小助、源十郎の「義理」である。たまたま二人ともになじんでしまい、二人ともいとしく思うこととなったために自害する遊女定家の憐れさは、これも二人に「義理」立てしたのである。いわば武家の義理も遊女の義理も同じ心のあり方なのである。

9

巻六からは第三話「後《のち》にぞしるる恋の闇打《やみうち》」を読みたい。

「何事も、さし当《あた》つての分別《ふんべつ》（その場の思いつき）は必ず後悔。ある人の云へり。今日を明日の沙汰に延べ（今日の事件を直ぐ決定しないで明日に延期し）、その道理至極の時、是非を正すを、まことの武士と云へり。それもことによるべし。その頃、加賀の国、大聖寺の城主山口玄番頭《げんばんのかみ》、家来に千塚藤五郎と云へる男、十六歳の時、父藤五左衛門を闇打にあひて、その時分色々ご詮索あそばしけるに、相手知れがたく、その通りに（そのままに）この沙汰終つて後（捜査も打切りになった後）、藤五郎に仰せ渡《わた》されしは、随分（可能な限り）思案をめぐらし、父を討つたる者、相知る節（判明したさい）、この本望を達すべし。汝が身にしても是非なき仕合《しあはせ》（止むをえないめぐりあわせ）なり。すこしもひけたる（卑怯とされる）所なし。敵《かたき》住居見定め次第に、暇《いとま》を取らすべし。先《まづ》それまでは、藤五左衛門名跡《みようせき》（家督）相違なく、大番組（戦時には旗本の先鋒となり、平時には警備護衛に任ずる常備軍）に入《はい》りて相勤《つと》め申せとの上意。有難く、その通りに人も許して、若《じやく》年《ねん》にして大役勤めかぬる武士にあらず、流石《さすが》千塚の家を継ぐべき心ざし見へけると、各《おのおの》末たのもしく思ひぬ。」

こうして藤五郎は敵の知れるのを待つ身となり、その間は大番組で勤めることとなる。

「程なく六七ケ年過ぎて、血気盛《さかん》になつて、親討《う》ちたる者の行衛《ゆくへ》を、朝暮《てうぼ》心がかりに過《す》ぎしに、これを打たでは武士の一分《いちぶん》立たざる所と、諸神《しよじん》に宿願をかけて、この事ばかりを祈りて、今に定まる妻子《さいし》も極《きは》めず、現《うつつ》にも夢心にも、親の面影を見る事千たびなり。ある時、思ひも寄らぬ事に、闇打の相手知れける。」

ここで父、藤五左衛門の生前の行状から敵との関係を知る話に展開する。

「我母人（母上）相果《は》てられし後、父藤五左衛門いまだ流年さかん（元気盛んな年配）なれば、後婦（後妻）は求めずして、美形《びけい》（美貌）の妾者《てかけもの》を置きて、老楽《をいらく》の寝屋の友として、面白酒も折ふし（時には）乱《らん》に及び（乱酔し）、日頃は武道の男なれども、女には弱き心ざしを見られ、いづれ智愚《ちぐ》の分《わか》ちもなく、色道《しきだう》（女色）にまどはぬはなかりき。そもそもこの女は京育ちなりしが、丹波の笹山に縁組して、尾瀬《をのせ》伝七と云へる浪人と語らひしに（夫婦生活をしていたが）、次第に尾羽打枯《うちから》して、渡世（生活）なり難《がた》く、この女の手道具（手廻りの品）まで代《しろ》なして（売払って）、今は了簡《れうけん》（堪忍）つきて、むごき仕方は、暇乞《いとまごひ》なしに文書捨《ふみかきすて》て（置手紙しただけで）、その身はいづくに行きしも知れずなりにき。女心に悲しく、これを歎くに甲斐もなし。道（二夫にまみえぬという妻の道）を立てて一人暮らせば、渇命《かつめい》に及び（餓死することとなり）、身を墨染になす（出家する）事も、一心より発《おこ》らぬ出家も嫌《いや》なれば、世渡りのたよりばかりに（方便として）又奉公勤めける。

伝七再び丹州に帰り、女のなりゆく物語を聞きて、なを執心止《や》む事なく、何卒《なにとぞ》主人の手前《てまへ》を出て帰り、縁は尽きせねば、この事早くと便りを求め、忍びて文遣《つか》はしけるに、この女見るまでもなく、かひやりて（棄てて）、年頃（年来）の恨み、殊更別れさまの難儀、思ひ出すさへ見ぶるひして、さりとはその男《おとこ》恨めしやと、胸を痛めけるも、道理につまれり（道理至極だ）。さるによつて、返事せざる事を恨み、さては今勤めける主人寵愛のあまり外《ほか》をせきて（邪魔をして）、その身を自由《じゆふ》させぬと見えたりと、一筋に思ひ極《きは》め、段々在家《だんだんありか》たづね、加州に立《たち》越へ、思ひも寄らざる藤五左衛門恨《うら》みて、打つて退《の》きけるが、この女、主人是非も浮世の別れに（是非もない主人との死別に）、その歎き止む事なく、年月のご厚恩忘れず、せめてはご菩提《ぼだい》とはん（弔わん）ため、都の下賀茂に、柴の戸をさしこめ、姿のかざりを切《きり》て捨《すて》（髪を落し）、後の世を願ひしに、伝七又爰《ここ》に訪ね入《い》りて、かく仏の形の衣（尼衣）を汚《けが》し、昔を今もつて歎く。思ひよらずや（思いもよらぬ）と、あらく（てきびしく）云へるを、取て押《をさ》へ刺し殺し、そのまま草庵出て行く。」

これでは藤五郎が敵を知るすべがなくなったようにみえるのだが、意外に発展する。

「この女の弟大蔵と云へる者、前髪ざかりの小草履取《こざうりとり》、東山南禅寺の末寺に奉公せしが、これを聞き付け、深く歎きぬ。暫く思案して、この程牢人の伝七、此所に無理入《いり》せしと、姉の語られけるが、正しくこの者の仕業《わざ》疑ひなし。さては藤五左衛門殿打ちけるも、伝七に極《きは》まれり。命を取る事小腕《こうで》に叶《かな》はざれば（自分一人ではできないから）、これより行きて、藤五郎殿に申し合はせて、敵を打つべしと、加賀の国に訪ね行き、始めの子細を語り、尾瀬伝七生国《しやうこく》は、播州竜野の者なれば、必ず国元に住居定まつたる事なれば、急ぎ播磨にご下向《げかう》あそばし、伝七打ち取り、ご本望達し給へ、その男たとへ身に墨を塗ればとて、それがし日頃に目じるしありと、いさめければ（勇むので）、藤五郎喜び限りもなく、今宵のうちに用意して、明日は御暇《いとま》願ひ、罷《まか》り下るべし、旅用意仕《つかまつ》れと、ひそかに跡の義（留守中の事）申し付くる所へ、家老中《からうぢう》御用ありとの御使《つかひ》、早速登城仕れば、備中の福山へ御使者に仰せ付《つけ》られ、始めての役目、有難《ありがた》き仕合《しあはせ》と、お請《うけ》を申すうちにも、敵の事を、飛立つほどに思ひ入《いれ》ふかし。主命なれば、是非もなく、先《まづ》このたび相勤《つと》めて、後日の沙汰と、かの大蔵も同道して、備中にくだりしが、津の国西の宮の宿に付《つけ》ば、所の人立ちかさなり、落馬して、旅人《りよじん》の危うかりとて、気つけ（気付薬）よ、水よといふ声騒ぎぬ。大蔵これを見て、あれは敵《かたき》の伝七なりと、身をふるはして申し上《あ》ぐる。藤五郎もこれはと、さしあたつて分別し、主命の御用の時、たとへ無事の身なりとも（元気な状態でも）、討つべき所にあらず。殊更かかる難病なをもつてと、大蔵に義理を云ひ聞かせ、所の人に妙薬を教へ、このうち身には、鹿の袋角《ふくろづの》を紺屋の糊（染物屋が使う糊）にて摺《すり》まぜて付《つ》くと、そのまま痛みさる物と、念比《ねんごろ》に病人の事をいたはり、正気付くに子細はあらじ。その時分これを見せよと頼み、文《ふみ》書き残し、難病は打たずに（難病人の敵は打たずに）、命を助《たす》け置くと、右の段々《だんだん》うち付書《つけかき》（用件のみを書いた書状）に云ひ置かれける。その後病人験気《げんき》（回復）の時、かの文《ふみ》をあい渡しければ、伝七この心底《しんてい》を感じ、まこと有武《ぶ》は各別《かくべつ》なり。世界にながらへて詮なし。もと某《それがし》が悪心《あくしん》身に覚《おぼ》へて、加賀に立越《たちこ》へ、その身の悪事、西の宮の首尾さりとは有難し。それ故御親父様を討つたる所にまかりて、自害仕《つかまつ》るなり。とどめをさして給はれと、心中の通り札に書《か》きしるして、思ひ切りたる最期。藤五郎が打たざるは打つに勝りし武道と、理をせめて、天晴《あつぱれ》神妙なる心入《こころいれ》と、国中にこれを誉《ほ》めける。」

この物語は、突然、大蔵が登場するのも不自然だし、藤五左衛門とその妾の二人まで殺した伝七が、西の宮で助けられたことを恩義に感じて自害するというのも無理があり、決して出来の良い作品とは言えない。ただ、藤五郎が大蔵に「義理」を言い聞かせた、とある、その義理とは何かに関心があるので、読むことにしたのである。つまり、藤五郎が西の宮で敵討をしなかったのは、主命をはたすのが先だという義理なのか、病人を相手に敵討すべきでないという義理なのか、不確かである。また、物語としては、備中、福山への使者を仰付けられたさい、じつは敵が判明したと言上してもよかったはずである。そのばあい、なお、藤五郎に使者を命じたか、別の者を使者に立てたか。そうなると、この物語は成立しないことになる。何にもまして、まず敵討という「義理」もありうるであろう。本書の脚注に「井沢長秀「広益俗説弁」（正徳五年成）巻十七には、同様の説話を挙げて、「武道不吟味」と罵倒（西鶴輪講・南方熊楠氏私註引用）」とある。「武道不吟味」とは主命、病気にかかわらず、敵討をしなかったのは武道を充分に考えていないからだ、といった意味であろうか。

いずれにせよ、武家の「義理」とは何かを考えさせられる話ではある。この話に限らず、『武家義理物語』所収のすべてが「義理」とは何かを私たちに考えさせるであろう。現代においても「義理」は生きているからである。

『本朝二十不孝』

1

『本朝二十不孝』は五巻、各巻四話からなる。巻一、第三話「跡の剝《はげ》たる嫁入長持《よめいりながもち》」を読む。

加賀の城下、本町筋の絹問屋、左近右衛門は十一歳の息子亀丸と十四歳の娘小鶴の二人の子を持ち、不足ない身代《しんだい》を持ち、堅実に暮らしていた。この娘小鶴がこの話の女主人公であり、「形すぐれて、一国、これ沙汰（もっぱらの評判）の娘なり」というほど、容貌美しかった。

「不断《ふだん》（普段）も加賀染の模様よく、色を作り品《しな》をやれば（嬌態を示すから）、誰云ふともなく、「美人絹屋」と門に人立《ひとだち》絶へず、折ふし（りょうど）縁付頃（結婚の年ごろ）なれば、あなたこなたの所望、この返事、母親も迷惑して申しのべし。」

当時は十四、五、六歳で嫁入りすることがならいであったという。

「手前（暮し向き）よろしければ、かねて手道具（日常の手回り品）は高蒔絵《たかまきゑ》（金銀の粉末を漆器に撒き、あるいは花草鳥獣を描いたものを蒔絵といい、その紋様を高く盛り上げて施した物を高蒔絵という）に美を尽くし、衣装《いしやう》は、御法度《はつと》は表向《おもてむき》は守り、内証は（表面にあらわれない所は）、鹿子《かのこ》類（絞り染の一種）さまざま調《ととの》へ、京より仕付方《しつけかた》の女（躾をうけもつ女性）を呼寄《よび》せ、万事おとなしく（大人っぽく）身をもたせ（ふるまわせ）、「今は誰殿《たれどの》の嫁子《よめご》にもおそらくは」と、母親鼻の高き事、白山の天狗殿も皃《かほ》を振《ふ》つて逃《に》げ給ふべし。」

どんな殿方の嫁になってもおかしくはあるまいと、母親が、「白山の天狗」も逃出すほどに鼻を高くしていた、とある。贅沢禁止の法度がたびたび出されるのがこの時期しばしばであったが、表向きでは守って、ひそかに贅沢な衣裳など着せていたわけである。このような育て方をしたら、普通の娘ならば、高慢になり、自信過剰になってもふしぎでない。そこで、小鶴の行状を見ることとなる。

「かくあれば、左近右衛門娘に衣類・敷銀《しきぎん》（持参金）を付けしは、よい事ばかり揃《そろ》へて、人のほしがるも尤もなり。

この娘の物好みに、「男よく（器量よく）、姑《しうとめ》なく、同じ宗《しう》の法花《ほつけ》にて（同じ法華宗の信者で）、奇麗なる商売の家に行《ゆ》く事」を、と云《いへ》り。千軒も聞きくらべ見定め、願ひの如く呉服屋に遣《つか》はしけるに、両方牛角《ごかく》（互角）の分限《ぶげん》、「馬はむまづれ、絹屋・呉服屋、さも有《あ》るべし」と沙汰しけるに、この娘、半年も立たざるにこの男を嫌ひ初《そ》め、たびたび里に帰れば、昵《なじみ》（なれ親しむこと）も薄くなりて、暇《いとま》の状（離縁状、三行半）を遣はしける。間もなくその跡を呼べば（嫁を迎えたので）、娘もまた、菊酒屋（菊酒は加賀の名酒、その造り酒屋）とて、家名《いへな》高き所へ嫁入らせけるに、爰《ここ》も、「秋口より物かしまし」とていやがれば、「縁なきものよ」と、呼び返しぬ。」

酒作りは秋から翌年春までの間に行われ、仕込みなどのため喧しくなるのを嫌ったわけである。

「その後、借銀《かしがね》して仕舞屋《しまふたや》（表向き店舗を構えず、金貸を業とする家）へ遣はしけるに、爰《ここ》も人少《ずく》なにして算用（勘定）する内を嫌ひ、名残惜しがる男を見捨て、恥をも構はず帰るを、親の因果にて捨てがたく、三所四所去られ（離縁され）、長持の剝《はげ》たるを昔の如く塗直して、木薬屋《きぐすり》（生薬屋、薬種屋）に送りけるに、男に子細もなく（支障なく）身上《しんしやう》（資産）に云分《いひぶん》なければ、隙状取《ひまじやうと》るべき事もならねば、作病《さくびやう》（仮病）に癲癇疾《てんかんやみ》出《い》だし、目を見出《みい》だし、口に泡を吹《ふ》き、手足ふるはせければ、これ見て堪忍《かんにん》なりがたく、竊《ひそ》かに戻すを悦び、親には「先の男に嫌ふ難病あり」と、跡形もなき（根拠のない）告口《つげぐち》、この報ひあるべし。程なく振袖似合ず、脇塞《ふさぎ》て（振袖の脇の下をふさいでとめ袖にすること）からも二三度も縁組、十四より嫁入りしそめ、二十五迄十八所去られける（離縁された）。「女にもかかる悪人ある物ぞ」と、後に聞き及び、すて所なく年をふりける。

嫁入の先々《さきざき》にして子を四人産みしが、皆女の子なれば暇《いとま》に添《そへ》られ、これも親に厄介を懸《か》けて撫育《そだて》しに、夕に泣出し朝《あした》に煩ひ、憂目を見せて、このうるさき事、薬代《やくだい》にて世を渡る医者も、後には見舞はず、死次第に（死ぬにまかせて）不便《ふびん》（不如意な生活）をかさねける。弟亀丸、女房呼《よ》び時なれども、姉が不義故その相手もなく過ぎぬ。亀丸是非もなき思ひとなり、二十三歳にて果てぬ。二人の親も世間を恥ぢて宿（自宅）に取籠り、悔み死《じ》に、さぞ口惜《くちを》しかるべし。」

弟、両親が小鶴の度かさなる離婚を恥じ、また、弟の結婚の妨げとなったとしても彼らの死と小鶴の行状とは関係ないのではないか。

「その後は独り家に残れど、夫になるべき人もなく、五十余歳まで、有程《あるほど》を皆になし（全部失い）、親の代に使はれし下男を妻（夫）として、所を立ち去り、片里に引込み、一日暮《ひとひぐら》しに男は犬を釣れば、おのれは髪の油を売れど、聞き伝へてこれを買はず、今日を送りかねて、朝の露も咽《のんど》を通りかね、目前の限りとなりぬ。花に見し形は昔に替り、野沢の岩根に寄り添ひ、身比羅（ミイラ）の如くなりて死にける。」

西鶴はこの話を次のとおり結んでいる。

「惣《そう》じて、女の一生に、男といふ者独りの事なるに、その身持悪《あ》しく、去られて後夫を求むるなど、末々の女の事なり。人たる人の息女は、たしなむべき第一なり。縁結びて二度《ふたたび》帰るは、女の不孝、これより外《ほか》なし。もし又、夫縁なくて、死後には比久尼《びくに》になるべき本意なるに、「今時の世上、勝手づくなればとて、心のさもしき事よ」と、偽りを商売の仲人屋も、これは真言《まこと》（真実）を語りぬ。」

岩波文庫版の補注には「高家の子女の再婚を認めず、一般庶民のそれも、よからぬこととした結婚観は、当時の一般的な思想であった」と記し、「好色五人女」の巻二の第四章の次の文章を引用している。

「死別れては、七日も立たぬに後夫をもとめ、さられては、五度七度の縁づき、さりとは口惜しき、下々の心底なり。上々には、かりにも、なき事ぞかし。女の一生はひとりの男に身をまかせ、さはりあれば御若年にして、河内の道明寺、南都の法花寺にて出家をとげらるる事も有りしに、云々。」

私にはこの女性が落魄して死に至る、不幸な生涯は、彼女自身の問題であって、不孝とは思えないし、むしろ彼女に我《が》を通させるように我侭に育てた親に責任があるように思われるのだが、西鶴は離縁されること自体が不孝だ、という。あるいは、小鶴は今度こそ自分を性的にも満足させてくれる男にめぐりあえるのではないか、という期待と、失望をくりかえし、しだいに零落していった憐れな女性であり、本質的には男嫌いだったのではないか、とさえ思われる。

西鶴が感じた「不孝」を私は「不孝」とは思わない。そういう思想の違いを発見することに、『本朝二十不孝』の興趣の一部があるといってよい。

2

石川五右衛門は古今の大盗賊として知られているが、巻二の第一話「我と身をこがす釜《かま》が渕《ふち》」に二十不孝者の一人として語られる。

「鏐《こがね》の釜の穿《ほり》出《だ》し、今の世にはなかりき」とはじまるが、孝子が黄金の釜を掘出したという故事が伝えられていても、これは、今の世の事ではない。「富貴にしても苦あり、貧賤にしても楽《たのしみ》あり。一切の人間、応ぜぬ分限《ぶんげん》（資産家となること）を願ひ、身を滅法《ほろぼ》す、古例その数を知らず」と前おきして本文に入る。

「濤波《さざなみ》や大津の浦より矢橋に渡す舟翁《ふなをさ》の身は、比叡《ひゑ》の山風の燈《ともしび》と危く、入相《いりあひ》の鐘を聴けば、命の内外《うちそと》の気遣《きづか》ひ、俄かに雲となり、雨となる、鏡山も人皃《がほ》見えず合蒐《くれかか》り（暮れかかり）、旅人心のいそげば、「爰《ここ》はひとつ精出し、艪を蚤《はやめ》て（早めて）」など、声々に頼めば、「我、老の波、六十に余れども、今時の若者、拙者が袒《はたらき》、思ひもよらず」と、諸肌を脱《ぬぎ》しに、肩先より手首まで、切疵明所《あきどころ》もなく、枝を深山木《みやまぎ》の漆《うるし》のごとし。」

大津から舟出した旅人たちが、雲行も怪しくなり、日も暮れかかるので、船頭に、ひとつ精出して、急いで艪を漕いでくれ、と頼むと、船頭が、私は六十は越えたとはいえ、まだまだ若者にひけはとらない、と両肌ぬぐと漆をとるために木を刻んだように、全身疵だらけ、無事な肌もないのに驚く。そこで、船頭の身の上話となる。

「親仁《おやぢ》、問《とは》れて、泪に袖蓑《みの》を浸《ひた》し、「されば、人間、先生《ぜんじやう》の（前世の）因果を知らず。それがし、そもそもは、石川五太夫とて、志賀の片里に住みなして、あまたの人馬《じんば》をかかへ、物つくり（農作）をして、世の中の秋にあひ、春を送り、然も、一子に五右衛門とて、勝れたる大力《だいりき》、殊に諸芸に達し、老の末々頼もしかりしに、己が農作を外《ほか》に（農作業をよそに）、無用の武芸をたしなみ、軟《やはら》・取手《とりで》（柔術・捕縛術）を稽古に、闇の夜の衢《ちまた》に出《い》で、往来の人を悩ましけるが、後は欲心おこりて、勢田《せた》の橋に出《い》でて水を呑《のみ》（盗賊になり）、盗跖《たうせき》・長範にまさり、国に盗人の司《つかさ》（頭《かしら》）となり、類に集る悪人、関寺の番内、坂本の小虎、音羽《をとは》の石千代、膳所《ぜぜ》の十六、この四人をはじめ、その外《ほか》、鎰放《かぎはづし》の長丸、手鞴《ふいご》の風之助、穴掘の団八、縄すべりの猿松、窓くぐりの軽太夫、格子毀《くづ》しの銕《てつ》伝、猫のまねの闇右衛門、隠矩《かくしたいまつ》の千吉、白刃取《しらはとり》の早若、これらをそれぞれの役分して（役を割当て）、近在所所に入《い》りて、夜毎に寝耳を驚かし、万人の煩ひとなりぬ。この事次第につのれば、「天の咎《とがめ》、世の穿鑿《せんさく》、いかなる憂目に、会ひつらん」と、頻《しきり》に異見（意見）するに、却《かへ》つて怨《あた》をなし、現在の親に縄をかけ、「それにて思ひしれ」と、捨《すて》置き、おのれが宝をおのれと盗み（自分のものになる宝を自分で盗みだし）、眷属《けんぞく》召し連れ、都の方《かた》に行《ゆ》きける。その跡にて、日頃、五右衛門に恨みふかき狼藉者《らうぜき》乱れ入《い》り、「子の代りにこの親を死ぬ程切々《きれぎれ》」と、このごとく身を呵責《さいなま》れ、これにも、惜しきは命、世の業《わざ》変へて（商売変えして）、生死の海の渡し舟」。」

石川五右衛門にこんな多数の手下が、名前をあげて記されていることに私は感銘をうけたといってよい。五右衛門の親不孝といっても、父親を縄で縛って捨て置いただけのことで、散々《さんざん》斬りつけたのは五右衛門に恨みをもった連中で、五右衛門ではない。結局は五右衛門がそれほどの盗賊の頭となり、これから読むとおり、釜ゆでの刑に処せられたことが、不孝なのであろう。ただ、世に盗賊はそれこそ浜の真砂もあるのだから、そのことで二十不孝にあげられるのはどうか。あるいは、そうした盗賊となることを不孝とし、その代表として石川五右衛門を西鶴はあげたとみるべきかもしれない。

この話の続きを引用する。

「かの五右衛門は、都にて昼中《はくちう》に、鑓《やり》を三人ならびの手振を（槍持を三人並べて手を振らせ）、先《さき》に立て、その身は乗《のり》馬、跡より挾箱持《はさみばこもち》・沓籠《くつかご》、歴々の侍と見せて、見分《けんぶん》（探索）にまはり、大《おほ》盗《ぬすみ》の手便《てだて》をして、中間《なかま》（仲間）に子細（事故）あれば、大仏の鐘を撞《つき》ならし、これ相図《あいづ》に集り、おのれは、六波羅の高藪の内《うち》に隠れゐて、爰《ここ》夜盗の学校と定め、命冥加《いのちみやうが》の有《ある》（年配の）盗人にこの一通り指南をさせ、前髪立の野等《のら》（ならず者）には巾着切《きんちやくきり》を教へ、大胆者には追剥《おひはぎ》の働《はたらき》を習はせ、人躰らしき者（人柄よく見える者）には詐《かたり》（詐欺）の大事を伝へ、里育ちの者には木綿《きわた》（真綿に対し、木からとった綿）を盗ませ、色々四十八手の伝受を、印可《ゆるし》迄、この道執行《しゆぎやう》（修行）するこそうたてけれ。」

石川五右衛門が盗賊学校を開設、卒業免状のようなものまで与えていたとは私には初耳であった。西鶴はこれを「うたてけれ」情ない、というのだが、本心はどうだったたか。呆れたものだ、といった気分のように、私には聞こえる。

「後は、三百余人の組下、石川が掟を背《そむ》き、昼夜わかちもなく京都を騒がせ、程なく搦捕《からめとら》れ、世の見せしめに七条河原に引出《い》だされ、人釜に油を焼立《たきた》て、これに親子を入《いれ》て煎《にら》れにける。その身の熱《あつさ》を七歳になる子に払ひ、迚《とて》も遁《のが》れぬ今の間《ま》なるに、一子《いっし》を我下《わがした》に敷きけるを、見し人笑へば、「不憫さに、最後を急ぐ」といへり。

「己、その弁《わきまへ》あらば、かくは成《なる》まじ。親に縄かけし酬《むくひ》、目前の火宅、猶又の世は火の車（地獄の火の車）、鬼の引肴《ひきさかな》になるべし」と、これを悪《にく》まざるはなし。」

五右衛門の組下が彼の「掟に背」いて昼夜をわかたず、京都を騒がせたから逮捕されたとあるから、五右衛門としては、不本意だったにちがいない。しかし、盗賊である以上、逮捕されるのは当然なのだから、何故、手下が掟に背いて、京都を騒がせたから、逮捕されたかのように西鶴は書いたのかが不審である。

五右衛門を釜ゆでの刑に処すことは止むをえないとしても、七歳の子まで釜ゆでにするのは、現代では、非情、残酷にみえる。子を下敷にしたのは少しでも釜の熱から遠くにいたいと思ったと考えるのが普通だが、あるいは子が不憫だから、早く死なせて釜で煮られる苦しみから解放させたい、と思ったからかもしれない。そんな情があるなら、親を縄で縛ることがあるまい、と「これを悪まざるはなし」というが、それはそれ、これはこれであり、七歳の子の釜ゆでを傍観した人々に私は嫌悪を覚える。

3

巻二の第二話「旅行の暮の僧にて候」は次の文章ではじまる。

「「雪こんこんや、丸雪《あられ》こんこん」と、小褄（着物の裾の先）に溜《た》めて、里の小娘、嵐の松陰に集り、脇明《わきあけ》の寒けき事は厭はず、夕暮を惜しむ所へ、熊野参詣の旅僧、山々の難所を越《こ》へ、漸々《やうやう》麓にさがり、この童子の方に立《たち》寄り、息を絶々《たへだへ》の声して、「人の住家は、遠いか」と、足腰爰《ここ》を立ちかねしを見て、皆々、宿（家）に走りぬ。」

その中に、岩根村の勘太夫《かんだゆふ》の娘、九歳の小吟が、もう少し行けば我家ですから、と僧を案内、両親も僧侶を気の毒に思ってさまざまもてなしたところ、油単包《ゆたんづつみ》（ひとえの布または紙などに油を引き、湿気を防ぐに用いる包）をあらため、身の上話をし、夜明けに出かけていく。そこで、「娘、申しけるは」と小吟が両親に話をもちかける。

「「今の坊様は、風呂敷包みの中に、小判の嵩《かさ》高く、革袋に入れさせ給ふを見付けたり。お一人なれば、人の知る事にもあらず、殺して金を取り給へ」と私語《ささやき》けるに、思はざる欲心おこり、山刀をさして、枕鑓《まくらやり》（柄の短い護身用の槍）提《ひっさ》げ、跡を慕《した》ふて追《お》っかけ行《ゆ》く。」

ついで、この話は、

「いまだこの娘、九歳の分として、かかる事を親に勧めけるは、悪人なり。殊更熊野の山家なれば、干鯛《ひだい》も木になる物やら、傘《からかさ》も何の為になる物をも知らざる所に、小判といふ物見知りけるも、不思議なり。」

という感想をはさんで、僧侶が、脇道に人の足音を聞き、怪しんで立止まったところ、槍の鞘をはずして、飛びかかってきたので、見ると、先夜、もてなしをうけた家の主人であった。そこで、僧は、

「我、出家の身なれば、命惜しきにあらず。然れども、何の意趣ありて、かく害し給ふぞ。路銀を取るべき望みあらば、命にかへて惜しまじ」

と小判百両、ありのまま抛《なげ》出すと、昨夜僧侶を泊めた家の主人は受取った上で、

「「銀《かね》が敵《かたき》となる浮世と思へ」と、脇腹を刺し通せば、困《くる》しき声をあげ、「おのれ、この一念、幾程かあるべし。口惜しや口惜しや」と云ふ息の次第に弱り、野沢の汀《みぎは》に倒《たほ》れしを、押へて止《とど》めをさし、死骸を浮藻の下に沈め、窃《ひそ》かに宿に帰れど、世間に、知る人なく、その後は、家栄《さか》へて、牛も独りして持ち（それほどに裕福になった有様をいう）、田畠も求め、綿の花ざかり、米の秋、思ふままなる月日をかさね、小吟も十四の春になりて、桜色なる皃《かほ》を作れば、山里には殊更に目立ち、これを恋忍ぶ人、限りなし。」

ということになる。小判百両という大金を手に入れたのだから、俄か大尽になり、田や畠、牛などを買うのは当然として、むしろそれが目立つことも怪しまれることにもならなかったのかふし

ぎだが、西鶴は何も語っていない。それにしても、娘小吟も「悪人」なら親も悪人であり、この子にしてこの親ありというか、この親にしてこの子あり、といった感がつよい。

小吟は「姿の自慢より男撰《えら》びして、終《つひ》に夫を定めず、身を存在《ぞんざい》に（じだらくに）持ちて、浮名の立つ事、うたてし。様々《さまざま》異見（意見）するに、かつて（ちっとも）親のままにもならず、「この富貴《ふうき》は、自《みづから》（私）が智恵付《つ》けて、箇様《かやう》になりける」と、折々《をりをり》大事を云ひ出《いだ》し、子ながらもて余しける。」

小吟は一度は結婚するが、たちまち離婚して和歌山へ出る。西鶴はこう書いている。

「ある時、我と男を見立《みた》て、「あれならば」と云ひける程に、「とかくは（とにかく）、心まかせに」と、人頼みして橋をかけ（縁談の交渉をして）「世をわたる垰《かせぎ》に愚ならぬ聟《むこ》なり」と、一しほ喜び、契約の酒事（婚約の儀式）まで、済みて後、この男の耳の根に、見ゆる程にもなき出来物の跡を嫌ひ、和歌山の姥《うば》（祖母）の方《かた》へ逃げ行きしを、所に置きかね、屋敷方（武家方）の腰元づかひに遣《つか》はしける。」

そこでまた一波瀾がおこる。

「その身いたづら（淫奔）なれば、奥様の手前を憚《はば》からず、旦那に戯《たはぶ》れを仕かけて、いつとなく我物になしける。流石《さすが》武士の息女なれば、「世に有るならひ」と、知らぬ振《ふり》し給ひて、過《す》ぎぬ。小吟募《つの》つて（ますますひどくなり）、この恋止《や》めず、家も乱るる程になれば、世上の取沙汰（世間の評判）思《（おぼ）》し召《めし》て、この事へだてぬ夫婦の中に語り給へば、旦那、今までの謬《あやまり》、至極《しごく》（もっともと承服）の心になりて、それよりこの道かたく止《やめ》させ給ふを、小吟、奥様をふかく恨み、ある夜、御番（当直）の留守を見合《みあわ》せ、御寝姿の夢の枕許《もと》に立寄り、御守刀《おんまもりがたな》にして心臓《こころもと》（胸元）を刺し通しければ、驚き給ひ、「おのれ、遁さじ」と、長刀《なぎなた》の鞘はづして、広庭まで追《おっ》かけ給へども、かねて抜道こしらへをき、行方知らずなりにき。色々《いろいろ》御身を揉《もみ》給へども、深手なれば、弱らせ給ひ、「小吟めを、打《うち》とめよ」と、二声三声目よりかすかに、はや命はなかりき。御次《おつぎ》に臥《ふ》したる女ども、事過ぎて起きあはせ、「これは」と歎くに、甲斐なく、小吟が逃げ延びし道筋に、追手をかけしに、女には健気に立退《たちのき》し。」

次の間に寝ていた侍女たちが、事終ってから起きたのであれば、「小吟めを、打とめよ」と誰が聞くことができたのか不審だが、聞かずとも奥方の無念は理解できたのであろう。

「「小吟が出《い》づるまでは、その親ども籠《らう》舎（入牢）」とありて、憂目《うきめ》を見せける。いよいよ出《い》でぬにきはまり、「霜月十八日に成敗《せいばい》」と仰出《おほせい》だされしに、この者預りし役人、不憫に思ひ、「子故に、かくはなりゆくなり。臨終を覚悟して、又の世を願へ」と、夜もすがら酒をすすめけるに、この親仁《おやじ》め、機嫌よく、更に（一向）歎くけしき（気配）なし。「外《ほか》にも、科《とが》ありて命をとらるる者、我悪《わがあく》は云はで歎きしに、汝は、子の代りに、かかる憂き事」にと云へば、この者、出家を殺せし因果の程を語りて、「七年目（七回忌）にめぐり、月も日も明日に当れり。この筈《はづ》」と思ひさだめ

（因果応報、こうなって当然と覚悟し）、観念したる有様、悪は悪人にして（悪人は悪人ながら）、今この心ざしを、皆々哀れに感じける。」

父親はこうして死罪に処せられるが、小吟はどうしたか。

「迚《とて》も遁れぬ道をいそがせ、首打つ《う》ての明《あけ》の日、親の様子を聞きて、隠れし身をあらはし出《い》でけるを、そのままこれもうたれける。「何国《いづく》までか、一度は探さるる身を隠しぬ。おのれ出《い》づれば、子細なく助かる親を、これ、ためし（例）もなき女なり」と、憎まざるはなかりけり。」

「何国までか、一度は探さるる身」とは、何処まで逃げても、結局は探しだされる身、といったほどの意味であろうか。

父親にしても、発覚すれば、旅僧殺しの重罪で助かるはずもない。「おのれ出づれば、子細なく助かる」とは言えないように思われる。それよりも、「親の様子を聞きて」小吟は名のりでたのであり、それまでは親が牢に入れられ、小吟が出頭しなければ処刑されることは知らなかった、と解される。そうとすれば、出頭すれば主殺しとして処刑されることが分っていながら、出頭した小吟の身の処し方はむしろ殊勝というべきではないか。どうして小吟が憎まれなければならないか、私には不審だし、親も親、子も子、というほどのことで、ことさら「不孝」と咎めるのはどうか。

4

巻三の第二話「先斗《ぽんと》に置《おい》て来た男」は泉州堺の話である。

「人の心程変り易きはなし」とはじまる。ある日、突然、心変りするのが人間の性だ、という意味かもしれない。

「ことに泉州の境（堺）は、よろずに（何事についても）古風残りて、物事うちばにかまへ（控え目にして）、律義《りつ》を本《もと》として、人みな花車《きやしや》に（上品に）、世智がしこく（抜け目なく）、灸箸《やいとばし》にて目をつくごとく（灸の艾《もぐさ》を挟む箸で目をつくように、こまかいことに眼をくばり）、その狡《せは》しさ（やかましく注意すること）、息も鼻もさせぬ所なり。」

という。ここで主人公が登場する。

「爰《ここ》に、大道筋（大通）の、南向、二十七八間、檜木作りの台格子に、二重座の砲釘《べう》を、打ちかがやき、奥深に豊なる住居、見るさへ浦山《うらやま》し。何を世渡りとも知れ難し（どういう商売をしてきたか分けにくい）。昔、唐へ抛銀《なげがね》して（中国貿易の商人に投資して）仕合《しあは》せ（うまくいき）、次第（だんだんと）分限《ぶげん》（資産家）となつて、今、この金銀もふけ（儲け）にくい世の中に、「仕舞屋殿《しまふたやどの》の八五郎」といはれぬ。」

この八五郎の運命や如何、を聞くこととなるのがこの話である。

「されども、「二親《ふた》に不孝」と取沙汰する（評判になる）程の事、悪人なり。不断の仕業《しわざ》、塩肴も目にかけて（数で売る塩肴も秤目にかけて）直段《ねだん》をし（値段をつけ）、計芋《はかりいも》も「百を何程（枡で買う芋も数勘定して）」と数読みて買ひ、夢にも十露盤《そろばん》を忘れず、銭溜《た》める分別ばかりして、袋町・乳《ち》森《もり》の遊女を知らず、夷嶋《ゑびす》の常芝居見た事もなくて、世帯もち固《かた》むる鑑《かがみ》にもなりぬべき人なり。」

生計を極端にきりつめ、女郎買いも芝居見物もせず、金儲けに専心していた八五郎が突然、変心したのであった。

「ある時、小家に集まり、賀留多《かるた》の勝負を始めける。加様《かやう》の人の、小判を二十両づつ先斗《ぽんと》に（真先に）張られしを見て、近所の人、これを驚き、「こなたには（貴方は）、気が違ふてや、かかる博奕業《ばくちわざ》をあそばしける事、思ひも寄らず」と云へば、かの狭《しは》き（吝な）人、打笑い、「その方の不思議、尤もなり。今時、何商《あきなひ》をしても、一倍（二倍）になる事、これより外になし。長崎へ銀《かね》を下《くだ》す（長崎商売に投資する）は、長々《ながなが》の気遣《きづかひ》なり。これは、一思ひの早業。千両が忽ち二千両になる物を、この年まで知らぬ事の、残り多し（残念）。」」

「これみな、欲心よりの思ひ立ち、「止《やむ》まじき」と推量しけるに、案の如く親にうとまれ、この事異見（意見）を聞かず、これに身を染め、おのづから人柄も賤《いやし》くなりて、世上のつき合《あひ》（世間の交際）もかき、妻子を見捨て、人の物を只取《と》る事、面白く、この道のすっぱのかは（詐欺）に出合ひ、徐々《そろそろ》取りあげられ、いつとなく、「内蔵虚大名《うちぐらからだいみやう》（内蔵はあってもその内には金が一文もない外見だけ立派な人）」と云《い》ひ立られ、互《たがひ》に貸借《かしかり》もならず、久しき家に伝はりし諸道具を夜市に出《い》だすは、惜しき事では「ないかないか」と売立られ、銀目《かねめ》になる程の物は、年々《ねんねん》の茶湯振舞（茶を立てて客をもてなすこと）に出《い》で、親代（親の代）に人も見知《しり》て、眼前の恥をさらしぬ。」

こうして親戚一同からも見放され、妻にも離縁され、使用人も暇をとり、親子三人、家屋敷を売る破目に至る。八五郎は賭博に憑かれたのである。賭博に憑かれた怖しさは経験した者しか分らないかもしれない。ひたすら深みにはまりこむばかりである。ドストエフスキーも描いたとおりと私も実感している。こうして一家三人、生活に行きづまる。

「年よられし親には浜ちかき塩さへ与へず、折節の寒空、丸雪《あられ》松原の荒神の前も淋《さび》しく、割木（薪）の絶へて、悲しき事思ひ詰めてや、夫婦同じ枕に、心元（心臓）を突刺《つきさ》し、遠里小野の霜とは消えぬ。隣に近き櫛屋・針屋・筆屋の駈け付け見しに、早こと切《きれ》て、是非もなく、各《おのおの》不憫に思ひぬ。」

私事ながら、女遊びで身上《しんしょう》を潰すことはない、金が続かなくなれば、女が相手にしなくなる、身上を潰すのは相場狂いだ、と祖母から聞いたことがある。商品相場、株式取引、あらゆる賭博は、損をすればするほど、深みにはまって、損を大きくし、没落する人は数知れない。だから、八五郎もその一例であって、両親が自死しなければ、二十不孝の一にあげられまい。ただ、この話は結びが哀しく、可笑しい。

「かかる時、一子《いつし》の八五郎帰り、この分野《ありさま》を見ても更に（一向）歎《なげ》かず。人々これを憎み、死骸の取置《とりおき》（始末）にも構はず、野辺に送る人もなし。八五郎、一人して、明葛籠《あきつづら》二つに二人死骸を入《いれ》て、一荷《いつか》にかつぎ、鳶田の墓に急ぎしに、岸の姫松の辺《ほと》りにて、夜も明《あけ》がたなるに、この所《ところ》放埒組《あばれぐみ》、後《うしろ》より八五郎を切りて、つづらを手毎に持ちて、安倍野に隠れぬ。この盗人の仕合《しあわせ》、明《あ》けて悔《くやし》かるべし。」

5

巻四の第三話「木陰《こかげ》の袖口《そでぐち》」こそ、真に不孝を描いた話と考える。

「曇りなき身を疑はるる程、世に迷惑なる事はなし。天まことを照らし給へども、その時節を待たず、身を失ふも悲し。心の浪風立つも、人の云《いひ》なしにして、是非なき事あり。」

潔白なのに疑われるほど迷惑なことはない。天が真実をあらわしてくれるといっても、その時が来る前に破滅してしまうのは悲しい。心が騒ぐのも、他人の言うがままであり、何とも致し方ない、と西鶴はいう。

「越前の国敦賀の大湊に、榎本万左衛門とて、百性《ひやくしやう》（百姓）ながら、商人《あきびと》半分の者あり。随分賢く立《たち》まはり、この所《ところ》の市（敦賀の気比神宮祭に立つ市）に、出見世《いでみせ》（店を出し）、都の春の花を、爰《ここ》の秋（市が立つ秋）に咲かせ、馬引・野人《やじん》（農民）を招き、生牛の目を抜き（生馬の目を抜くと同じく、すばしこく）、亀井算《かめいざん》（珠算の除法の一）などは中《ちゅう》ぐくりに（軽くあしらう）、巾着《きんちゃく》の口をしめ、世間の人を腰にさげる（手玉にとり）程なれども、仕合《しあわせ》（運）は思ふにままならず、する程の事左前になりて、元手を減《へ》らし、裸になりぬ。」

すばしこく、立ちまわり、計算は達者、倹約につとめたが、運悪く、資産を失った。

「必ず悪事は続き、田畠も取目（収穫）なく、四五年の荒野《あれの》となりて、皆御年貢《ねんぐ》に売取《うりとり》（売って金に替え）、かなしき（貧しい）中にも、無用の智恵ある顔を日頃出《い》だし置《お》き、和利《わり》なく（引くに引かれず）頼まれ、人の公事《くじ》沙汰（訴訟事件）にかかりがましき（口を出したがるうるさい奴だと）者とて、後には、親類さへ音信不通になりぬ。なを又、連《つれ》そふ女房にも思ひをさせ（心配させ）、気を悩みて、月日を過し、次第弱りになりて、二十六の五月《さつき》の末に、浮世を闇となりぬ。」

この話の主人公の妻は、二十六歳という若さで死んだのである。死ぬことを「浮世を闇となりぬ」と表現するのも私の感興を惹く。

「二人の中に、万之助とて、いまだ乳房を忘れぬ一子《いっし》ありて、歎きも一《ひと》しほ止事《やむ》なく、それより四十九日までは、香花《かうはな》（香華）をとりて（手向けて）、万之助が枕蚊屋《まくらがや》に寄添《よりそ》ひ、しばしも夢は結ばず、泣出《い》だす時、殊更に悲しく、摺粉《すりこ》（米の粉）、地黄煎《ぢわうせん》を与へ、膝の上に抱きあげ、鶏々《とととと》ゆふれども（とととと揺すぶってあやしても）、啼きやまず、夜は明けず。今の切なさ、子といふ者なくてあらなんと、鼻口《かか》(嬶《かかあ》・妻)が事を思ひ出《い》だして、面影に立つ。」

妻に先立たれた万之助の父親は、子育てに苦しみ、一度は念仏寺の門前に捨ててもみたが、取《と》り戻したものの、やはり捨てねばならぬと思うとき、雀が子を育てるのを見て、たまたま人間として生れて、このような気持になるのは口惜しいことと考える。五十日の弔いの後は、万之助を籠《かご》に入れて、行商に出ることとなる。漸くある村に入った時のことである。

「この里、艶《やさし》くもこれをいたはり、色々、この子の人なる事(人並に育っている事)を申しぬ。折ふし、庄屋の広庭に、女ばかり茶事《ちやごと》(仕事の中休みのお茶を飲むこと)して集りしが、この中に、似合《にあは》しき後家ありて、いづれも取持、かるがるしく(手軽に)縁組を急ぎぬ。この女房、見苦しからず、然《しか》もしほらしき心底《しんてい》。夫婦の取組《とりくみ》悦ぶに非《あら》ず(よろこんで縁組したわけではない)、近き頃に子を失ひ、その乳《ち》のあがりもやらずあるなれば、人間ひとり助くる思ひをなして、我子変らず、万太郎(万之助のはずだが、途中から万太郎と表記が変る。西鶴の誤記のようである)を撫育《そだて》、世の稼ぎを大事に、夕《ゆふべ》に織りて、朝《あした》に売木綿(織った木綿を売り)して、三人共に飢《う》へず、寒からず。程なく家富みて、その後《のち》は、下々《しもじも》(下男下女)もあまた使ひ、万太郎も十六になりて、角前髪《すみ》(元服前は前髪の生え際を少し剃りこむこと)の采体《とりなり》(容姿)も、これを羨みぬ。されども、形に心は違ひ、不孝第一の悪人、年中、親の気を背《そむ》きしを、継母よろしく取《とり》なし、ひそかに異見(意見)をする中にも、人の嫁などたよるを(近づくのを)しきりに申せば、かへつて悪心をおこし、日頃の恩を忘れ、継母の難をたくみ、追出すべしと思ひて」

文章の途中だが、「程なく家富みて」というのは、ずいぶんと筆を惜しんだ感がある。下男下女を使うほど富裕になるのはそう容易でないはずである。本論に関係ないので、省いたのかもしれない。しかし、一介の行商から使用人を多数雇うようになるには継母の内助の功が大きかったはずである。さて、これから、いかに万太郎が悪人かが語られる。

「父に申せしは、「迷惑ながら、云はねば天命を背く（道理に背く）なり。母人《ははびと》、我への戯《たはぶ》れ、さりとては面目なく、随分堪忍して、今まではつつみし（控えていた）。自然（万一）、脇から見し人あらば、罪なくて指さされんも（後ろ指を指されるのも）、無念」と、満更ない事に（全く無根のことに）、涙をこぼしぬ。

父親《てておや》、驚きながら、「よもや、さやうの事有るまじき」と云へば、「お疑ひ、尤もなり。その証拠をお目に懸《かけ》候べし。宿（家）を出《い》で給ふ躰《てい》にて、物蔭より見給へ」と、親仁《おやぢ》を外へ出《い》だし置き、庭前の柿の盛りなれば、「梢色づくを取《とる》べし」と云ひけるにぞ、母も立ち出《い》で、詠《なが》められしに、万太郎、よき首尾を見合せ、木陰に入《い》りて、「頭筋《くびすじ》・背中に、いかなる虫か入《い》りて、身をいためける。早く取りて給はれ」と云へば、母親、何心もなく、左の袖口より手をさし入れ、暫く探して、「何も手に当たらず。されども、心許なし。着物脱《ぬ》いで、内を改めよ」と云はれし。父親、はるかなる生垣よりこれを見て、「さては、それよ」と、一筋に思ひ定め、年月の恩愛一度に忘れ、子細《しさい》は云はで、暇の状（三下り半）出《い》だされ、「俄《にはか》に飽《あ》かせ給ふは、いかに。悪しき事あらば、日頃のよしみに、一通り仰せられての上は、恨みもなき」と歎くに、万左衛門聞入れねば、是非に叶はぬ身（どうしても聞かせていただけない身上）とて、黒髪切《きり》て家を出《い》で、殊勝《しゆしやう》なる法師となりぬ。

まことに、悪事千里。万太郎が仕業《しわざ》、誰云ふともなく、所に沙汰して（土地の評判となって）、諸人憎みたて、身の置《おき》どころもなく、上方《かみがた》へ立退きしに、七里半の道中にて、時ならぬ大雷神《おほかみなり》鳴、落ちたるとも覚えず行くうちに、万太郎を乗《のせ》たる馬ばかり残りて、口引《くちひく》男（馬の手綱を引く男）、立帰り、この不思議を語りける。」

万太郎の策略がまんまと成功し、母親が何故離縁されるのかと哀訴するのに耳も傾けることなく、追出し、尼になるより他ないと追いこむのは、万太郎も悪いが、父親も愚かというべきであろう。それまでも彼が悪事をかさねてきたことは父親も知っていたはずである。悪事千里を走り、京へ立退く途上、季節外れの落雷に死んだというので天罰が下ったとする結末は観善懲悪、安易な結果である。

6

巻五の第三話「無用の力自慢」ははたして親不孝なのか、私には疑問なのだが、話としては感興を覚えるので、紹介する。

「行司、唐団《たううちは》（軍配団扇）をかざして、四本柱のうちに立《たて》ば、勧進本《くわんじんもと》の大関は丸山仁太夫、続きて和哥の助、蔦之助《つた》、寄関《よりせき》（勧進元側の力士に対する寄り方の力士）には扉閉右衛門《とびらたて》、関脇に塩釜、白藤。左右に立《たち》わかれ、前相撲始まりて、次第に形の山高く（上位になるに従って体格が大きくなり）、金比羅の祭に余多《あまた》の見物、讃岐円座（讃岐名産の藁などで円く編んだ下敷）の所せきなく（場所が狭いほど一ぱいに敷いて）、上方《かみがた》の手取（達人）、在郷《ざいがう》の力業《ちからわざ》、見て面白さ、これぞかし。その後は、相撲はやりいで、里の牛飼、山家の柴男までも、段子《どんす》（練糸で織った、地の厚い紋織物）の二重廻りをかきて（二重に回した下帯を締め込んで）、四十八手に骨を砕《くだ》き、片輪《かたわ》になる事もいとはず、無用の達者を好みぬ。

爰《ここ》に、高松の荒磯と名乗りて、力ばかりを自慢して、昨今取出《とりで》（相撲を取りはじめた）の男、丸亀屋の才兵衛とて歴々の町人、両替見世《みせ》（店）出《い》だし、世間に知れたる者には、慰《なぐさみ》ながらこれは似合ざりき。「それ、人のもてあそびには、琴碁《きんぎ》書画の外に、茶の湯・鞠《まり》・楊弓《やうきう》・謡など、聞《き》きよし。なんぞや、裸身となりて、五躰あぶなき勝負、さりとは宜《よろ》しからず。自今、これを止《やめ》て、よき友にまじはり、四書の素読《そよみ》習へ」と、親仁、分別らしき異見（意見）。」

歴々の町人の子息ともなれば、いくらも体裁のよい、ふさわしい娯楽もあるのに、何故好んで相撲をとりたがるのか、論語の素読でも習ったらどうか、と父親が意見をしても耳を貸さない。

「「こんな事が耳に入れば、一両年も跡（後）に家譲り、万《よろづ》にかまはぬ物を」と、母親は、男勝《まさ》りの智恵を出《い》だして、才兵衛をひそかに招き、「もまた（もう既に）、そなたも、十九の春なれば、花見がてらの都にのぼり、金銀ためしはこんな為なれば、嶋原に行きて、太夫を残らず見尽し、大坂の芝居子に出合《であ》ひ、その若衆気に入らば、すぐに身請して、三津寺《みつでら》新屋敷とやらに家でも買《かふ》てとらせ、心やすき立寄《たちより》所にせられよ。この度、千両二千両使へばとて、跡の減《へ》る内蔵でもなし。首尾は母にまかせよ」と、うまい事云ふて聞《きか》しても」

途中だが、「跡の減る内蔵でもなし」の内蔵は、奥蔵でなく、身近な物品を収納する主家と続きの土蔵の意だから、千両、二千両使った後の資産の減りは、内蔵の収蔵品ほどではない、といった意味であろうか。いずれにしても、千両や二千両使っても、資産の減るのはたいしたことではないというのであろう。驚くべき気前のいい、勧めである。それほどに裕福だったにちがいない。しかも、息子は受入れない。

「才兵衛、一円（一向に）合点《がてん》せず（同意せず）、「只世の中に、相撲取《とる》より外に、何が遊興なし」と、中々止《なかなかや》むる事にあらず。独りも一人から（一人でもその人柄によって愛すべきと愛すべからざる者がある）とかなしく、今は教訓の言葉も尽きける。あまたの手代、不審耳《きききみみ》を立てて、かかる親達を持つて、心のままなる色遊びをせば（心のままに女色を耽れば）、浮き世に思ひ残す事有るまじ。

さても、若旦那の悪《わる》物好《ず》き」と、深く悔みぬ。その後は、力業《ちからわざ》の異見、云ふ事ならずして、いやましに肉食《にくじき》を好み、筋骨《すじほね》逞しくなりて、十九の時三十ばかりに見えて、前の形は変り、各別に（別人のように）なり給ひぬ。

一門中、内談して、「とかくは、縁組をとり急ぎ、よろしき妻あらば、おのづから心ざしも、なをるべし」と、相応の人の息女もらひ、祝言、事済《すみ》て後、一度も部屋（寝室）に入る事なく、首尾の悪しきを歎き、乳参らせて育てあげたる姥《うば》に、この事を云はせければ、「男盛りに力落しては、口惜し。弓矢八幡、摩利支天、南無不動明王、身が燃えて（燃えても）、女は嫌」と云ひ切《きり》て、あたら花嫁をたて物（飾り物）にして淋しがらせ、我独り、寝間の戸の明暮《あけくれ》、「相撲より外に、楽しみなし」と、毎日執行《しゆぎやう》（修業）つのりて、後は、力あり手あり。「荒磯」と名乗れば、尻に帆かけて逃げ、相手もなく、四国一番の取手《とりて》になりぬ。」

ここまでは良かった。だが、運命は暗転する。

「「今はおそらく、我に立ちならび、手合《あ》はする人もや」と広言、皆々悪《にく》みし折ふし、山里に夜宮相撲ありて、才兵衛、罷出《まかりい》でしに、在所《ざいしよ》（村里）より強力《がうりき》（力の強い人）進み出《い》でて、才兵衛と引組《ひつくん》で、何の手もなく中《ちゆう》（宙）に差し上げ落しける程に、捨舟の荒磯に埋《うづも》れしごとく、大方《おほかた》は真砂《まさご》に熱込《にへこみ》（めり込み）、骸骨《あばらぼね》砕けて、漸々《やうやう》乗物にかき入《いれ》られ、うき事に逢《あひ》て、宿（家）に帰り、さまざま養生する程に、果敢《はか》どらずして、我と心腹《こころばら》たてて、少しの事に人をあやしめ（とがめだて）ければ、下々《したじた》怖れて、後は、病家に行く人なく、勿躰《もったい》なくも、親達に足をさすらせ、大小便とられ、冥加《みやうが》に尽きし身の果て、「親の罰《ばち》あたり」と名乗りける。」

「荒磯」あらため「親の罰当たり」と名乗ったとあるが、自ら名乗ったわけではあるまい。自ら名乗ったのであれば殊勝な自嘲のしこ名だが、他の人々がそう呼んだということではないか。不孝といえば、親に足をさすらせ、大小便の始末をさせることとなったのが不孝にちがいない。しかし、これは相撲狂を嗤うべきことであり、不孝はその結果にすぎない。才兵衛は井の中の蛙だったのである。だから、親とすれば、嶋原の遊女、大坂の若衆を相手の遊びを勧めるよりも、京坂の職業的な相撲取を相手に相撲をとって、ひろく世の中に強い相撲取がいることを知らせるべきであった。井の中の蛙にしたのが間違いであった。この話の中でも番付にふれているが、平凡社刊『大百科事典』には「元禄時代になると、相撲集団の実力者で通称〈相撲牢人〉といった専業の親方が、集団を取り締まる責任者として町奉行所に願い出て、公許勧進相撲の許可を取って開催するようになり、初めて力士の序列を示す板番付を辻々に張り出して興行日を告知し、見物人の興味をそそった。この親方を京坂では頭取、江戸では年寄といった」とある。『本朝二十不孝』は貞享四年刊、その翌年から元禄だから、そういう時代を背景にこの話は書かれている。しかし、親は才兵衛に対しそのように勧めなかった。むしろ、西鶴の作為が親にそう勧めさせず、彼を井の中の蛙にしたのである。

また、「中《ちゅう》に差し上げ」「真砂《まさご》に熱込《にへこみ》、骸骨《あばらぼね》砕け」るほどに投げつける、というのは相撲ではない。頭上高く「さしあげ」た後には土俵の外に下ろせば、勝負はつくのだから、これほどに叩きつけたのは、才兵衛を半身不随にし「親達に、足をさすらせ、大小便とられ」といった状態にするために西鶴が話を面白く仕立てたにちがいない。いいかえれば、ここには才兵衛を不孝者にするための不自然で見えすいた作為が認められるのが、この話の欠点だろう。

7

『本朝二十不孝』を通読し、本人が盗賊であったり、賭博や相撲に狂った愚味な人物だったりしても、せいぜい親を自死させたにとどまり、親を殺したり、飢死させたり、極度に虐待したりといった、真に不孝という話がほとんどないことに、私はむしろ驚いたのだが、わが国にはそれほど「不孝者」は存在しないのであろうか。西鶴が親殺しのような話を面白く仕立てる興味がなかったのではないか、と私には思える。

『好色一代男』

1

私は『好色一代男』を井原西鶴の代表作と思わないし、日本文学史の古典として評価に値する作品とも考えない。

私は世之介という主人公にまったく魅力を感じない。たとえば『源氏物語』の光源氏、『伊勢物語』の在原業平などは、人間性にふかみ、奥床しさがあり、物の哀れを知る人格だが、世之介はたんに遊蕩に耽るばかり、年齢や経験をかさねても、人格も形成されないし、成熟もしない。人間として単純、人情も解さないようにみえる。

それに『好色一代男』は全八巻、巻一から巻七までは各七章、巻八だけは五章から成る世之介の一代記だが、長篇小説とはいえない。短篇の連作というべき作品である。世之介が勘当され、父親の死去によって実家に戻り、大大尽になる、といった生活の変化はあるが、各巻と各巻との間に連続性も関連性もない。いわば売春ないし性愛の風俗誌という以上の作品ではない。率直にいって、私は世之介は嫌いだが、さりとて、『好色一代男』中の挿話に西鶴らしい透徹した人間観、筆致の冴えを認めないわけではない。私がこうした立場で『好色一代男』を読んでいることをあらかじめことわって、読むこととする。

2

巻一の冒頭「けした所が恋のはじまり」に次の挿話が記されている。途中から引用する。

「六の年へて明くれば七歳の夏の夜の寝覚の枕をのけ、かけがね（寝室の障子の懸け金）の響あくびの音のみ。おつぎの間に宿直《とのゐ》せし女さし心得て、手燭《てしよく》ともして遥かなる廊下を轟かし、ひがし北の家陰《やかげ》に南天の下葉茂りて、敷松葉に御しと（小便）もれ行きて、お手水《てうず》の濡縁《ぬれえん》ひしぎ竹（竹を割って平たく板状に並べてあるもの）のあらけなきに（ささくれ立っているので）、鉄釘《かなくぎ》の頭《かしら》もお心《こころ》許《もと》なく（気がかりで）、光なを（一層明るく）見せ参らすれば、「その火消して近くへ」と仰せられける。「お足許大事がりてかく奉るを、いかにして闇《くら》がりなしては」と、お言葉を返し申せば、うちうなづかせ給ひ、「恋は闇といふ事を知らずや」と仰せられける程に、お守り脇差（お守りの刀）持ちたる女息ふきかけて（吹き消して）、お望みになし奉れば、左《ひだり》の振袖を引《ひき》給ひて、「乳母はいぬか」と仰せらるるこそおかし」

僅か七歳、満年齢では六歳になるか、ならずで、「恋は闇といふ事を知らずや」と口ばしり、乳母は見ていないか、と問いかけるようなこましゃくれた早熟を描いたものだが、あるいは西鶴としては、こうした早熟児の嫌らしさを書きとめておきたかったのかもしれない。

同じ巻一の「人には見せぬ所」はもっと嫌味である。

「その頃九歳の五月四日の事ぞかし。あやめ葺《ふき》かさぬる軒のつま（軒の端）見越《みこし》の柳（塀越に外から見える柳）茂りて、木下闇《このしたやみ》の夕まぐれ、みぎり（雨滴をうける軒下の石畳）にしのべ竹（篠竹）の人除《よけ》（人目をよける被い）に、笹屋嶋の帷子《かたびら》・女の隠し道具（腰巻）をかけ捨てながら菖蒲湯をかかるよしして、中居ぐらいの女房（小間使）、「我より外には松の声、もし聞かば壁に耳、見る人はあらじ」と、ながれはすねのあと（子供のときの瘡《かさ》の跡）をも恥じぬ臍のあたりの垢かき流し、なをそれよりそこら（下腹部）も糠《ぬか》袋（糠を入れた袋、南方熊楠は女性の自慰の具と解したという）に乱れて、かきわたる（身体中からかき落した）湯玉（湯の泡）油ぎりてなん。世之介四阿屋《あづまや》の棟にさし懸《か》かり、亭《ちん》（四阿屋）の遠眼鏡を取持ちて、彼女を偸間《あからさま》に見やりて、わけなき事ども（女が夢中になってしていること）を見とがめゐることそおかし。ふと女の目にかかればいと恥づかしく、声をも立てずて手を合せて拝《おが》めども、なを皃《かほ》しかめ指さして笑へば、たまりかねてそこそこにして塗下駄を履きもあへずあがれば、袖垣のまばらなる方より女をよびかけ、「初夜《しょや》（午後八時ころ）の鐘鳴りて人静まつて後、これなるきり戸（くぐり戸）をあけて、我が思ふ事をきけ」とあれば、「思ひも寄らず」と答ふ。「それならば今の事を多くの女どもに沙汰せん（言いふらそう）」と云はれける。何をか見付られけるおかし。」

結局は、「女是非なくお心にかなふやうにもてなし」たというのだが、これは脅しであり、悪辣という他ない。ただし、世之介は何を見つけたのだろうか。女が恥じたことからみれば、彼女が自慰していたことは間違いないようだが、九歳の少年が女性のそうした行為を理解できるものか。ただ、口外をはばかる行為をしていたのだと直感したのかもしれない。それを口実にゆすりをかける性根は卑劣としか思われない。

3

巻二に入り「髪きりても捨てられぬ世」を読む。世之介十五歳である。

「「いたづら（男女間の道にそむいた情事）は止められぬ世の中に（世の常だが）、後家《ごけ》ほど心にしたがふものはなき（なびきやすい者はない）」とある人の語りぬ。馴染《なじみ》（長年連れ添った夫）に別れての当座は自害、出家にもなるべき事やすかり（自害するのも出家するのもやさしいことだ）。程経《ほどふ》りて（時間が経って）後夫《ごふ》を求むるもなき慣《なら》ひにはあらず。忘れ形見《かたみ》（子供）・たくはえ（遺産）に欲といふ物ありて、憂《う》きながら（辛い思いに耐えながらも）跡立つる（跡目をつぐ）も身を思ふ故ぞかし（わが身が可愛いからである）。蔵の鑰《かぎ》に性根をうつし（厳重に管理し）、めしあはせの戸（開閉する戸）にくろろ（戸締りの桟）を落とし、用心時の自身番にも人頼みするこそあれ（自身番の順番が来たときは代人をたのみ）、何時《いつ》となく前栽《ぜんさい》は落葉に埋づみ、軒も葺《ふ》き時を忘れ（板葺屋根の葺替え時をおろそかにし）、雨の洩《も》る夜雷《かみなり》の鳴る時は近寄りて（夫に近寄って）頭まで隠せし事、怖《こは》き夢見ては申し申しと起せし（もしもしと夫を起した）など、いま思へば独身《ひとり》はと悲しく、仏の道に心ざし、紋所の着物（模様のついた着物）もうとみはてて（うとましくなり）、世を渡る種とて、元《もと》来商《よりあきな》いの得意（旧くからの商売の得意先）殊更《ことさら》にあしらい（もてなし）、手づから十露盤《そろばん》を考え、銀《かね》みる（金銀の質を見分ける）利発（敏く賢くても）も女は埒のあき難き事もありて、万《よろづ》、手代に任《まか》すれば、何時となく我《が》になつて（手代は我侭になって）様《さま》といふ尻声（語尾）もなく、大形《おほかた》な機嫌とりて無益《むやく》しき（口惜しい）事も程過ぎて、心地よき（刺戟的な）下主《げす》ども（下男下女たち）の咄《はな》しよりふと心取乱して、若き者（手代）などと名の立つ（浮名を流す）こそおかし。」

これがこの話の序だが、ここに西鶴の人間通がよくあらわれている。後家の身を立てることの難しさに西鶴は同情しているようにみえる。そこで、世之介の登場する場面に移る。

「小耳《こみみ》にも（小耳にはさんでも）面白き時は、十五歳にしてその三月六日より角《かど》をも入れて（半元服して髪の生え際の隅を刈りこむこと）、ぬれのきく折にふれて（色事のきく時々は）、螢見るなど催して石山（石山寺）に詣でけるに、しかもその日は四月十七日（石山寺の祭礼の日、螢狩りの盛り）、湖水も一際《きは》涼しく、水色の絹帷子《かたびら》にとも糸（同じ色の糸）にさいはい菱《びし》（花菱を四つに組合せた模様）をかすかに縫はせ、あつち織（外国製の織物）の中幅《ちう》（中幅帯）前に結び、今はやるふき懸《かけ》手拭、塗笠のうち只人とも見えず、末々の女（お伴の女たち）までも水汲み石臼《うす》を引きたる（水汲み、石臼ひきなどの苛酷な労働）つまはづれ（所作）にはあらず。きざはしゆたかに（石段をゆったりと）あがり、腰元などに爰《ここ》にて作りし物語（源氏物語のこと）をあらまし聞かせ、組戸（格子戸）に立《たち》添ひ何思ふも知らず、「鬮《くじ》をとつて三度まで三は恨みに存じまする」（おみくじの三は凶）と云ふを脇白《わきがほ》（横顔）より見れば、惜しむべき黒髪を切りてありける。さてこそうるはしき後家、仮《かり》にこの世に現《あらは》るるかと、思へば思はるる目つきして袖すり合ひて通り侍る。かの女人《ひと》までもなく（彼女が人を介するまでもなく）自ら呼び返して、「今の事とよ（たった今の事です）。お腰の物の柄《つか》に懸《か》けられ、我が薄絹のあらく裂《さ》き給ふこそ、さりとはにくき御《おん》仕《し》方《かた》、まなく（すぐに）元の如くに」と申す程に、いろいろ詫びても聞き入れず、「是非々々昔の絹を」と催促、迷惑して、「都へ整《ととの》へに遣《つか》はし申すべし。こなたへ」と申しふくめ、松本といふ里に来て、ひそかなるかり家に入れば、彼女「恥づかしながら、たよるべきたよりに（近づきたい口実に）我と（私自ら）袖を裂き参らせ候」とふかくたはれて（情交を結んで）、なを恋しくばとわが宿を語り、つのれば（度《たび》かさなれば）お中《なか》おかしくなり（妊娠し）、程なく生れけるを、詮方《せんかた》なく、「夜半に捨子の声するは、母に添寝の夢の浮世」と小町が読みし言の葉も思ひ出《い》だされて、いとど哀れは爰《ここ》六角堂のその底に置きてぞ帰りける。」

後家の身が立て難いのは止むをえないとしても、契りをかさねて妊娠させ、出産した子を捨子にするとは、女も世之介も非情、無残の限りというべきであろう。

なお、小町の歌とは「あはれなり夜半に捨子の鳴き止むは親に添寝の夢や見るらむ」であるが、小野小町の作かどうかは確かではないという。

同じ巻二から滑稽譚を一つ紹介する。「女はおもはくの外《ほか》」の後半である。

「昼も半時にかたぶき（午後も一時頃になって）、羽織も苦になり重着《かさね》もうたてかりしに（うっとうしいところ）、世之介頭巾離さず身を固めて（服装をきちんとして）ありけるこそ気詰《きづま》りに見えて、脱げと云へども脱がず、「その方《ほう》は十六なれば、初冠《ういかぶり》（元服）して出来業平（出来たての在原業平）」と申し侍る。「ちと似合ひたる（月代《さかやき》の似合った）お白《かほ》を見む」と悪き者ありて頭巾とれば、左の鬢先《びんさき》かけて四寸あまり血走りて、正《まさ》しく打たれたる疵あり。一座驚き、「いかなる者にか、かくはいたされけるぞ。男中間《なかま》（男友達）にひけとらしては（負けさせては）何れも堪忍《かんにん》なり難し。天狗の金兵衛・中六天《ちうろくてん》の清八・花火屋の万吉にてもあれ、我々ありながらその仕返しなくては」と申せば、「各別の義なり（全く別の事だ）。すぐならぬ恋（道にかなわぬ恋）よりこの仕合《しあはせ》（めぐりあわせ）」。「語れ」と申す。云はねばならぬ義理になつて、「さりとは各々思はるるとは抜群の違ひ。我等が下屋敷川原町に、小間物屋の源介と申して、丹後宮津へ通ひ商ひする者あり。留守など頼むと申しかはしける程に、折ふしは見舞いて火の用心申し付けしに、この女樵木町《さはらき》のさる御方にありし由《よし》（お屋敷に奉公していたとのこと）にて、いとやさしき有様を堪へかねて（こらえかねて）、いろいろ道ならぬ事を書きくどきて千束《ちつか》（沢山の手紙）送りけるに、返し（返事）もなくて、ある時さしわたして（直接に）、「さなきだに（そうでなくても）思ひも寄らざるに、二人の子もある事を、さもしき（見下げた）お心ざし」と恥《はぢ》しむるをも顧みず申しかかるこそ因果なれ。「したがひ給はずば、剣《つるぎ》の山を目の前」と口説けば、何と思ひけん、「さ程におぼし召しとは聊《いささか》存ぜず。さもあらば、今宵二十七日、月もなき夜こそ人も知らまじ、しのばせられよ」と申し残して、世上も静まりて門《かど》に立寄れば、内よりくぐり（潜り戸）をあけかけ、「これへお入《はい》り候へ」と申しもあへず、手ごろの割木《わりき》（薪木）にてこのごとく眉間を討ちて、「私両夫にま見得候べきか」と戸をさしかためて入りける。世に又かかる女もあるぞかし。」

これほど痛い目にあっても世之介は遊蕩を止めない。いわば体験が身につかぬ人格であった。ついでだが、これは恋ではない。世之介はたんに情事を追い求めているにすぎない。

ここで世之介は勘当になる。巻二の「出家にならねばならず」では「恋にその身をやつし」「深川の八幡・筑地《つきぢ》・本庄の三つ目橋筋・目黒の茶屋を捜し、品川の連飛《れんとび》（茶屋女）、白山・さんの得知れぬ者（私娼）、浅草橋の内（歌比丘尼の巣窟）にてうなづく事までを合点《がってん》して（目配せで合図することまで覚え）、後は物縫《ものぬい》の小宿《こやど》（連込宿）、板橋のたはれ女（宿場女郎）も見のこさず、次第に橋場の道筋をとはるる（橋場から西へ行けば吉原だが、吉原以外の色里を指すかもしれないという）

こそおそろし」ということにまで発展、「この事京に隠れもなく（露顕して）、勘当の由あらけなふ（きっぱりと）申し来たれり」ということになり、分別ある者の才覚で、十九歳の四月七日に出家する。巻二はまだ続くが巻三に入る。

4

巻三の「一夜の枕物ぐるひ」は、前後半それぞれに興趣がある。前半は江戸期の男女の性風俗の慣行を知る興趣である。

世之介は二十四歳、鞍馬寺に参詣する。

「雁金といへる坂を過ぎて、鰐口の緒（寺社の堂前につるしてある太い緒に鰐の口形の鉦をつけてあるもの）にすがれば、物やはらかなる手の触《さは》りけるも、はや恋てふ種となりて、昔、扇見て爰《ここ》に籠り、「おもひあればわが身より」と読みし女の事（和泉式部の知られた作「物思へば沢の螢も我が身よりあこがれ出る魂《たま》かとぞ思ふ」の故事をいう）までも思ひ出されて、心も空に（心も上の空になり）なりしに、鶏の真似さす事あり。これに目覚《めざ》め各々帰る折ふし、友とする人に囁きて「まことに今宵は大原の里の雑魚寝《ざこね》とて、庄屋の内儀《ないぎ》娘（主婦や娘）、又下女下人（奉公人）に限らず老若の分かちもなく、神前の拝殿に所ならひ（土地の習慣）とてみだりがはしく（破目をはずして淫らに）

うちふして、一夜は何事をも許すとかや。いざこれより」と、朧《おぼろ》なる清水・岩の陰道《かげみち》・小松をわけてその里に行きて、牛つかむばかりの闇《くら》がりまぎれに聞けば、まだいはけなき（物心つかない）姿にて逃げまはるもあり、手を捕えられて断りをいふ女もあり、わざとたはれかかる（積極的にたわむれかかる）もあり、しみじみと語る風情、ひとりを二人して論ずる（とりあって口論する）有様もなを笑《おか》し。七十に及ぶ婆々《ばば》おどろかせ（目を覚まさせ）、或いは姨《おば》を乗りこえ、主の女房を嫌がらせ、後にはわけもなく入組《いりくみ》（乱雑に入り乱れ）、泣くやら笑ふやら喜ぶやら、聞き伝えしより面白き事にぞ。」

こうした男女間の自由放恣な性交は、特に神事などに関連して、許された習俗であったと私は理解している。こうした習俗は、大原に限らず、全国的にひろがっていたはずである。たとえば、森山豊明『不義密通と近世の性民俗』（同成社刊）参照。

「一夜の枕物ぐるひ」はすぐ次に続く。

「暁近く、一度に帰るけしき様々なり。竹杖をつきて腰をかがめ、頭《かしら》綿帽子に包みまはし、人の中をよけて脇道を行く老女ありけり。少し隔《へだ》たりてから足早になり、腰のかがみも自ら伸びて跡（背後）見返る面影、石灯籠の光に映りぬ。

世之介不思議に思ひ、つけみるに案の如く二十一二の女。色白く髪うるはしく、物腰やさしく、京にも恥づかしからず。これはと口説き、様子を聞けば、「都の人ならば、なを許し給へ。我に心をかけし人限りなきをうるさく、姿を替《か》えてやうやう逃れ侍るに」と語るに、なを止め難く一世の約束して（一生添いとげる約束をしたとの意か、あるいは夫婦は二世の約束の誤りかという）、見捨てな捨てまい、末は千歳《ちとせ》の松陰に木隠《こがく》れ、かかる所へ逞ましき若者の五人七人、又は三四人、爰《ここ》のかしこの詮索、「この里の美人が見えぬ」と声々に罵るは、この女の事にぞありける。身ちぢめてなを黙りぬ。この時の心は武蔵野に隠れし人もや（伊勢物語にある女を盗んで隠したという物語による）と事静まりて、彼女連れて下賀茂辺《ほとり》にゆきて、ある人を頼みて住みぬ。朝の煙かすかに、いただき連れたる黒木売《くろぎうり》に見付けられてはと、しのぶ内こそ面白の花の都近くや。」

「朝の煙かすかに」は勘当中の世之介の生活が苦しく、貧しかったという意、「黒木売」は尺余の木を黒く蒸し焼きにした黒木を大原女が頭に載せて京の街を売り歩いたことをふまえている。「いただき連れたる」は狂言に由来。

ところで、次章「集礼《しゆらい》は五匁の外《ほか》」の冒頭、「年籠《としごもり》の夜、大原の里にて盗みし女に馴初《なれそめ》、二十五の六月晦日切《つごもりぎり》に米櫃《こめびつ》は物淋しく、紙帳も破れに近き進退《しんだい》（身代）。これ（この女）も置《おき》ざりにして佐渡の国金《かな》山に望みをかけ行くに」となって、女を残したまま出てゆくのだから、世之介は私の眼には破廉恥としか思われない。ただ底本の頭注には「置ざり」について「妻を家に残して夫が出て行く離婚のこと。家財道具の少ないような場合しばしば行われた簡単な離婚法」とある。三行半《みくだりはん》で離婚できた、男性優位の時代だから、こうした「置ざり離婚」も合法だったかもしれないが、それなら、彼女とかわした二世の約束はどうなのか。

世之介はまことにその場当りの生活を送っている。勘当されている身で、収入もなく働く気もない以上、そもそもわが身一つをどう生きるかも問題だったのだから、女と同棲したこと自体に無理があることは承知だったはずである。

5

巻四から「昼のつり狐」を読む。世之介は三十二歳である。

「知恩院のもと門前町に貸座敷、十日限《ぎり》（十日契約）の手懸者《てかけもの》（妾）を置きて夜の慰み、昼は十人の舞子集めける。一人金子《きんす》一歩なり。顔うるはしく生れつき艶《やさ》しきを、小さき時よりこれ（舞子）に仕入れて、とりなり（挙措進退）男の如し。十一・二・三・四・五までは女中方（婦人客）にも招き寄せられ、一座の酒友だち（酒の相手）にもなりぬ。その程《ほど》（その年頃）過ぎては月代《さかやき》を剃《そ》らせ、声も男に使ひなさせ（声も男のように使わせ）、裏付袴の股立《ももだ》ちとつて、ぱつぱ（模様のある鮫皮で作った鞘）の大小落としざし、虚無僧編笠ふかく、太緒《ふとを》（太い鼻緒）を雪踏《せった》位勝《ゐかつ》げ（いかめしく）に履きなして、奴《やつこ》草履取《とり》をつけ、これを寺方の通ひ扈従《ごせう》（住持の側近に仕えて男色を事とする小姓、ここでは女性）と申し侍る。その跡《あと》（その後）はあいの女（中途半端な女）とて、茶屋（茶屋女）にもあらず傾城《けいせい》にでもなし。その後は遊び宿の嬶《かか》となりながら自由になりぬ（金銭で自由に身を売ることになる）。それから婆々になりてすたりぬ。」

十歳かそこらで舞子となったのも自らの意志ではあるまい。親に売られたものであろう。さりげなく書かれているが、空しく、儚い女の一生の一筆描きである。

続いて隠れ遊びの仕掛がいろいろ記されているので、風俗誌的興味から引用する。

「四条の切貫雪隠《きりぬきぜつゐん》といふは、ゆへある（由緒ある）後室など中居・腰元・つきづき（おつきの者）多く、手目のならぬ（自由にならぬ）御方《かた》は、かの雪隠に入りて、それより内へ通ひ（通路）ありて事せはしき出逢《であひ》なり（あわただしい情事の密会である）。しのび戸棚と申すは、これも内証（内部）より通路仕掛けて男を入れ置き逢はする事なり。あげ畳といふ事は（工合が悪くなると畳をあげて男を逃がす仕掛）、簀子の下へ道を付けて、不首尾なれば（工合が悪くなると）抜けさすなり。空寝入《そらねいり》の恋衣《こひごろも》と申すは、次の間の洞床《どうこ》（棚の一種）に後室模様（模様を白あがりにして上地を黒く仕上げたもの）の着《き》る物・大綿帽子・房付の珠数《じゆず》など入置《いれお》きて符作り（物をととのえ）、女より先へ男を廻し、かの衣類を着せて寝させ置き、さるかみさま（良家の隠居の老婦人）と申しなして下々《しもじも》に油断させて逢《あ》はする手だてもあり。後世《ごせ》の引入《ひきいれ》といふは、美しき尼をこしらへ、身は墨衣を着せ置き、なりさうなる（誘惑にのりそうな）お方《かた》（人妻）達《たち》に付《つ》けてつかはし、「我宿はこれ。ちとお立寄」と取りこむ（籠絡する）事もあり。しるしの立ぐらみ（立っているときの目まい）といふは、出合茶屋の暖簾に赤手拭ひ結び置きぬ。必ず此所《このところ》にて思ひ出して、「爰《ここ》を借る」とて入る事あり。気を付けて見てそれと知り給ふべし。」」

まだ続くが省略する。密会の情事にはずいぶんと手をかけ、心を砕いていたことに驚くのだが、もし密会が露見したばあいの社会的、家庭的制裁がよほど厳しかったためではないか。現代の男女の情事、不倫ははるかに苦労を必要としないようにみえる。

ところで巻四の最終章「火神鳴《ひかみなり》の雲がくれ」で、世之介は父親の死去を聞き、「心のままこの銀《かね》使へ」と母親から二万五千貫目という大金を受取り、ふたたび大大尽になる。

6

巻五冒頭の「後《のち》は様《さま》つけて呼《よぶ》」は『好色一代男』中、情感を覚える作である。なお、この年、世之介は三十五歳である。

「「都をば花なき里になしにけり吉野は死出の山に移して」とある人の読めり。亡き跡まで名を残せし太夫、前代未聞の遊女なり。いづれをひとつ〈どれひとつ〉、悪しきと申すべき所なし。情《なさけ》第一深し。爰《ここ》に七条通に駿河守金綱《きんつな》と申す小刀鍛治の弟子、吉野を見初《そめ》て、人知れぬ我恋の関守は宵々毎の仕事に打ちて、五十三日に五十三本、五三の値《あたい》をためて〈島原の太夫の揚代は寛文頃まで五十三匁であったという）、いつぞの時節を待てども、魯般が雲のよすがもなく（及ばぬことのたとえ、淮南子の故事による)、袖の時雨は神かけてこればかりは偽りなし(袖に濡らす涙は神かけて真実である)。吹革祭《ふいご》の夕暮に立ちしのび、「及《およ》ぶ事《こと》の及ばざるは」と身の程いと口惜しと歎くを(身分が賤しいばかりに望みが叶わぬと歎くのを)、ある者太夫に知らせければ、「その心入《こころいれ》不憫」とひそかに呼入れ、心の程を語らせけるに、身を震はして前後を忘れ、うす汚れたる皃《かほ》より泪をこぼし、「この有難き御事《おんこと》いつの世にか(いつの世までも、忘れはしません)。年頃(年来)の願ひもこれまで」と座を立つて逃げてゆくを、袂引きとどめて、灯を吹き消し帯も解かずに抱きあげ、「お望みに身を任す」と色々下より身を悶えても、かの男気をせきて、勝間木綿《こつまもめん》の下帯解きかけながら、「誰やら参る」と起きるを引きしめ(抱きしめ)、「この事なくては夜が明けても帰さじ。さりとは其方《そなた》も男ではないか。吉野が腹の上に適々《たまたま》あがりて空しく帰らるるか」と、脇の下をつめり股をさすり、首筋を動かし弱腰をこそぐり、日暮より枕を定め、やうやう四ツの鐘(午後十時頃)の鳴る時、どうやらかうやらへの字なりに(どうにか)埒明けさせて(情交をとげさせ)その上に盃までして帰す。」

これは吉野太夫の美談だが、考えてみれば、太夫、天神等の位階で分け、それにしたがって、揚代の高低を定め、太夫等に権威をもたせたのは、抱主が教養などを身につけさせるための投資があったにせよ、太夫も結局は売春婦であり、太夫といった名で権威づける遊廓の商法にのせられただけのことである。そう分っていても、そのように育てられた吉野太夫の気っぷには魅せられるところがある。

この話の続きとして、吉野太夫は世之介に身請され、正妻となる。吉野太夫は「世間の事も見習ひ、そのかしこさ、後の世を願ふ仏の道も、旦那殿と一所の法花《ほつけ》になり、煙草もお嫌ひなれば呑《の》みどまり、万《よろづ》に付けて気に入る事ぞかし」とまでつとめるのだが、一門中から道ならぬ事として離縁を余儀なくされる。「「せめては御下屋敷に置せられ、折節のお通ひ女に」と申せども、なかなかお聞《きき》分《わ》けもなし」などと口説いても聞き入れて貰えない。ついに家を出されることとなり、吉野は手をつき、「「私は三筋町に住みし吉野と申す遊女。かかるお座敷に出《い》づるはもったいなく候へども、今日御隙《おんひま》を下され、里へ帰るお名残に、昔を今に一ふしをうたへば消え入るばかり（魂も消えいるばかりに感嘆し）、琴弾歌《ことひきうた》をよみ、茶はしほらしく立てなし、花を生替《いけかへ》土圭《とけい》（時計）を仕懸け直し（当時は昼夜の時間差があったので、毎日分銅を調整して、時刻を修正する必要があった）、娘子達の髪をなでつけ、碁のお相手になり、笙を吹き、無常咄し・内証事、万《よろづ》人さまの気をとる事ぞかし。勝手に入れば呼出《い》だし、吉野独りのもてなしに座中立つ時を忘れ、夜の明方に銘々宿に帰りて申されしは、「何とて、世之介殿の吉野はいなし給ふまじ。同じ女の身にさへその面白さ限りなく、やさしくかしこく、いかなる人の嫁子《よめご》にも恥づかしからず。一門三十五六人の中に並べて、これはと似た女もなし。いづれもご堪忍あそばし、内儀にそなえられ（内儀の地位に直され）」とよろしく取りなし申して、程なく祝儀（婚礼の贈物）を取急ぎ、樽杉折《たるすぎおり》の山をなし、嶋台《しまだい》の粧《よそほ》ひ、相生《あいおい》の松風、吉野は九十九まで。」

とこの章は終るのだが、吉野の口上がどこで終るのかが分らないし、どうして誰がどのようにとりなして、吉野の離縁が取消されたのか、まったく分らない。これは西鶴の書き誤りかどうか。それにしても、この問題の終始、世之介はどう行動したのか。身請して以後の彼の動静は記されていない。主体的に行動しなかったにちがいない。

巻五「欲の世中《よのなか》に是《これ》は又」は女性に情趣があるので、読むことにしたい。

場所は播州室津、ここでは風呂屋が揚屋を兼ねていて、ここに遊女を呼ぶことになっていたという。

「広嶋風呂に行きて亭主八兵衛にあない（案内）させて、丸屋・姫路屋、あかし屋この三軒に八十余人の姿を見尽《みつ》くし、その中で天神（大神は太夫に次ぐ遊女、揚代二十八匁）かこひ（囲は天神に次ぐ遊女、揚代十七匁）七人抓《つかみ》て（相手を誰にするか決めずに選び）、誰に思惑もなく酒になして、主《あるじ》に私語《ささやき》しは、「七人のうちにて何れなりとも気に入りたらば、それに枕定めん」（相方に決めよう）と云ふを聞きて女郎思ひ思ひの身嗜《みだしな》み、見る程笑《おか》し。酔覚ましに千年川《ちとせがは》といふ香炉に厚割《あつわり》（分厚く切った伽羅）の一木を焼《たき》てきかせ（香の名を鑑別させ）けるに、心もなく（たしなみもなく）そこそこに（ぞんざいに）取りあげて廻しける（香炉を順次まわした）、いとはしたなし（無作法である)。

　末座にまだ脇あけ（袖の八つ口をあけた年少者の着物）の女、さのみ賢《かしこ》顔もせず、ゆたかに（ゆったりと）脱懸《ぬぎかけ》して（上着を半ば脱いで肩のあたりまであらわし）肌帷子《かたびら》の紋所（模様）に地蔵をつけて居るこそ、いかさま子細らしく見えける。手前に香炉の廻るとき、しめやかに（しんみりと）聞《き》きとめ、少し頭《かしら》をかたぶけ二三度も香炉を見返し、「今思へば」と云ふてしほらしく（上品に）下に置きぬ。世之介言葉をとがめ、「この木《き》は何とお聞候《きき》」と申す。「正《まさ》しくもろかづら」と云ふ。「さても名誉の（すぐれた）香聞きかな」と懐《ふところ》へ手を入れ、又取出す所をおさへ（押しとどめ）、「申し申し私などが何として聞き候ふべし。その木《き》は江戸の吉原にて若山様（吉原の太夫）の所縁《ゆかり》ではあらずや」と云ふ。「いかにもいかにも、逢ふて（交合して）の名残に貰ひまして」と云ふ。「さぞあるべし（きっとそうでしょう）。私のふと申し候は、備後福山のさる御方《おかた》、「江戸にて若山様の香包《づつみ》」とかりそめの袖に（かりそめの契りを結んだ時の着物の袖に）とめさせられ、同じ枕の夜いつよりは（ふだんよりは）嬉しさのままに忘れず。今に思ひ出し候」と申す。横手をうつて（感嘆して手をうって）「縁は知れぬ物かな。その備後衆の十がひとつ（十分の一でも）可愛がられたひ」となづめば（深く思いをこめると）、亭主床とつて蚊屋釣りかけて、「これへ」と申す程に、「夢見よか（床に入る時の通言という）」と入りて汗を悲しむ所へ、穐《あき》（秋）まで残る螢を数《かず》包みて禿《かぶろ》に遣《つかは》し、蚊張の内に飛ばして、水草の花桶入れて心の涼しきやうなして、「都の人の野とや見るらん」と云ひざまに、寝懸姿（寝かかる時の姿）の美しく、「これは動きがとられぬ（魅了されてどうにもならぬ）」と首尾《しゆび》（交歓）の時の手だれ、わざとならぬ（わざとらしくない）すき（色好み）なり。」

若い女郎が人並はずれて、香りに敏感であったにせよ、その振舞の楚々とした様子の好ましさは、やはり西鶴の筆力であろう。この場の世之介は風流といってよい。

7

巻六に入って「心中箱」の後半の世之介の話は私の好みでないが、冒頭の幇間、長七の挿話にはちょっとした味わいがある。

「風待つ暮、河原（四条河原）の涼み床を見渡せば、柳の場々《ばば》の長七提《さげ》煙草盆に大うちはを持ちまぜ（一緒に持ち）、人たづねる（人を探している）風情。「やれ（おい）うつけ者（間抜け）、外より見ての笑《おか》しさ（外から見るとおかしくてならぬ）、誰をか慕ふ」と聞けば、物云はず笑ふて指さす方に、我が女房を常ならぬ出立《いでたち》（ふだんと違った扮装）、雇ひ腰元・雇《やと》ひ下女、おのれ（長七自身）も与七（下男）になつて主《しゆ》（女房を主人）あしらひ、これは替つた仕出し（趣向）と様子を問へば、「日頃は手づから食《めし》を炊《た》かせ、釣瓶縄をたぐりあぐるも、この男（この私のような男）を思ふ故ぞかし。毎夜更《ふ》けて帰れども一度も戸を叩かせず明《あ》けて、「今宵は待《まち》かねぬうちに（待ちきれなくなる前に）早きお仕舞（お仕事の終り）、ご機嫌は首尾は（出来栄えはどうでしたか）」と世間内証（世間的なことも家庭内のことも）ともに心を付けぬる（気をくばる）かはゆさに、せめて今日こそ人のおか様（御内儀様）並《なみ》に被《かづき》（顔をかくすための小袖）を着せて出かけ、暮れたらばあの姿をそのまま横にこかして（倒して）、わが世の思ひ出さす事なり。いつも独寝《ひとりね》の恨み、云はねばこそなれ、太鼓持の女房にはなるまじき物と思ふぞかし」。尤も（なるほどと）長七が云ふ所、まことにこの女はもと彼里（島原）にて藤浪（太夫）に付きし春と云へるやり手なり。「互に面白づくのごゐんべん（ご縁組）、春が貰ひ貯めし少金（僅かな貯え）は減らさぬか」と云へば、長七苦《にが》ひ顔して、「それはいつの事。まだ子を生まひで仕合《しあは》せ」と身ぶるひして世のからき事（世渡りの苦しい事）を語る。」

こうした妻孝行は今の世にもありえないことだが、実行できないまでも、心中、妻に感謝して、何らかのかたちで感謝の気持を妻に伝えたいと思っている夫も多いだろう。夫婦仲の機微は西鶴の時代も現代も変りはないはずである。

同じ巻六の「寝覚《ねざめ》の菜好《さいこのみ》」も女性の心根を描いた作である。『好色一代男』は世之介はかりの主人公、物語の狂言まわしと考えるのが妥当かもしれない。

「京屋仁左衛門（揚屋の名）が自慢せし庭の松さへ枝折れて少しは惜しまるる夜の大雪、おのづから風が飲ますする酒（寒さしのぎの酒）になりて、さあこれからは枕かる山（枕を借りて寝る時）、蒲団に肌もつけあへず（肌をふれあう間もなく）、同じ寝姿つれ鼾《いびき》いつとなく出《い》でけり。相床（同じ部屋に並べて敷いた床）には新屋《あたらしや》の金太夫、槌屋《つちや》の万作に聞かれて笑はるるも知らず、心よく夢一つ二つ見しうちに、御舟《みふね》（天神の位の女郎）額《ひたひ》に浪立《なみた》て（しわよせ）、眼を開き声荒く、「弓矢八幡、大事は今、七左様逃《のが》さじ」と左《ひだり》の肩先にかみつき、歯ぎりしてこぼす泪《なみだ》雨の如し。

これを驚き、「我は世之介なるが」とせはしく（あわてて）断《ことわ》りてどよめば（大声で騒げば）、御舟まことの夢覚めて、「何事もお許しあるべし。我が浮名隠すまでもなし。丸屋七左衛門殿現《うつつ》に目《ま》みえて、「世を思ふ故に恋を止《や》むる（後鳥羽天皇「人もおし人も恨めしあぢきなく世を思ふ故に物思ふ身は」をうけた言葉）との一言、さりとは悲しく今の有様、恥づかしや」と身も捨つる程のけしき（自死しかねない様子）、漸々《やうやう》いさめて、かく（丸屋と御舟とか）馴れそめしよりこのかたの難儀を聞くに、またの世に（後世にも）続きて出来まじき女（後世にもまた出て来そうにない女）なり。起き別るる風情もしとやかに、ささ（酒）もよき程に飲みなし、「よびましや（呼び申せ）」といふ声（揚屋が女郎を貰うときの声）も更に（一向に）聞き入れず、客心を残さぬまで（客が心残りしないまで、満足するほどに）ありて、内儀女房ども（揚屋の妻女、奉公人など）にもうれしがる程の暇《いとま》請《ごひ》、塗下駄の音静かに、さしかけから笠もれてふる雪袖をいとはず、大様なる道中、「何とて京にては太夫にはせなんだぞ（しなかったのか）」「尤も美しからず」「たはけども、太夫はそれ（美醜）によるものか」と帰《かへ》さ（帰途）の後姿を詠《なが》め尽くし」

以下続くが略す。女郎の恋の憐れが心をうつ。

8

巻七の巻頭「その面影《おもかげ》は雪むかし」の前半を読む。世之介はすでに四十九歳である。

「石上《いそかみ》ふるき高橋に思ひかけざるはなし。太夫姿にそなはつて（太夫としての姿に生れついて）、顔に愛嬌、目の張りつよく、腰つきどうも云はれぬ（何ともいえぬ）よき所あつて、まだよい所ありと帯といて寝た人語りぬ。そふなふてから（そうでなくても）髪の結《ゆい》ぶり・物腰・利発、この太夫風儀を（太夫の風采を）万《よろづ》につけて今に女郎の鏡にする事ぞかし。

初雪の朝《あした》俄かに壺（茶壺）の口切りて、上林《かんばやし》の太夫まじりに世之介正客にして、喜右衛門方の二階座敷をかこふて（屏風でかこんで）、懸物《かけもの》には白紙を表具して置かれけるは、ふかき心のありさうに見え侍る。茶菓子は雛の行器《ほかい》（円い三脚の器）に入れ、天目《てんもく》（天目茶碗）水翻《こぼし》（茶碗をすすいだ水を捨てるもの）も橘の紋付、使い捨ての新しき道具も所によりて面白し。屢《しば》しありて勝手より「久次郎が宇治から只今帰りました（宇治から水を運んできた、との意）」と申す。水こし（水をこして鉄分などを除くこと）の僉義《せんぎ》（相談）あり、さては三の間の水（宇治橋三番目の橋脚間の水）

を汲みにやられしと一入《ひとしほ》うれしく、御客揃へば高橋硯をならし、「この雪そのまま詠《なが》め給ふ事は」と当座（当座俳諧、即興の俳諧）を望み、かの懸け物に銘々書《がき》の五句目まで、ことさらに聞く事（注意して聞くべき面白いこと）なり。中立《なかたち》（茶会で懐石が出た後、一旦席を立って待合に行き亭主の合図で囲に入る）あつてのおとづれ（案内）に獅子踊の三味線を弾かるる。いづれも心玉《こころ》にのって（心がうきうきして）、少し浮かれながら囲《かこひ》に入れば、竹の筒ばかり懸《か》けられて花のいらぬ事（花が生けていない事）、不思議にこの心を思ひ合はすに、けふは太夫様方のつき合い、花はこれにまさるべきやとおぼし召さるる事にぞありける。高橋その日の装束は、下に紅梅上には白繻子《しろじゆす》に三番叟の縫紋、萌黄の薄衣《うすぎぬ》に紅の唐房をつけ、尾長鳥の散らし形、髪ちご額にして金の平髻《ひらもとゆひ》をかけて、その時の風情天津乙女の妹などとこれを云ふべし。手前（点前）のしほらしさ千《せん》の利休もこの人に生れ替られしかと疑はれ侍る。」

ここまでは序であって、これからが主題に入る。

「ことすぎて跡（後）はやつして（くつろいで）乱れ酒、いつにかはりてのなぐさみ（平常と変った珍しい趣向）、酔のまぎれに世之介金銭銀銭紙入より打開《うちあ》けて両の手にすくひながら「太夫戴け、やらう」と云ふ。この中では戴かれぬ所ぞかし。初心なる（物馴れない）女郎は脇からも赤面してゐられしに、高橋しとやかに打笑ひ「いかにも戴きます」と、そばにありし丸盆に請《う》けて「今日の前でいただくも内証にて状（手紙）で戴くも同じ事」と申して禿《かぶろ》を呼び寄せ、「なふて叶《かな》はぬ物じや。取ってをけ」と申されし、その見事さ何時の世か又有るべし。」

「状で戴く」とは、帳場で書付で戴くことをいう。遊女はじかに金銭にふれない慣《ならわ》しであった。禿を通じて、世之介が渡した金は帳場に渡ったのである。いかに酔余、浮かれていたからといって、遊廓の慣習を無視した世之介の思い上った傲慢さと、高橋太夫の見事なさばき方がこの話の面白さである。とはいえ、私としては、遊女に金銭をふれさせないという習慣も、金銭の管理を抱え主が支配する手段であり、遊女酷使の一形態としか思われない。通人には興があるかもしれないが、私には、高橋の意地に感興を覚えるだけのことである。

ついでだが、太夫たちがいるからといって花生けに花を生けず、太夫を花に見立てるというのも、遊廓が女郎に権威づけをするための仕立てであり、こうした商法は私の好みではない。

9

同じ巻七の「人の知らぬわたくし銀」は、逆に、金銭にこだわる遊女の話であり、こうした遊女をいかにも賤《いや》しげに『好色一代男』は描いているが、逆にこういう女性こそが正直で人間的というべきではないか。

「「申し申し（もしもし）まづお帰り（お戻り）なされませい」と髙嶋屋（揚屋の名称）の女子《おなご》に呼

びかけられて、何の用かと見かへれば、「御《おん》かたから」と名書《ながき》（宛名）もなき文ひとつ懐《ふところ》にさしこみ、様子（事情）も申さず逃げてゆく、心許なき事はかねがね滝川（太夫）に恋する者ありて、肝《きも》を入り（仲介者となり）返事待つ事あるが、それかと宿に帰りて見るまでは遅し（家へ帰って見るまで待てない）、順慶町の辻行燈《あんどん》に立ちしのび、読めぬ事どもありける（腑に落ちぬ事があった）。滝川が文の返しにはあらずして、我（世之介）に惚れたとの心入れ深く、命をとる程に（うっとりさせるほどに）書きて送りぬ。すこし男自慢（男振りの自慢）して、ともなひし者に「これ見たか。この方《ほう》より口説《くど》きても埒のあかざる事もあるに、あなた（先方）からの思《おぼ》し召し入れ、しかもさる太夫様からじや。世上に若き者も多けれど、拙者（わたし）が鬢《びん》厚き故（鬢厚は上品で温厚な風俗）ぞかし。世之介にあやかれ」と戴かせば、合点がゆかぬ（承服できぬ）と笑ふてゐる。せき心になつて（苛立って世之介が）「我に嘘を云ふものか。これ見よ」とありし時、「見るまでもなし。その文はそんじやうその太夫殿（そんじょそこらの太夫殿）よりは参らぬか」と申す。「何としてこのわけを存じたぞ（どうしてこの事情を承知したか）申せ」「いや、その女郎ならばさのみ（そんなに）喜び給ふな。子細（理由）は、貴様に限らず、近き頃も半太夫様（別の太夫）のお敵（客）にもその如く、又、薩摩様の客にも状を付け、人の男（他の娼妓の客）をとらるる（横どりする）事、この中《ぢゆう》（近頃）の仕出し（新趣向）なり。この心入れの嫌な所は更々（まったく）恋にあらず。紋日（遊女の売日、物日ともいう）かかさぬ程の大尽にばかりその仕形《しかた》（方法・手段）ぞかし。男ぶりにもかまはれぬ証拠には、河内の庄屋に鼻のなき人（梅毒で鼻を欠いた人）あり。これにも執心の状（恋文）を付けて、この三年が間の身あがり（遊女が自分で揚代を払って休むこと、ここではそのための借金）、買いかかり（掛買いの代金）済まさせて（支払わせて）、その後は目ふさいで抱かれて寝ても「顔が気に入らぬ」と口舌《くぜつ》（喧嘩）しかけられ、かの男是非もなく（止むをえず）「それが今目に見えましたか。何やかや貰ふておいてから、あまり酷《むご》ひ仕方で御座《ござ》る。この方（当方）変らぬ心中には、遣手《やりて》に小麦をやれと云はしやつたによつて、真春《まつき》（水に浸した麦をよく搗き、一度乾燥させて改めて水をかけて搗くこと）にして二俵まで今日も運ばせ、親達の方に木綿がいるとあれば、塵までよらして百斤まで四五日跡《あと》（前）にも進上申す（さし上げました）。干蕪《ほしかぶら》・瓜・茄子までを遠い天満のはてまで続けて（親の住む天満の田舎まで送り続けて）こなた（貴女）の気に入るやうにした物を、今年の夏仁和寺の堤がきれて水が入《はい》つたと思ふて、見立てらるる（見くびられる）が口惜しひ」と男泣にして帰るを居合はせて聞いた者数多《あまた》なり。ひらに（絶対に）これは」ととめける。

世之介聞きて、「憎さも憎し。こいつ只は置かれじ」とうれしき（色よい）かへり事（返事）遣《つかは》し、手くだであいぶんにして（間夫として盗み逢う約束をして）、ある時豊後の人初めて会ふ時、世之介も同じ宿に行きかかるを、太夫見るより小紙についい書（走り書）きて「裏へ廻つて御座れ」と申す程に、末はともあれ今宵はと、柴部屋（炭・柴・薪などを入れる物置）にしのびて物の陰《かげ》より覗けば、さす盃もろくには手に持たず、俄かに腹《はら》痛むと悩めば（苦しめば）、田舎大尽印籠あけて幾薬（何種類かの薬）か与へけるを、飲む顔して灰吹《はひふき》に捨てて、禿《かぶろ》に紙燭《しそく》灯《とも》させ雪隠《せつゐん》の入口に付け置きて、その身は世之介に取りつき、「かやうの首尾（密会）うれしい」と云ふ。大尽はまことの心から（本心から）坪の中《うち》の戸（庭の仕切り戸）を開《あ》けかけ、「太夫様はお隙がいるが（時間がかかるが）、まだ痛むか」と聞く。禿《かぶろ》「それへ御座ります（間もなくおいでになります）」と申す。古き事ながら（陳腐な手段だが）この手立て一度づつはくふ（くわされる）事なり。世之介と炭俵のあいより起き別れて、はや着物の汚れしを悲しみ、「いかひ（大変）損をした」と人の見るをもかまはず、しべ箒《ばうき》（藁しべで作った箒）にて禿に背中をたたかせ、それより座敷には行かず、仏壇の前に居て、大角豆飯《ささげめし》（遊女は客の前で食べないので、遊女がふつう納戸でたべたささげを煮こんだ飯）の茶漬に干鱈《ひだら》むしり食ふて、その後手元にありし百銭（ぜにさしにさした銭百文、実際は九十六文で百文として通用した）をぬきて、心覚えに目の子算用《さんよう》（女の銭勘定）、何の事にもせよ（どんな事情があっても）女郎はせまじき事なり。大尽この淋しさ座にたまりかねて、立ちざまに（立ち去りぎわに）この有様を見て、「まづ安堵いたした。勘定あそばす程のご機嫌なれば」と宿へも礼云ふて帰りける。これ（この皮肉）を何とも思はず、人の若ひ者らしき（手代らしき者）を近付き、「小判貸の利は何程にまはるものぞ」と云ふ。面《つら》へ水がかけたし。かかる者も太夫とて売物になるぞかし。さてもさてもうるさき（嫌らしい）女、爰《ここ》に名を書くまでもなし。後には知るる事なるべし。四五度も忍びあふてから「正月の入用御無心の書簡拝し参らせ（拝見し）、時分から（年末の折柄）忝《かたじけな》く存じ候。金を出して女郎狂ひ仕《つかまつ》ればご存知の通りこの方に好き申し候（この方に長年契りを結んでいます）太夫と久々申しかはし候。貴様（あなた）よりは只（無料）のやうにお申し越し候程に、恋に隙《ひま》のなき身なれども、折節（たまたま）合力《かうりよく》にあふて（ほどこしをするつもりで）進じ申し候。余人《よじん》をお稼ぎあるべし（自分はその手は食わないから他人から金をしぼりとりなさい）。日借《かし》の金子お貸しなされ候はば肝入り（お世話）申すべく候。手前取りこみ申し残し候。以上」

末尾は世之介の返信である。日貸は短期の融資なので、それだけ高利になり、金を貸す太夫には儲けが大きくなる。

この太夫が金銭にこまかく、金儲けに執心していることはたしかに見苦しい。だから、西鶴は「心覚えに目の子算用、何の事にもせよ女郎はせまじき事なり」と記し、「面《つら》へ水がかけたし」とまで非難している。

それが遊廓の風習なのであろうが、私には何とかして苦界から脱けだしたいと苦労するこの太夫の心情は理解できるし、女郎に金銭にさわらせないというのは抱え主の女郎を縛る悪どい手法としか思われない。

10

『好色一代男』の最後に読むのは、やはり巻八、最終章の六十歳になった世之介の女護の島渡り、「床《とこ》の責道具《せめだうぐ》」でなければなるまい。題名は催淫具および催淫薬の意という。

「合（合計）二万五千貫目、母親よりずいぶん（思うまま）遣《つか》へと譲られける。明暮《あけくれ》たはけ（愚かしいこと）を尽くし、それから（三十四歳のときから）今まで二十七年になりぬ。まことに広き世界の遊女町残らず詠《なが》めめぐりて、身はいつとなく恋にやつれ、ふつと浮世に今といふ今心残らず親はなし、子はなし、定まる妻女《さいじょ》もなし。」

途中だが、世之介がやつれたのは恋ではあるまい。色の道、情欲にすぎまい。

「つらつら（よくよく）思んみるに、いつまで色道の中有に迷ひ（ここでは色道に夢中になって、の意）火宅（煩悩にせかされて心の安定のない現世）の内の焼け止まる事を知らず。すでにはや、来る年は本卦に帰る（還暦）。程ふりて足弱車の音も耳にうとく（よく聞こえなくなり）、桑の木の杖なくてはたよりなく、次第に笑《おか》しう（見苦しく）なる物かな、おればかりにもあらず見及びし（接してきた）女の頭《かしら》に霜を戴き、額にはせはしき浪のうちよせ（しわがより）、心腹《こころばら》の立たぬ（自分に愛想がつきぬ）日もなし。傘さし懸けて肩くま（肩車）に乗せたる娘も、はや男の気に入り世帯姿となりぬ。移れば替つた事も何かこの上には有るべし。今まで願へる種もなく（後世を頼みにできる良い行状もなく)、死んだら鬼が喰《くは》ふまでと、俄かにひるがへしても(心を入れかえても)有難き道には入り難し。

あさましき身の行末、これから何になりともなるべしと、ありつる宝を投げ捨て、残りし金子《きんす》六千両東山の奥ふかく掘り埋めて、その上に宇治石を置きて朝顔の蔓《つる》を這はせて、かの石に一首きり付けて読めり「夕日影朝顔の咲くその下に六千両の光残して」と欲の深き世の人に語られけれども、所はどこども知れ難し。それより世之介は一つ心の友を七人誘《さそ》ひあはせ、難波江の小嶋にて新しき舟造らせて、好色丸《よしいろまる》と名を記し、緋縮緬《ひぢりめん》の吹貫《ふきぬき》(吹き流し)これは昔の太夫吉野が名残の脚布《きやふ》なり。縵幕《まんまく》は過ぎにし女郎より形見の着物をぬい継がせて懸け並べ、床敷のうちには太夫品さだめ(太夫評判記の類)のこしばり、大綱に女の髪筋を撚りまぜ、さて台所には生舟にどじやうをはなち、牛蒡《ごばう》・山の芋・卵をいけさせ(変質しないように貯蔵し)、櫓床《ろどこ》の下には地黄丸《ぢわうぐはん》五十壺、女喜丹《によきたん》二十箱、りんの玉三百五十、阿蘭陀糸七千筋、生海鼠輪《なまこわ》六百懸、水牛の姿二千五百、錫の姿三千五百、革の姿八百、枕絵二百札、伊勢物語二百部、犢鼻褌《ふんどし》百筋、のべ鼻紙九百丸、まだ忘れたと丁子《てうじ》の油を二百樽、山椒薬(催淫剤)を四百袋、ゑのこづちの根を千本、水銀《みづがね》・綿実《わたざね》・唐がらしの粉、牛膠《ごしつ》百斤(これら六品は堕胎薬という)、その外色々品々の責《せめ》道具を整え、さて又男のたしなみ衣裳、産着《うぶぎ》も数をこしらえ、これぞ二度《ふたたび》都へ帰るべくも知れがたし。いざ門出《かどで》の酒よと申せば、六人の者驚き「爰《ここ》へ戻らぬとは、何国《いづくに》へお供申し上げる事ぞ」と云ふ。「されば、浮世の遊君《ゆうくん》・白拍子・戯女《たはれめ》見残せし事もなし。我をはじめてこの男ども心に懸かる山もなければ、これより女護の嶋に渡りて、抓《つか》みどり（手あたり次第にとる）の女を見せん」と云へば、いづれも歓び、「譬へば腎虚してそこの土となるべき事。たまたま一代男に生まれての、それこそ願ひの道なれ」と恋風にまかせ、伊豆の国より日和《ひより》見すまし、天和二年神無月の末に行方知れずなりにけり。」

たしかに性愛は男女間に必須の重大事だが、性愛が人生のすべてではない。「浮世の遊君、白柏子・戯女見残せし事もなし」とは売春を業とする女性のすべてとまじわったという豪語にちがいないが、それでもなお足りず、女護の島、などというあり得ない島を夢みて、その島で手当り次第に性行為を求める、その情熱には莫迦らしさしか感じない。

11

色道にしか情熱、関心を持たなかった世之介は何と空しい生涯を送ったものだろう。そう思えば、世之介は憐れだが、そもそも西鶴は遊里の習俗を当然のこととし、世之介の生き方にもまったく批判的でない。武士、町人に対し冷徹な眼差を向けた西鶴は、『好色一代男』においてはそういう姿勢を示していない。それが『好色一代男』が凡庸な作となった所以であろう。

『好色五人女』（その一）

I　お夏清十郎

1

近代小説を読みなれた眼でみると、『好色五人女』は、その第四巻、八百屋お七の物語を別にすれば、短篇小説として欠陥が目立つ。構成・結構などに能・浄瑠璃の影響が濃いとか、実話との異同とか、多くの研究・論考が公表されているが、遊女を主人公とせず、市井の堅気の女性を主人公としたことに、西鶴の文学史的にみて画期的な意義があることは私としても異存はないが、私はあくまで現代小説を読む眼で『好色五人女』を読みたい。研究者でない私としては、それ以外に『好色五人女』を読む感興を覚えないからである。

2

『好色五人女』の巻一は、いわゆるお夏清十郎の物語である。各巻五章から成るが、その第一章「恋は闇夜《やみよる》を昼の国」は次のとおり始まる。

「春の海しづかに、宝舟《たから》の浪枕、室津《むろつ》は、にぎわへる大湊《みなと》なり。爰《ここ》に、酒造れる商人に、和泉清左衛門といふあり。家栄えて、万《よろづ》に不足なし。然《しか》も、男子に清十郎とて、自然と生まれつきて、むかし男（伊勢物語の主人公、在原業平）を写《うつ》し絵にも増《まさ》り、そのさまうるはしく、女の好《す》きぬる風俗（女好きのする容貌）、十四の秋より、色道《しきだう》に身をなし（うちこみ）、この津の遊女、八十七人有りしを、いづれか、あはざるはなし（まじわらない者はない）。」

清十郎が女遊びに明け暮れるので、

「清十郎親仁《おやぢ》、腹立ちかさなり、この宿に訪ね入り、思ひもよらぬ俄風《にはか》、荷をのける間《ま》もなければ、「これで焼け止まります程に（きっぱりと女遊びを思い切りますので）、許し給へ」と、さまざま詫びても聞かず、「菟角《とかく》は、直《す》ぐに何方《いづかた》へも、お暇申してさらば」とて、帰られける。」

清十郎の遊蕩を見るに見かねた父親に勘当され、「替《かは》るは色宿のならひ、人の情は、一歩小判のあるうち」というわけで、清十郎は人情の冷酷さにうちのめされる。ところで、清十郎に馴染《なじみ》の皆川という遊女がいた。

「皆川が身にしては、悲しく、独り跡に残り、泪《なみだ》に沈みければ、清十郎も、口惜《くちを》しきとばかり、言葉も、命は捨つるにきはめしが、この女の、同じ道にと（皆川にも同じく死んでくれと）、云ふべき事を悲しく、とやかく物思ふうちに、皆川、色（様子）を見すまし、「かた様（あなた様）は、身を捨て給はん御気色、さりとては、さりとては愚かなり。我が身事も共に（私自身もご一緒に）、と申したき事なれども、いかにしても世に名残あり。勤《つとめ》（遊女の勤め）はそれぞれ替《かは》る心なれば（その時々で心が変ることですから）、何事も昔々、これまで」と立行く。さりとは思はく違ひ、清十郎も、我《が》を折つて（失望して）、「いかに傾城《けいせい》なればとて、今までのよしみを捨て、浅ましき心《しん》底《てい》、かうはあるまじき事ぞ」と、泪をこぼし、立出《い》づる所へ、皆川、白装束して駈けこみ、清十郎にしがみつき、「死なずに、いづくへ行《ゆき》給ふぞ、さあさあ、今じや」と、剃刀《かみそり》一対出《い》だしける、清十郎又さしあたり、これはと悦《よろこ》ぶ時、皆々出合ひ、両方へ引わけ、皆川は親方（遊女屋の主人）の許へ連れ帰れば、清十郎は、人々取《と》りまきて、内への御詫び言の種にもと、旦那寺の永興院へ、送り届けける。その年は十九、出家の望《のぞみ》、哀れにこそ。」

ここで第一章は終り、第二章「くけ帯よりあらはるる文《ふみ》」の冒頭、「「やれ、今の事じやは、外科（腫物や切り傷の医者）よ、気付よ」と立騒ぐ程に、「何事ぞ」と云へば、「皆川自害」と皆々嘆きぬ、まだどうぞといふうちに、脈があがる（絶える）とや、さても是非なき世や」と続き、皆川だけが死に、清十郎は生きながらえ、十日ほど後に皆川の死を聞くこととなる。

この皆川の死はお夏清十郎の物語とはまったく関係がない余談である。『好色五人女』の構成に難があると考える所以だが、一度は心変りしたかのように申し向け、清十郎と心中をはかった皆川の身上の哀れさ、切なさはさすが西鶴ならではの筆致と思われる。

3

「清十郎死《し》におくれて、つれなき人の命、母人の申しこされし一言に、惜しからぬ身をながらへ、永興院をしのび出《い》で、同国姫路に、よしみあれば、ひそかに立退《の》き、爰《ここ》に訪ね行きしに、昔を思ひ出《い》だして、悪《あ》しくはあたらず、日数経《ふ》りけるうちに、但馬屋九右衛門といへる方に、店を任《まか》する手代を、訪ねられしに、後々はよろしき事にもと、頼《たの》みにせし宿の、きもいられて（仲介されて）、はじめて、奉公の身とは成りける。人たる者の育ちいやしからず、心ざしやさしく、すぐれて賢く、人の気に入るべき風俗なり、殊に、女の好《す》ける男ぶり、いつとなく身を捨て、恋にあきはて、明暮《あけくれ》律義かまへ、勤めける程に、亭主も万事を任せ、金銀の貯るのを嬉しく、清十郎を末々頼みにせしに、九右衛門妹に、お夏といへる有りける。その年十六まで、男の色好みて（器量好みで）、いまに定まる縁もなし。されば、この女、田舎にはいかにして、都にも、素人女には見たる事なし。このまへ、嶋原に、上羽《あげは》の蝶を紋所に付《つけ》し太夫有りしが、それに見増《ま》す程なる美形と、京の人の語りける。」

この第二章でお夏登場、清十郎と恋に落ちる。

「いつとなく、お夏、清十郎に思ひつき、それより明暮、心を尽くし、魂、身の内を離れ、清十郎が懐《ふところ》に入りて、我は現《うつつ》が（夢心地で）物云ふごとく、春の花も闇となし、秋の月を昼となし、雪の曙も白くは見えず、夕されの時鳥《ほととぎす》も耳に入らず、盆も正月もわきまへず」といった烈しい恋心をいだくこととなり、「お夏、便《よすが》（つて）を求めて、数々の通《かよ》はせ文、清十郎も、もやもやとなりて、御心には従ひながら、人目せはしき宿なれば、うまひ事（密会）は成りがたく、瞋恚《しんい》（ここでは情慾）を互に燃やし、両方、恋に責められ、次第やせに、あたら姿の替り行く月日のうちこそ、是非もなく、やうやう、声を聞き合ひけるをたのしみに、命は物種（命あっての物種）、この恋草の、いつぞは、なびきあへる事もと、心の通ひ路に、兄嫁の関を居《す》へ（兄嫁が通い路を塞ぐように）、毎夜の事を油断なく、中戸を閉《さ》し、火用心、めしあはせの車の音（引戸の戸車の音）、神《かみ》鳴《なり》よりは恐ろし。」

ここで第二章は終るが、西鶴には「もやもやとなりて」という句が多い。男女間の情欲が昂ぶることの形容であるが、死語となったけれども、何となく感じが分る気がする。

4

ここでお夏と清十郎が契りを結ぶこととなる第三章「太鞁による獅子舞」に入る。

「但馬屋の一家、春の野遊びとて、女中駕篭つらせて、跡より清十郎、万《よろづ》の見集《みあつめ》（監督）に遣はしける。(中略) 我もとりどりの、若草すこし薄かりし所に、花莚《むしろ》、毛氈《もうせん》敷かせて、海原静かに、夕日紅《くれなゐ》、人々の袖を争ひ、外の花見衆も、藤、山吹は、何とも思はず、これなる小袖幕(小袖を幕の代りにかけたもの) の内ゆかしく (知りたく)、覗《のぞき》をくれて、帰らん事を忘れ、樽の口を明けて、酔は人間のたのしみ、万事投げやりて、この女中を、今日の肴とて、たんとうれしがりぬ。」

さて、お夏はどうしていたか。

「この獅子舞も、ひとつ所をさらず、美曲の有る程は尽くしける。お夏は見ずして、独《ひとり》、幕に残りて、虫歯の痛むなど、少し悩む風情《ふぜい》に、袖枕《そでまくら》取乱して、帯は、しやらほどけ (自然とほどけるまま) をそのままに、あまたのぬぎ替小袖を、積み重ねたる物陰に、うつつなき空鼾《いびき》、心にくし。かかる時、早業の首尾もがな (早いこと契りたいものだ)、と気のつく事、町女房は (素人女には)、またあるまじき帥《すい》(粋) 様なり。清十郎、お夏ばかり残りおはしけるに、こころを付け、松むらむらと茂き後道《うしろ》より、廻りければ、お夏招きて、結髪のほどくるもかまはず、物も云はず、両人、鼻息せはしく、胸ばかりおどらして、幕の人見より目を離さず、兄嫁こはく、跡《あと》のかた (背面) へは心もつかず、起《おき》さまにみれば、柴《しば》人、一荷《か》を下ろして、鎌を握りしめ、ふんどしうごかし、あれは、といふやうなる皃《かほ》つきして、心地よげに見て居るとも知らず、誠に、頭《かしら》かくして尻とかや。」

「物も云はず」「鼻息せはしく」といった描写がこの種の読物の特徴なのであろう。ここまでの叙述からみると、お夏が清十郎を誘いこんだかにみえるが、第三章の末尾に次のとおり記されている。

「夕日かたぶけば、万《よろづ》を仕舞《しまふ》て、姫路に帰る。思ひなしか、はや、お夏、腰つきひらたくなりぬ。清十郎、跡にさがりて、獅子舞の役人（役者）に、「今日はお影お影」と云へるを聞けば、この大神楽は作り物にして、手くだ（あらかじめ手配した）の為に出《い》だしけるとは、賢き袖もしらせ給ふまじ（ご存知あるまい）。」

あながちお夏が積極的だったのではなく、これは二人がしくんだ密会だったようである。

5

第四章「状箱《じやうばこ》は宿《やど》に置いて来た男」に入る。

「乗りかかつたる舟なれば、（恋におちた以上は、乗りかかった舟と同じく）、飾磨津《しかまづ》より暮を急ぎ（日の暮れぬうちに飾磨津の港へ急ぎ）、清十郎、お夏を盗み出《い》だし、上方《かみがた》へ上りて年浪の日数を立て（歳月を経て）、うき（つらい）世帯も、二人住《ずみ》ならばと思ひ立ち、とりあへずもかり衣（旅衣）、浜びさしの幽かなる所（浜辺の小屋）に、舟待ちを」することとなり、さまざまな人々と共に乗合船に乗るのだが、一里ほど沖に出たところで、備前からきた飛脚が状箱を忘れてきた、という。止むを得ず、揖を取り直して湊に入る。舟が着いたところ、

「姫路より追手の者、爰《ここ》かしこに立ち騒ぎ、もし、この舟にありやと、人改めけるに、お夏、清十郎、隠れかね、「悲しや」といふ声ばかり、哀れ知らず（情知らず）ども、これを耳にも聞き入れず、お夏は、きびしき（厳重な）乗物に入れ、清十郎は縄をかけ、姫路に帰りける。」

清十郎はその日から座敷牢に入れられ、あの飛脚が状箱を忘れなければ、今ごろは大坂に着いていたのに、と口惜しく、「「誰ぞ、殺してくれいかし。さてもさても一日の長き事、世に飽きつる身や」と、舌を歯にあて、目をふさぎし事、千度なれども」と自死を思い立つのだが、死にきれない。お夏も同じく歎いて、断食し、室津の明神に命乞いすると、ある夜、夢に老人があらわれ、「「その方（お夏）も、親兄次第に男を持たば（親や兄弟に任せて夫を選べば）、別の事もなひに（何ということもなかったのに）、色を好みて、その身もかかる迷惑なるぞ、汝惜しまぬ命は長く、命を惜しむ清十郎は、やがて、最期ぞ」と」、ありありと夢を見、心細くなって泣きあかす。

「清十郎召し出されて、思ひもよらぬ詮義にあひぬ。但馬屋内蔵の、金戸棚にありし小判七百両、見えざりし、これはお夏に盗み出させ、清十郎取りて逃げし、と言いふれて、折ふし悪しく、この事ことはり立ちかね（申し開きができず）、哀れや、二十五の四月十八日に、その身を失ひける。さてもはかなき世の中と、見し人、袖は村雨の夕暮を争ひ（村雨に濡れるのと争うほどに袖を

涙で濡らし）、惜しみ悲しまぬはなし。その後、六月の初め、万《よろづ》の虫干せしに、かの七百両の金子、置所かはりて、車長持より出《い》でけるとや、「物に念を入るべき事」と、子細らしき（分別がありそうな）親仁の申しき」と、清十郎は無実の罪科で処刑されたわけである。

第四章の冒頭で、清十郎はお夏を盗み出した、とあるのが気がかりであった。お夏は主人の妹であっても未婚だから、不倫ではない。「盗み出す」以外に二人が結婚する方法がなかったのか、私には不審に思われた。ところが、和辻哲郎『日本倫理思想史』によると、西鶴の時代、道徳思想としては古風な主従関係の道徳が、町人の間にみなぎっていたということは認めなくてはならない、という。雇人は、その身一代のみならず、子々孫々に至るまで主家に仕え、おのが家政から一身上の進退まですべて主家の指揮に従う、慣行であったという。そうとすれば、お夏は主家の一員、清十郎は一雇人にすぎないから、盗みだす以外、清十郎がお夏と一緒になることはできなかったわけである。

また、清十郎に対する詮議も何の証拠もない。当時のことだから拷問などもありえたと思われるが、西鶴は詮議した奉行所も但馬屋も非難していない。西鶴の関心は残されたお夏の悲運にある。

この物語の読み所は第五章「命のうちの七百両のかね」にある。

「何事も知らぬが仏、お夏、清十郎がはかなくなりしとは知らず、とやかく物思ふ折ふし、里の童子《わらんべ》の袖引連れて（連れ立って）、「清十郎殺さばお夏も殺せ」と唄ひける。聞けば心にかかりて、お夏育てし姥《うば》に尋ねければ、返事しかねて、泪をこぼす。さては、と狂乱になつて、「生きて思ひをさしやうよりも」と、子供の中にまじはり、音頭とつて唄ひける。皆々、これを悲しく、さまざま止《と》めても、止《や》みがたく、間もなく泪雨ふりて、「向ひ通るは清十郎でないか、笠がよく似た、菅笠が、やはんはは」のけらけら笑ひ（「やはんはは」ははやし言葉）、うるはしき姿、いつとなく取乱して、狂出《くるひい》でける。」

清十郎のためには塚をたてて弔い、お夏は出家して尼となるのだが、このお夏狂乱の描写に西鶴の筆力をみるべきだろう。

最後につけ加えておきたい。お夏は「好色」だろうか。『岩波国語辞典・第七版新版』は「好色」を「いろごとが好きなこと。いろごのみ」と定義し、「いろごのみ」は「情事をこのむこと。そういう人」とある。お夏は清十郎に恋し、清十郎を愛したのであって、情事を好んだわけではない。受動的ではなかったし、積極的であったが、あくまで純情可憐な恋におちたにすぎない。彼女を『好色五人女』の一人としてあげることに私は賛成できない。もっとも、『好色五人女』の多くはやはり好色ではなかった。

II　樽屋おせん

1

『好色五人女』の巻二、樽屋おせんの物語は、かつて天満に樽屋を業とする者があり、彼にはおせんという恋女房がいた、とだけ書けば第一章から第四章までの要旨は尽きることになる。『好色五人女』は各巻五章から成り、樽屋おせんの巻も同じだが、第五章だけで足りるといってよいほど、前置きが冗長である。

それでも第一章「恋に泣輪《なきわ》の井戸替《いどかへ》」から読みはじめなければなるまい。

「身は限りあり（人の一生には限りがあり）、恋はつきせず（恋には限りがない）、無常は、我が手細工の棺桶に覚え、世を渡る業として、鉾鋸のせはしく、鉋屑の煙短く（煙が細々と、生活は貧しく）、難波の芦の屋を借りて、天満といふ所から（所柄にふさわしく）すみなす男あり。」

ここまでが樽屋の紹介、次におせんの紹介に移る。

「女も、同じ片里（片田舎）の者にはすぐれて、耳の根白く、足も、土気《つちけ》はなれて（垢ぬけして）、十四の大晦日に、親里の御年貢、三分一銀にさしつまりて（支払いに困って）、棟高き町屋に腰元遣《つか》ひして、月日を重ねしに、自然と才覚（利発）に生まれつき、御隠居への心遣ひ、奥様の気（ご機嫌）をとる事、それより末々の人にまで、悪しからず思はれ、その後は、内蔵の出し入れをも任され、この家に、おせんといふ女無ふてはと、諸人（皆）に思ひつかれしは、その身賢き故ぞかし。」

これからおせんの身持、品行を語る。

「されども、情《なさけ》の道をわきまへず、一生、枕一つにて、あたら夜を明かしぬ。かりそめにたはぶれ（ほんのちょっといたづらに）、袖つま引くにも、遠慮なく声高にして、その男、無首尾を悲しみ、後は、この女に物云ふ人も無かりき。これをそしれど（非難したが）、人たる人（人間としてふさわしい者）の小女《むすめ》は、かくありたき物なり。」

おせんはこういう身持ちの固い性質の女性であった。

たまたま主家に井戸替があり、「根輪《ねがわ》（井戸側の最も下のもの）の時、昔の合釘離れて、潰れければ、かの樽屋を呼び寄せて、輪竹（輪をしめる竹の輪）の新しくなしぬ。爰《ここ》に、流れゆくさざれ水をせきとめて、三輪組《みつわくむ》（足腰の折れ曲った）すがたの老女、生ける虫を愛しけるを、樽屋、「何ぞ」と尋ねしに、「これは、ただ今汲み上げし井守と云へるものなり。そなたは知らずや、この虫竹の筒に篭《こめ》て、煙となし、恋ふる人は黒髪にふりかくれば、あなた（先方）より思ひ付く（思いをよせることとなる）事ぞ」と、さもありのまま（さもまことしやかに）に語りぬ。」

老女の言うことを真にうけた樽屋は恋しいのはおせん殿、百度も文をやったのに一度も返事をくれない、と嘆くと、もとは堕胎を業としていた、したたかな老女が、とりもってやろうと樽屋にうけあう。

第二章「踊《おどり》はくづれ桶夜更《よふけ》て化物」に入り、この老婆が大声で恐ろしやと叫んで、おせんの主家を訪れ、水を与えられて正気に帰り、「この門《かど》近くなりて、年の程二十四五の美男、我にとりつき、「恋にせめられ、今思ひ死に（思いこがれて死ぬこと）、ひとへ（一日）二日を浮世の限り、腰元のおせんつれなし、この執心、外へは行くまじ。この家内を、七日がうちに、一人も残らず取り殺さん」といふ声の下より、鼻高く、㒵《かほ》赤く、眼《まなこ》光り、住吉の御はらひの先へ渡る形（住吉の神社の行列の先頭をゆくように）のごとく、それに魂とられ、只物すごく、内方（この御家）へ駈け入るの由《よし》語れば、いづれも驚く中に、隠居、泪を流し給ひ、「恋忍ぶ事、世になきならひには非ず、せんも縁付ごろなれば、その男、身すぎをわきまへ（渡世の道を知り）、博奕《ばくち》、後家狂ひもせず、たまか（実直）ならば、とらすべきに（嫁にやるべきに）、いかなる者とも知れず、その男不憫や」と、しばし、物を云ふ人もなし。」

老女の計略が主家の人々の心を動かし、おせんが見舞にいくと、はじめて老女はおせんに「「今は何をか隠すべし、かねが我をたのまれし（私を頼りにした）その心ざしの深き事、哀れとも、不憫とも、又云ふに足らず。この男を見捨て給はば、自らが執着とても（その男の執念ばかりか私の執念も)、脇へはゆかじ(外へは行かず、貴女にとりつきます)」と、年頃の口上手にて、云ひ続ければ、おせんも自然と、なびき心になりて、もだもだと(心乱れて)上気して、「何時にても、その御方に会はせ給へ」、と云ふに嬉しく、約束をかため」、といった工合に老女の仲介はまんまと成功し、樽屋とおせんは伊勢神宮の抜参りで、会い、同行することとなる。

第三章「京の水もらさぬ中忍びてあひ釘」が抜参りを語るのだが、まったく意味ない挿話である。抜参りの途中、おせんは朋輩の久七と出会い、樽屋、久七、老婆とおせんの四人旅となり、樽屋と久七がたがいに牽制し合って、二人はろくに話もできず、伊勢詣りも外宮だけですます始末となる。『好色五人女』の構成に難があると考える所以の一である。

第四章「こけらは胸の焼付《たきつけ》さら世帯」に入って、二人は目出たく結婚することとなる。「夫は、正直の頭《かうべ》をかたぶけ(「正直の頭に神宿る」による)、細工をすれば、女はふしかね染の縞を織り習ひ、明暮、かせぎける程に、盆前、大晦日にも内を出違ふほどにもあらず(掛売の支払いをする盆前、大晦日に家を出て借金とりを避けるようなこともなく)、大方に世を渡りけるが(相当の暮しをしていたが)、殊更、男を大事にかけ、雪の日、風の立つ時は、飯つぎ(飯櫃《ひつ》)を包み置き、夏は枕に扇をはなさず、留守には、宵から門口をかため、ゆめゆめ、外《ほか》の人には目をやらず、物を二つ云へば「こちのお人、こちのお人」と、うれしがり、年月つもりてよき中に、二人まで生まれて、なほなほ、男の事を忘れざりき。」

ここで第五章に移ってよいのだが、西鶴の自説が記されているので、引用する。

「されば、一切の女、移り気なるものにして、うまき色咄《いろばな》し（甘たるい情事の話）に、現《うつつ》をぬかし、道頓堀の作り狂言をまこと（真実）に見なし、いつともなく心を乱し、天王寺の桜の散り前、藤の棚《たな》の盛りに、うるはしき男に浮かれ、帰りては一代（一生を）養ふ男を嫌ひぬ。これほど無理なる事なし。それより、万《よろづ》の始末心を捨てて（万事に倹約の心を払わず）、大焼《たき》（必要以上の薪をくべること）する竈《かまど》を見ず、塩が水になるやら、要《い》らぬ所に油火を灯すも構はず、身代（資産）薄くなりて（乏しくなって）、暇の明く（離縁される）を待ちかねける。かやうの語らひ（こうした夫婦仲）さりとは、さりとは、恐ろし。死別れては、七日も立たぬに、後夫を求め、去られては、五度七度の縁づき、さりとは口惜しき下々《したじた》の心底《しんてい》なり。上々《うへうへ》（身分の高い公家・武家）には、かりにも無き事ぞかし。女の一生に一人の男に身をまかせ、障《さは》りあれば、御若年にして、河州の道明寺、南都の法花寺にて、出家を遂げらるる事もありしに、なんぞ（何ということか）、隠し男をする女、浮世に数多《あまた》あれども、男も名の立つ事（評判になること）を悲しみ、沙汰なしに（あらこれ論議することなく）里へ帰し、或ひは、見付けて、さもしくも、金銀の欲にふけて（欲に目かくらんで）、曖《あつかひ》（示談）にして済まし、手ぬるく命を助くるが故に、この事の止み難し。世に神あり、酬ひあり、隠しても知るべし、人恐るべきはこの道（この色の道）なり。」

この説示はおせんの話とは何の関係もない。西鶴は男女間の情事のもたらす不幸、怖しさを、何としても教えたかったのかもしれない。

2

ここで第五章「木屑《きくづ》の杉《すぎ》やうじ一寸先の命」に入る。

「来る十六日に、無菜《ぶさい》（粗末な料理）の御斎《とき》申上げたく候。御来駕においては、忝《かたじけな》く奉存じ候。町衆次第不同（順序不同）、麹屋長左衛門」という案内が廻り、麹屋長左衛門が父親の五十年忌をいとなむこととなった。

「爰《ここ》に、樽屋が女房も、日頃、御念比《ねんごろ》（懇意）なれば、御勝手にて働く事もと、御見舞申しけるに、かねて、才覚らしく（機転がききそうに）見えければ、「そなた（貴女）は、納戸にありし菓子の品々を、縁高《ふちたか》へ組付けて（組み合わせて盛りつけ）」と申せば（頼まれ）、手元見合せ、饅頭・御所柿・唐胡桃《とうぐるみ》・落雁・榧《かや》・杉やうじ、これをあらましに（心づもりに）取り合わす時、亭主の長左衛門、棚より、入子鉢（大小数個重ねあわせた鉢）をおろすとて、おせんが頭《かしら》に取り落とし、うるはしき髪の結目《ゆいめ》、たちまち解《と》けて、主《あるじ》（亭主、長左衛門）、これをかなしめば（悲しみ嘆く）、「少しも苦しからぬ御事（差支えないこと）」と申して、かい角《つの》ぐりて（髪を手軽くぐるぐる巻きにして）、台所へ出《い》でけるを、麹屋の内儀、見とがめて、気をまはし、「そなたの髪は、今の先まで

（つい先刻まで）、美しくありしが、納戸にて俄かに解けしは、いかなる事ぞ」と云はれし。おせん、身に覚えなく、物静かに、「旦那殿、棚より道具を取り落とし給ひ、かくはなりける（こうなったのです）」と、ありやうに（あるがままに）申せど、これを更に（一向に）合点《がてん》（納得）せず、「さては、昼も棚から、入子鉢の落つる事もあるよ。いたづらなる（好色な）七つ鉢め、枕せずに、けはしく（急いで）寝れば、髪はほどくるものじや。良い年をして、親の弔《とぶら》ひ（五十年忌）の中に、する事こそあれ（することにもあることとか）」と、人の気つくして（人が苦心して）盛形《もりかた》さしみ（もりつけたさしみ）を投げこぼし、酢にあて粉《こ》にあて（何につけ彼につけ）、一日この事云ひやまず。後《のち》は、人も聞き耳立てて、興覚めぬ（不快になった）。かかる悋《りん》気（嫉妬）のふかき女を持ち合はすこそ、その男の身にして因果（災難）なれ。」

ここまでが第五章の前段である。やっと後段に入ってこの話の山となる。

「おせん、迷惑ながら、聞暮らせしが、『思へば、思へば、憎き心中、とても濡れたる袂なれば（どうせ濡衣で浮名が立ったのだから）、この上は、是非に及ばず（是非もない）、あの長左衛門殿に情《なさけ》をかけ、あんな女に鼻あかせん』と思ひそめしより、各別の心ざし（これまでとは違った気持）、程なく恋となり、しのびしのびに（こっそりと）申しかはし、いつぞ（いつか）の首尾（密会の機会）を待ちける。」

これは女の復讐というべき話である。非情な女房から長左衛門を寝とってやろう、というのはおせんの意地である。西鶴は「恋となり」と書いたけれど、じつは「恋」とみせかけた「意地」ではないか。

「貞享二年、正月二十二日の夜、恋は引手《ひくて》の宝引縄《ほうひきなは》（婦女の遊戯）、女子の春なぐさみ（正月の遊び）、更けゆくまで取り乱れて、負け退《の》き（負け続けて止めること）にするもあり、勝《かつ》にあかず遊ぶもあり、我知らず鼾《いびき》を出《い》だすもありて、樽屋も、灯火消えかかり、男（樽屋）は、昼のくたびれに鼻をつまむも知らず、おせんが帰るにつけこみ（後をつけて）、「ないないの約束（ひそかに結んだ約束）、今」と云はれて、嫌がならず（いまさら嫌とは言へず）、内に引き入れ、跡にも先にも、これが恋の始め、下帯、下紐、解《と》きもあへぬに、樽屋は目をあき（目を覚まし）、「あはば逃さぬ（見つけたからには逃さぬ）」と声をかくれば、夜の衣を脱ぎ捨て、丸裸にて、心玉飛ぶが如く（魂も宙をとぶかのように）遥かなる藤の棚に、紫のゆかりの人（由縁のある人）ありければ、命からがらにて逃げのびる。

おせん、かなはじと（これまでと）覚悟の前、鉋《かんな》にして心もと（胸元）を刺し通し、はかなくなりぬ。その後、亡骸《なきがら》も、いたづら男（長左衛門）も、同じ科野《とがの》（処刑場の地名）に恥をさらしぬ。その名さまざまの作り歌（歌祭文）に、遠国までも伝へける。悪しき事は逃《のが》れず、あな怖しやの世や。」

これではおせんがあまりに憐れである。だが、ここにも西鶴の作為があるとも思われる。おせんが長左衛門を寝とり、彼の内儀の鼻をあかしていたら、愉しい復讐譚だが、西鶴はこれを悲劇に仕立てたのである。

それにしても第一章から第四章までは冗漫、よほど筆を惜しんでもよかったと思われるが、五章に仕上げる約束だったのかもしれない。

Ⅲ　大経師おさん

1

『好色五人女』の巻三、大経師の内儀おさんの話は、私としては文楽で上演される「大経師昔暦」として二十歳以前から馴染みであった。これは近松門左衛門の名作だが、戦後、『好色五人女』の巻三を読み、近松との違いに驚いた記憶がある。西鶴の話は、登場人物も筋もよほどすっきりしているが、どうも私には納得しがたい。近松作は複雑だが、それなりに筋が通っているように思われる。私はここで近松作との比較をしようとは思わない。ただ、どうして西鶴の作が納得できないか。その理由を記しておきたい。そのためには、もちろん筋を簡略に辿らなければならない。

2

『好色五人女』の各巻には、八百屋お七の話を除き、みな構成に難があり、八百屋お七の話にも難がないわけではないが、ここでも第一章「姿《すがた》の関守《せきもり》」はそのほとんどが不要と思われる。

「天和二年の暦、正月一日、吉書（書初め）よろづによし。二日、姫はじめ（新年最初の男女の交わり）、神代《かみよ》の昔より、この事恋知鳥《こひしりどり》（せきれい）の教へ、男女のいたづら（情事）止む事なし。爰《ここ》に、大経師《だいきやうじ》の美婦（美人の妻）とて浮名の立ちつづき、都に情の山を動かし（都中の多くの男が思いをよせ）、祇園会の月鉾、桂の眉を争ひ、姿は清水《きよみづ》の初桜、いまだ咲きかかる風情、唇のうるはしきは高尾の木末《こずえ》、色の盛りと詠《なが》めし。住み所は室町通、仕出し衣裳（趣向をこらした衣裳）の物好み、当世女の只中、広い京にも、又あるべからず。」

と、おさんを讃美する句ではじまる。

ちょうど当時四天王といわれた「風儀人にすぐれて目立ち、親より譲りの（資産の）あるにまかせ、元日から大晦日まで、一日も色に遊ばぬ事なし」という男たちが、「松屋といへる水茶屋（私娼のいる色茶屋に対し、たんに茶などを飲ませる茶屋）に居ながれ、「けふ程、見よき地女（堅気の女性）の出《い》でし事もなし。もしも我等が目に美しきと見しもある事もや」と女性の美しさの品定めをしている。

綺麗と思えば下歯一本抜けていた、これはと思えば、横顔に七分ほどの打ち傷があったなどと、いろいろ難点を見つけだしているところ、最後に彼らが見た女性は次のとおりであった。

「ゆたかに乗物つらせて（かつがせて）、女いまだ十三か、四か、髪すき流し、先をすこし折りもどし（髪はすいたままに垂《た》らし、先を少し折りまげ）、紅《くれない》の絹たたみて結び、前髪、若衆のすなるやうに（若衆がするように）分けさせ、金元結（金水引）にて結はせ、五分櫛の清らなる挿しかけ、まづは美しさ、ひとつひとつ云ふまでもなし。白繻子《しゆす》に墨形の肌着、上は玉虫色の繻子に、孔雀の切付、見へすくやうに、その上は唐糸の網を掛け、さてもたくみし小袖に、十二色のたたみ帯、素足に紙緒のはき物。浮世笠跡（後）より持たせて、藤の八房つらなりしをかざし、見ぬ人のためと云はぬばかりの風儀、今朝から見尽せし美女ども、これにけをされて、その名ゆかしく（知りたく）、尋ねけるに、「室町のさる息女、今小町」と云ひ捨てて行く。花の色はこれにこそあれ、いたづら者（色好みの者）とは、後《のち》に思ひ合はせ侍る。」

美女の品定めは雨の夜の品定めと似た趣向だが、余計な文章である。

3

第二章「してやられた枕の夢」からようやく本筋に入る。大経師は仲介を立て、おさんを嫁に迎える。

「花の夕、月の曙、この男、外を詠《なが》めもやらずして、夫婦の語らひふかく、三年《とせ》が程もかさねけるに、明暮、世を渡る女の業を大事に、手づからべんがら糸に気をつくし、末々の女に手紬《つむぎ》を織らせて、わが男の見よげに、始末をもととし、竈《かまど》も大くべさせず（余計な薪で燃させず）、小遣帳を筆まめに改め、町人の家にありたきは、かやうの女ぞかし。」

おさんこそもっとも望ましい町人の妻であった。女性の過ちは、ふとした契機から、生じるのであって、生来の性質、気質によるものではない、ということが西鶴の女性観だったのかもしれない。

「次第に栄えて、うれしさ限りもなかりしに、この男、東《あづま》の方へ行く事ありて、京に名残を惜しめど、身過ぎほど悲しきはなし」ということとなり、妻の親元と相談、多年使っていた茂右衛門という若い男を留守番に雇うこととなった。この茂右衛門は「正直、頭《かうべ》（髪形）は人まかせ、額《ひたひ》小さく、袖口五寸に足らず（当時袖口が八寸に及ぶこともあったが、五寸は野暮で律義をあらわす）、髪置《かみおき》して（幼時はじめて髪をのばしてから）この方《かた》、編笠をかぶらず（遊廓へゆくのには顔をかくすため編笠をかぶるが、そんな編笠もかぶらず）、ましてや脇差をこしらへず、只十露盤《そろばん》を枕に、夢にも銀《かね》儲けの詮索ばかりに日を明かしぬ。」

波瀾を生じたのは、このように律義な茂右衛門に腰元が灸をすえたことから「いとしや」と思いこむようになったことから生じた。りんは賤しい育ちで文字が書けなかったので、おさんがりんの恋文を書いてあげようといって代筆した。代筆を知らぬ茂右衛門は、りんを「やさしきとばかりに、面白可笑しき（ふざけ半分の）」返事を書き、りんはおさんに示し、手紙のやりとりをかさねる中に、茂右衛門も「哀れ深くなりて、始の程嘲けりし事」を後悔し、「五月十四日の夜は、定まつて（きまって）影待《かげまち》（日の出を拝し祈願をこめる行事）あそばしける、必ず、その折を得て、相見る（異性と交わる意）約束云ひ越しければ、おさん様、いづれも女房まじりに（おさんは女中たちと共に）声のある程は笑ひて（声の出る限りの大笑いをして）、「とても事に（いっそのこと）、その夜の慰めにもなりぬべし」と、おさん様、りんになり代らせられ、身を木綿なる一重物《ひとへ》にやつし、りん不断（普段）の寝所に、暁方まで待ち給へるに、いつとなく心よく御夢を結び給へり。」

おさんとしては茂右衛門をからかうために、りんの身代りになったのだが、ぐっすり眠りこんでしまったのであった。「下々《したじた》の女ども、おさん様の御声立てさせらるる時、皆々駈けつくる契約（約束）にて、手毎に棒・乳切木《ちぎりき》・手燭《てしよく》の用意して、所々にありしが、宵よりの騒ぎに草臥《くたび》れて、我知らず、鼾《いびき》をかきける。」

ここで事件がおこる。

「七つの鐘鳴りて後、茂右衛門、下帯を解きかけ、闇《くら》がりに忍び、夜着の下にこがれて（夜着の下のきぬを恋いこがれて）、裸身をさしこみ、心のせくままに、言葉かはしけるまでもなく、よき事（情事）をしすまして、袖の移り香しほらしやと、又寝道具を引着せ、さし足して（足音を立てないように注意ふかく歩き）立退《たちの》き、「さても、こざかしき（油断のならぬ）浮世や、まだ今やなど（まだ今ごろの年では）、りんが男心はあるまじき、と（男を知っているはずはないと）思ひしに、我先に（自分より先に）、いかなる人かものせし（りんと性行為をもった）事ぞ」と恐ろしく、重ねてはいかないかな（断じて）思ひとどまるに極《きは》めし。」

「その後、おさんは、おのづから夢覚めて、驚かれしかば、枕はづれてしどけなく、帯はほどけて手元になく、鼻紙のわけもなき（くしゃくしゃになっている）事に、心恥づかしくなりて、「よもやこの事、人に知れざる事あらじ。この上は身を捨て、命限りに名を立て（浮名を立て）、茂右衛門と死出の旅路の道連れ」と、なほ止《や》めがたく（いっそ止められなくなり）、心底《しんてい》申し聞かせければ、茂右衛門、思ひの外なる思惑違ひ、乗りかかつたる馬（りんという乗りかかった女）はあれど、君（おさん）を思へば夜毎に通《かよ》ひ、人の咎めもかへりみず、外《ほか》なる事（道ならぬ事）に身をやつしけるは、追つつけ（やがて）生死の二つ物掛（生きるか死ぬか二つに一つの勝負）、これぞあぶなし。」

こうしておさんと茂右衛門ははからずも不倫を冒し、不倫は死罪ときまった時代のことだから、もう引き返しようもないと、ふかく情事にはまりこんでいくのだが、私には、枕がはずれ、帯がとけ、鼻紙が散らかっているのを見て、はじめて茂右衛門と性交したことを知る、などということが、いかに眠りが深かったとはいえ、想像しにくい。それも茂右衛門がりんはすでに男を知っていたことに失望するほどに、茂右衛門に反応しているのだから、おさんの当夜の行状が解しがたいのだが、これは私が男性だからだろうか。私にはこのおさんの行動は西鶴の筆のはこびに無理があるとしか思われない。ついでだが、他の女中たちもみな寝こんでしまったというのも不自然ではないか。

これは「好色」というより、また、不倫というより、成行上、止むもやまれず、そういう運命をとることになったのだ、と私には思われる。

4

第三章「人をはめたる湖」に入る。

「おさんも茂右衛門連れて、御寺(石山寺)に参り、「花は命にたとへて、いつ散るべきも定めがたし、この浦山を又見ることの知れざれば、今日の思ひ出に」と、勢田《せた》より、手ぐり舟を借りて、「長橋の頼みをかけても、短きは我々が楽しび」と、浪は枕のとこの山(波を枕に共寝をすれば人目につく程髪も乱れて)、あらはるるまでの乱髪、物思ひせし皃《かほ》ばせを、鏡の山も曇《くも》る世《よ》に、鰐の御崎《みさき》の、逃れがたく」といった工合に土地の名を縁語にしながらの逃避行の文章が続く。やがておさんが

「とかく世にながらへる程、つれなき事こそまされ、この湖に身を投げて、長く仏国の語ら

ひ」と入水して極楽浄土への願いを茂右衛門に語りかけると、「茂右衛門も、「惜しからぬは命ながら、死んでの先は知らず、思ひつけたる事こそあれ、二人、都への書置（遺言書）残し、入水せしと云はせて、この所を立退《の》き、いかなる国里にも行きて、年月を送らん」と云へば、おさん喜び、「我も宿（我家）を出《い》でしより、その心掛けあり」と、「金子五百両、挿箱《はさみ》に入来《いれ》たりし」と語れば、「それこそ世を渡るたねなれ。いよいよ爰《ここ》をしのべ（落ちのびよう）」と、それぞれに筆（書置）を残し、「我々、悪心起りて、よしなき語らひ（不義密通）、これ天命のがれず、身の置所もなく、今月今日、浮世の別れ」と肌の守りに（お守りにもっていた）一寸八分の如来に、黒髪の末を切《きり》添へ、茂右衛門は、差しなれし一尺七寸の大脇差、関和泉守《せきいづみのかみ》、銅《あかがね》こしらへに、巻竜《まきりやう》（竜が巻いた模様）の鉄鍔、それぞと人の見覚えしを、跡に残し、二人が上着・女草履・男雪踏《せつた》、これにまで気を付けて、岸根の柳がもとに置捨て、この浜の猟師調練して（訓練をつんで）、岩飛《いわとび》とて、水入《すいり》（潜水）の男をひそかに二人雇ひて、金銀とらせて、あらましを語れば、心安く頼まれて、更け行く時待合はせける。」

　こうして、身代りに入水させて、二人は生きのび、丹波に逃亡する。この件で、私が理解しかねるのは、まず、おさんが入水をもちかけ、茂右衛門が反対すると、じつは、と言って五百両という大金を家から盗みだしたという行状である。どうも最初からおさんに入水の気はなかったのではないか、と思われるし、五百両という大金を持ちだしたのも、最初からの計画だったと思われる。

思わずふかい眠りに落ちて茂右衛門と関係した不自然はともかくとしても、五百両という大金を持ちだしたのは、どこまでも身を隠して茂右衛門と添いとげようと、おさんは考えていたとしか思われない。そうであれば、おさんは許しがたい悪女であって、同情の余地はない。

些細なことだが、第二章では茂右衛門は「脇差をこしらへず」とあったが、ここでは、立派な大脇差を遺した、というのも辻褄が合わない。

大経師おさんの物語について、西鶴の筆はかなりに杜撰、おさんにしろ、茂右衛門にしろ、二人の人間の性格描写は、西鶴の筆とも思われない。

5

第四章がまた本筋と無関係な話である。ここにも構成に難をみる。この章は「小判しらぬ休み茶屋」と題しているが、題名の由来は次の数行にある。

「爰《ここ》なん、京への海道といへり、馬も行違ふ程の岨《そば》（山のけわしく切り立った斜面）に道もありける、藁葺《ふ》ける軒に杉折（杉の葉を束ねた酒屋の標識）掛けて、上々諸白《もろはく》（米、麹ともに精白したものを使用して醸造した、上等の酒）あり、餅も幾日《いくか》になりぬ、埃りをかづきて、白き色なし、片見世（副業）に、茶筅・土人形・かぶり太鼓（柄をふって鳴らす豆太鼓）、すこしは目馴れし都めきて、これに力を得、しばし休みて、このうれしさに、主《あるじ》の老人に、金子一両とらしけるに、猫に傘見せたるごとく、いやな臭《かほ》つきして、「茶の銭置き給へ」といふ。「さても、京よりこの所、十五里は無かりしに、小判見知らぬ里もあるよ」と、おかしくなりぬ。」

茶代がどれほどか知らぬ二人ではない。いかにうれしかったからといって一両もの大金を置くのは、二人が非常識なのか。あるいは西鶴の筆の走りか。私には後者のように思われる。

その後、柏《かや》原という所に茂右衛門の父方の姨《おば》（伯母・叔母双方をいう）を訪ねる。連れの女性を訊ねられ、「この事までは分別もせずして（前後の考えもなく）、「これは、私の妹なるが、年久しく、御所方（内裏に関係する高貴の方）に、宮仕ひせしが、心地悩みて（体調を崩して）、都の物がたき住ひを嫌ひ、物静かなるかかる山家に、似合せの（ふさわしい）縁もがな。身を引き下げて（身を落して）、里の仕業の庭働き（台所仕事）望みにて伴ひまかりける。敷銀（持参金）も二百両ばかり貯へあり」と、何心もなく当座さばき（出まかせに）語りける。」

こういう話を読むと、茂右衛門はよほど愚かとしか思えない。二百両もの持参金があるなら、いくらも縁談があるはずである。事実この第四章は、この姨にとんでもない縁談を世話され、彼女の伜、是《ぜ》太郎と婚礼することとなり、祝言の盃をとりかわした後、花婿の寝入るのを待って逃げだす。

丹後路に入って「汝等、世になきいたづらして、何国《いづく》までか、その難逃れがたし。されども返らぬ昔なり。向後《きやうかう》浮世の姿を止めて、惜しきと思ふ黒髪を切り、出家となり、二人別れ別れに住みて、悪心去つて菩提の道に入れば、人も命を助くべし」というゝ夢を見るのだが、「「末々は何にならうとも、かまはしやるな。こちや（私は）、これが好きにて、身に替への脇心（不義密通）、文珠様は、衆道ばかりの御合点、女道はかつて知ろしめさるまじ」といふかと思へば、いやな夢覚めて、橋立の松の風ふけば、「塵の世じやもの」と、なをなを、（いっそう）止む事のなかりし（道ならぬ恋を止めようとはしなかった）。」

間違いからおこった不義とはいえ、しだいにおさんは「好色」の愉悦に溺れていったかにみえる。

いずれにしても、この第四章も余談に筆を費しすぎている感がつよい。

さて、第五章「身の上の立聞」に入り、おさんの亭主、大経師は、「おさん事も死にければ、是非もなしと、その通りに世間をすまし、年月の昔（二人すごした年月）を思ひ出《い》でて、憎しといふ心にも（心中憎いとは思いながらも）、僧を招きて、亡き跡を吊《とぶら》ひ（弔い）ける。哀れや、物好きの小袖（好みに合わせた小袖）も、旦那寺の幡・天蓋となり、無常の風にひるがへし、さらに又、嘆きの種となりぬ。」

ということになる。

一方、気楽なのはおさん茂右衛門の二人であった。

「されば、世の人程大胆なる者はなし。茂右衛門、その律義さ、闇には門《かど》へも出《い》でざりしが、何時となく身の事忘れて、都ゆかしく（懐しく）思ひやりて、風俗卑しげになし、編笠ふかくかづき（かぶり）、おさんは里人に預け置き、無用の京上り、敵持《かたきも》つ身よりは、なほ恐ろしく行くに、程なく広沢のあたりより暮れぐれになつて、池に影二つの月にも、おさん事を思ひやりて、愚かなる泪に袖をひたし、岩に数散る白玉は、鳴滝の山を跡になし、御室、北野の案内（地理）知るよしして急げば、町中に入りて、何とやら恐ろしげに、十七夜の影法師も、我ながら我を忘れて、折々胸をひやして（胆をひやして）、住み馴れし旦那殿（おさんの実家）の町に入りて、ひそかに様子を聞けば、江戸銀の遅き詮索、若い者集まつて頭つき（髪ゆい）の吟味、木綿着物の仕立《した》ぎは（仕立て工合）を改めける。これも皆、色（色気）より起る男振り（男らしさを示すこと）ぞかし。」

大胆というか、愚かというか、見とがめられないのを幸に、若者たちの話を茂右衛門は立聞きし、その若者の一人が「茂右衛門は今に死なずに、どこぞ、伊勢あたりに、おさん殿連れて居るといの（いるということだ）」と言うのを聞き、足早に立退いた、とある。

その後も茂右衛門は京に出かけ、「十七夜代待《だいまち》（十七夜に米銭を貰って代参する一種の乞食）の通りしに、十二灯を包みて（十二の燈明にちなんで十二文を包んで手向け）、「我身の事、末々知れぬやうに」と祈りける、その身のよこしま（身勝手）、愛宕様《あたごさま》も何として（どうして）助け給ふべし（助けてくださることがあろうか)」と西鶴は評している。

また、「明くれば、都の名残とて、東山、忍び忍びに、四条河原に下《さが》り」、芝居を見に入り、おさんの主《あるじ》を見かけ「魂消えて地獄の上の一足飛び、玉なる汗をかきて木戸口にかけ出で《い》(魂が消えるばかりに驚いて、地獄の上を一足飛びに飛ぶ思いで、玉のように汗をかいて木戸口にかけだし)、丹後なる里に帰り、その後は京こはかりき」といったこともあり、いよいよ大詰に至る。

「折節は菊の節句近づきて、毎年丹後より、栗商人《くりあきびど》の来たりしが、四方山の咄《はな》しのついでに、「いや、こなたのお内儀様は」と尋ねけるに、首尾悪しく(ばつが悪く)、返事のして(返事する者)もなし。旦那にがい白《かほ》して、「それはてこねた(死んだ)」と云はれける。栗売重ねて申すは、「物には似た人もある物かな、これの奥様に微塵《みぢん》も違はぬ人、又、若人も生写《いきうつ》しなり。丹後の切戸《きれと》の辺《あたり》に有りけるよ」と語り捨てて帰る。亭主聞きとがめて、人遣はし見けるに、おさん茂右衛門なれば、身内大勢催して(召集して)捕へに遣はし、その科《とが》のがれず、様々の詮議(取調べ)極《きは》め、中の使ひせし玉といへる女も、同じ道筋に引かれ(仲介したお玉という女も同罪として)、粟田口の露草とはなりぬ。九月二十二日の曙の夢さらさら(いささかも)最期いやしからず(見苦しくなく)、世語りとはなりぬ。今も浅黄の小袖の面影、(ありありとおさんの面影が)見るやうに名は残りし。」

小学館版『新編日本古典文学全集』版の『井原西鶴集1』「好色五人女」の頭注の末尾に「こ

の話も歌祭文の「大経師おさん茂兵衛」によると、わりあいに単純なもので、夫の大経師が江戸へ旅行中、下女の玉の仲立ちで茂兵衛と密通したおさんは、やがて懐妊したので、茂兵衛と玉とを連れて丹波に隠れたが、まもなく捜し出されて粟田口で処刑されたというまでである。このことから、この巻第一章のおさんの登場、第二章おさんの艶書の代筆からの物の紛れ、第三章の偽りの身投げ、第四章の是太郎の話、第五章茂右衛門の京上りなど、すべて西鶴のフィクションであったことが想像される。西鶴はこのフィクションを組み合わせ、読者に息もつかせぬ興味(慰み)を与えるとともに、おさんという一個の人間像を作りあげ、近世初期という時代における姦通した婦人の一つの典型をここに創造しえている」と記されている。

私はこの意見には同意できない。頭注の筆者の指摘した、西鶴が加えたフィクションはすべて必然的な関連性をもたない。すでに指摘してきたとおり、この作品の筋立、人格の造型などに多くの不自然、無理があり、これは西鶴の失敗作としか思われない。

つまらぬことながら、この巻の末尾で、処刑されるお玉は、実話では重要な役を果たしていても、この作品の中でまったく出ていないことも瑕疵の一つとみねばなるまい。

『好色五人女』（その二）

Ⅳ 八百屋お七

1

巻四「恋草からげし八百屋物語」、ひろく知られた八百屋お七の物語を読む。欠点も多いが、『好色五人女』中ではもっともすぐれていると考える短篇である。

第一章「大節季《せつき》（大晦日）はおもひの闇」から読みはじめる。題名は、陰暦大晦日はつねに闇夜となるので、これに恋の闇路をかけている。

「ならひ風（北東風）烈しく、師走の空、雲の足さへ早く、春の事ども（正月の用意）取《とり》急ぎ、餅突宿《もちつくやど》の隣には、小笹《をざさ》手毎に、煤はき（笹竹で煤払い）するもあり、天秤のかねさへて（銀貨を計る天秤の平衡をとるための針口を小槌で叩く音が冴えるのも）、取《とり》やりも世の定めとて（大晦日に収支の勘定を締めるのも世間のきまりということで）いそがし。棚下（商家の軒下）を引連立《ひきつれた》ちて（連れ立って）、「こんこん小目くらに、お一文くだされませい（女・子供が乞食する時の言葉）」の声喧しく、古札納《ふるふだ》め（神社仏閣に返納するお札を貰って報酬をうける乞食）・ざつ木売（雑器売、正月の供物を盛る片木《へぎ》を売る商人）・榧《かや》（以下、正月の蓬莱台の盛物《もりもの》）・かち栗・かまくら海老（伊勢海老）・通町《とをり》には、破魔弓の出見世《でみせ》・新物《しんぶつ》（既製品の衣服）・足袋・雪踏《せった》、足を空《そら》にして（地に足がつかないように）と、兼好（法師）が（徒然草に）書出し思ひ合《あは》せて、今も世帯持つ身の（今も昔も世帯をもつ身の）、暇《いとま》なき事にぞありける。」

江戸の歳末のせわしさを髣髴とさせる描写であり、声調である。なお、新物を正月用に新しく仕立てた衣服と解する説も多い。

「はやおしつめて、二十八日の夜半に、わやわやと火宅（現世、ここでは火事で燃えている家）の門《かど》は、車長持ひく者、葛籠《つづら》、かけ硯（書付などを入れる硯箱）、肩にかけて逃ぐるもあり。穴蔵（地下の蔵）の蓋とりあへず、かる物（目方の軽い物、絹布類など）を投げ込みしに、時の間（ほんのちょっとの間の）煙となつて焼野の雉子子《きぎす》を思ふが如く、妻をあはれみ、老母を悲しみ、それぞれのしるべ（知り合い）の方《かた》へ立退《たちの》きしは、更《さら》に悲しさ限りなかりき。」

どこが火元で、どのように燃えひろがったかは西鶴は記さない。すでに火事で人々があわて、ふためき、悲しんでいることを記せば足りるのである。

「爰《ここ》に本郷の辺《ほとり》に八百屋八兵衛とて売人《ばいにん》、むかしは俗姓（氏素姓）賤しからず。この人ひとりの娘あり、名はお七と云へり。年も十六、花は上野の盛《さかり》、月は隅田川のかげきよく、かかる美女のあるべきものか、都鳥その業平に時代違ひにて、見せぬ事の口惜し。これ（お七）に心を掛けざるは（思いを寄せない者は）なし。この人、火元近づけば（火の手が近くなってきたので）、母親につき添ひ、年頃（年来）頼《たのみ》をかけし（帰依していた）旦那寺《だんなでら》、駒込の吉祥寺と云へるに行きて、当座の難をしのぎける。」

吉祥寺に難をしのごうとしてきたのはお七一家だけではなかった。

「この人々に限らず、数多《あまた》、御《み》寺に駈《かけ》入り、長老様（住持）の寝間にも赤子泣く声、仏前に女の二布物（腰巻）を取《とり》散らし、あるひは主人を踏み越へ、親を枕とし、訳もなく（乱雑に）臥しまろびて、明くれば鐃鉢《にようはち》、鉦《どら》を手水《てうづ》だらひにし、お茶湯天目《てんもく》（仏前に供える茶湯を入れる天目茶碗）も、かりの飯《めし》椀となり、この中《うち》の事なれば（こんな騒ぎの中の事だから）、釈迦も見許し給ふべし。お七は母の親大事にかけ、坊主にも油断のならぬ世中《よのなか》と、よろづに気を付け侍る。」

これからお七は吉三郎と出会うことになる。その舞台装置として、ここまでの描写がある。

「折ふしの夜嵐をしのぎかねしに、亭坊《ていぼう》（住持）、慈悲の心から、着替《きがへ》の有る程出だして、貸されける中に、黒羽二重《はぶたへ》の大振袖に、梧《きり》銀杏のならべ紋（桐と銀杏の二つを並べた紋）、紅《もみ》うら（紅染の裏地）を山道の（山道形の）裾取、訳らしき（いわくありげな）小袖の仕立、焼《たき》かけ（たきしめた香のかおり）残りて、お七心にとまり、「いかなる上﨟《らう》か世を早ふなり給ひ（早死なさって）、形見もつらしと、この寺にあがり物（奉上品）か」と、我年の頃思ひ出《い》だして、哀れに、いたましく、相見ぬ人に無常おこりて、「思へば夢なれや、何事も要《い》らぬ世や、後生《ごしやう》こそまことなれ」と、しほしほと沈みはて、母人の珠数袋《じゆずぶくろ》をあけて、願ひ（後世への願い）の玉の緒《を》（珠数）手にかけ、口のうちにして（声に出さず）、題目いとまなき折から（一心にお題目を唱えているとき）。」

こうしてお七の純情に由来する無常感が彼女の心を支配しているとき、この話が展開することを読みすすむさいにも忘れてはなるまい。

「やごとなき（上品な）若衆《わかしゅ》の銀《しろかね》の毛貫《けぬき》（毛抜き）片手に、左の人指《さ》し指《ゆび》にあるかなきかの、とげの立ちけるも（とげのささったのも）心にかかる（気になる）と、暮方《くれかた》の障子を開き、身を悩みおはしけるを、母人見かね給ひ、「抜き参らせん」と、その毛貫を取りて暫く悩み給へども（苦労なさったが）、老眼のさだかならず、見付くる事難《かた》くて、気毒《きのどく》なる（困惑している）有様《ありさま》、お七見しより、我なら目時（視力の強い年頃）の目にて抜かん物をと思ひながら、近寄りかねて佇むうちに。」

とある。お七の躊躇にはすでに仄かな恋心が芽生えているようである。

「母人《ははひと》呼び給ひて、「これを抜きて参らせよ」との由《よし》、嬉し。かの御手《て》をとりて、難儀を助け申しけるに、この若衆、我を忘れて、自《みづから》が手（私、お七の手）をいたく（きつく）しめさせ（握りしめ）給ふを、離れがたかれども、母の見給ふをうたてく（母が見ておいでになるのが情なく）、是非もなく（致し方なく）立別れざまに（別れたときに）、覚えて（わざと）、毛貫をとりて帰り、又、返しにと跡を慕《した》ひ、その手を握り返せば、これより、互ひの思ひとはなりける。」

まことにお七はいじらしいが、こうした肉体的接触による愛の表現は、それまでのわが国の文学にはなかったのではないか。

「お七、次第にこがれて（思ひこがれて）、「この若衆いかなる御方ぞ」と納所坊主《なつしよぼうず》に問ひければ、

「あれは小野川《をのがわ》吉三郎殿と申して、先祖正しき御浪人衆なるが、さりとは（それはそれは）やさしく情《なさけ》の深き御方《おかた》」と語るにぞ、なを、思ひまさりて（恋心がつのって）、忍び忍びの文《ふみ》（ひそかな恋文）書きて、人知れずつかはしけるに（届けたところ）、便りの人（恋文の書き手）替《かは》りて、結句《けつく》（結局）、吉三郎方《かた》よりおもはく（恋慕の情）かづかづの文送りける心ざし、互に入乱《いりみだ》れて、これを、諸思《もろおも》ひ（相思相愛）とや申すべし。両方共に返事なしに（返事するまでもなく）、いつとなく浅からぬ恋人、恋はれ人、時節を待つうちこそ浮世なれ。大晦日は思ひの闇に暮れて、明くれば新玉《あらたま》の年の初め、女松《めまつ》、男松《をまつ》を立飾《たてかざ》りて、暦見初《みそ》めしにも、姫はじめ（新年はじめて男女の交りをすること）おかしかりき。されどもよき首尾（機会）なくて、遂に枕も定めず（枕をかわすことなく）、君がため若菜祝ひける日（正月七日、君がため春の野に出て、の古今集所収の古歌による）も終りて、九日十日過ぎ、十一日、十二、十三、十四日の夕暮、はや、松の内（門松を立てている間、江戸では七日まで、上方では十五日まで）も皆（終り）になりて、甲斐なく立ちし名こそ、はかなけれ。」

いつ男女の情を交すことができるか、この二人の恋は初めからはっきり性愛に向けられている。

2

第二章「虫出しの神鳴《かみなり》もふんどしかきたる君様」に入る。

「春の雨、玉にも抜ける柳原のあたりより参りけるの由、十五日の夜半に、外門《そともん》あらけなく（荒々しく）叩くにぞ、僧中（吉祥寺の僧の全員が）夢驚かし聞きけるに、「米屋の八左衛門、長病なりしが、今宵相果《あひは》て申されしに、思ひまうけし（覚悟していた）死人なれば、夜《よ》のうちに野辺《のべ》へ送り申し度《たき》」との使《つかひ》なり。出家の役なれば、数多《あまた》の法師召し連れられ、晴間《はれ》を待たず、傘《からかさ》をとりどりに（それぞれ各自が傘をもって）御寺を出《い》でゆき給《たま》ひし跡は、七十に余りし庫裏姥《くりうば》ひとり、十二三なる新発意《しんぼち》（発心して新たに仏門に入った者）一人、赤犬ばかり、残物《のこるもの》とて松の風淋しく、虫出しの神鳴（雷）響き渡り、いづれも驚きて、姥《うば》は年越の夜の煎大豆《いりまめ》取出《い》だすなど、天井のある小座敷（雷よけの二重天井にした座敷を作ることがある）たづねて身をひそめける。母の親（お七の母親）、子を思ふ道に迷ひ（子を思うあまりに狼狽《ろうばい》し）、我（お七）をいたはり、夜着の下へ引寄《ひき》せ、きびしく鳴る時は、「耳ふさげ」など心を付け（気を配り）給ひける。女の身なれば、怖しさ限りもなかりき。されども、吉三郎殿の会ふべき首尾（機会）今宵ならではと思ふ下心《したごころ》ありて、「さても浮世の人、何とて鳴神を怖れけるぞ。捨ててから命（捨てたところで命一つのこと）、少しも我は怖しからず」と、女の強がらずして（女の分際で強がらなくても）よき事に無用の言葉、末々の女どもまで、これをそしりける（下々の女どもまでお七の言葉を非難したのであった）。」火事以来、お七母子をはじめ多数、まだ吉祥寺に仮住居していたので、お七の言葉を聞き咎められたのである。

「やうやう更過《ふけす》ぎて、人皆、自《おのづか》らに寝入りて、鼾《いびき》は軒の玉水の音を争ひ、雨戸の隙間より、月の光もありなしに（あるかないか、かすかで）、静かなる折ふし、客殿をしのび出《い》でけるに、身に震《ふる》ひ出《い》でて、足元も定めかね、枕ゆたかに臥したる人の腰骨をふみて、魂消ゆるが如く、胸いたく（心がひどく）上気して（のぼせて）物は云はれず、手を合はして拝みしに、この者我を咎めざるを不思議と、心をとめて（注意して）詠《なが》めけるに、食《めし》たかせける女の、むめと云ふ下子《げす》（下女）なり。それを乗り越えて行くを、この女、裾を引きとどめける程に、又胸騒ぎして我留《とど》むるかと思へば、さにはあらず、小半紙一折（鼻紙用の小型の半紙一枚）、手に渡しける。さてもさても、いたづら（男女間のひそかな情事）仕《し》付《つ》けて、かかるいそがしき折からも気の付きたる女ぞと嬉しく、方丈（禅寺の住職の居室）に行きてみれども、かの兒人《せうじん》（稚児、吉三郎）の寝姿見えねば、悲しくなつて台所に出《い》でければ、姥《うば》目覚まし、「今宵鼠めは」と呟く片手に、椎茸《しいたけ》の煮しめ・あげ麩・葛袋など取りおくもおかし。しばしあつて我（お七）を見付けて、「吉三郎殿の寝所はその（そこの）小坊主とひとつに三畳敷に」と肩たたいて小話《ささやき》ける。思ひの外なる情《なさけ》しり、「寺には惜しや」と、いとしくなりて、してゐる紫鹿子の帯ときてとらし、姥が教へるにまかせ行くに、夜や八つ頃なるべし、常香盤の鈴落ちて、響き渡る事しばらくなり。」

お七の動悸が聞こえてくるような描写である。常香盤は仏前の香盤、香が燃え尽きると糸が切れて鈴が落ち、時報の役をなす。

「新発意《ぼち》その役にやありつらん、起きあがりて、糸かけ直し、香盛りつぎて、座を立たぬ事とけしなく（座を立たぬ事を待ち遠しく）、寝所へ入るを待ちかね、女の出来《でき》心にて髪をさばき（髪を乱し）、こはい皃《かほ》して、闇《くら》がりよりおどしければ、石流仏心《さすがぶつしん》そなはり、少しも驚く気色《けしき》なく、「汝《なんじ》元来、帯《おび》とけひろげにて、世に徒《いたづら》もの（又とない淫奔女）や、たちまち（すぐに）消え去れ、この寺の大黒（妻）になりたくば、和尚の帰らるるまで待て」と目を見開き申しける。お七しらけて（きまり悪くなって）走り寄り、「こなた（あなた）を抱いて寝に来た」と云ひければ、新発意笑ひ、「吉三郎様の事か、おれと今まで、跡さして（一つ布団に足をさし合って）臥しける（寝ていた）。その証拠にはこれぞ」と、こぶくめ（小服綿）の袖をかざしけるに、白菊など云へる留木《とめぎ》（衣服にたきこめる香木）の移り香、「どふもならぬ（どうにもたまらない）」とうち悩み、その寝間に入るを、新発意声立てて、「はあ、お七様、よい事を」と云ひけるに、又驚き、「何にても、そなたの欲しき物を調《ととの》へ進《しん》ずべし（何でも欲しいものを買ってさしあげましょう）。黙り給へ（黙っていらっしゃい）」と云へば、「それならば、銭八十（八十文）と、松葉屋の歌留多と、浅草の米饅頭五つと、世にこれより欲しき物はなひ」（無い）、と云へば、「それこそやすい事（やさしい事）、明日は、早々《はやばや》遣《つかは》し（早速さしあげ）申すべき」と約束しける。この小坊主、枕傾け、「夜が明けたらば、三色（三種類）貰ふはず、必ず貰ふはづ」と、夢にも、うつつにも（夢うつつに）申し寝入《ねいり》に静《しづま》りける。」

小坊主のちょっとした邪魔の入ることが話の運びとして巧みである。

「その後は心まかせに（思うままに）なりて、吉三郎寝姿に寄り添ひて（寝間着の吉三郎に寄りそい）、何《なに》とも言葉なく、しどけなく（無造作に）もたれかかれば、吉三郎夢覚めて、なほ身を震はし、小夜着《さよぎ》の袂を引きかぶりしを引きのけ、「髪に用捨《やうしや》もなき事や（前髪が乱れてかまわないのですか）」と云へば、吉三郎せつなく（困って）、「私《わたくし》は十六になります」と云へば、お七、「わたくしも十六になります」と云へば、吉三郎かさねて、「長老様がこはや（怖い）」と云ふ。「をれも長老様はこはし」と云ふ。何とも、この恋始めもどかし。後は二人ながら、涙をこぼし不埒なりしに（ぐずぐず埒があかなかったが）、又、雨のあがり神鳴《かみなり》（雨あがりの雷）あらけなく（荒々しく）響きしに、「これ（お七）は本《ほん》に怖《こは》や」と、吉三郎にしがみ付きけるにぞ、おのづからわりなき情《なさけ》（こらえきれない愛情）ふかく、「冷えわたりたる手足や」と肌《はだ》へ近寄せしに、お七恨みて申し侍るは、「そなた様にも憎からねばこそ、よしなき文（気恥かしい思いをこめた手紙）給はりながら、かく身をひやせしは（こんなに私の躰が冷えるようにしたのは）誰がさせけるぞ」と、首筋に喰ひつきける（首筋にしがみついた）。いつとなく、わけもなき首尾（人目はばかる情交）して、濡れ初《そ》めしより（関係をもった初めから）袖は互《たがひ》に、かぎりは命と定めける（互いに袖を敷き合い契りを交した最初から、互いに離れまい、この恋は命の続く限り、と誓ったのであった)。」

お七は終始積極的であった。何と手足の冷えていること、と云いながら、躰を寄せていく描写など、心にくいばかりである。

「程なく曙近く、谷中の鐘せはしく、吹上の榎《え》の木朝風烈しく、「恨めしや、今寝ぬくもる間《ま》もなく、あかぬは別れ（今寝たばかりで温まる間もないのに、飽かぬ別れ）、世界は広し、昼を夜の国もがな（昼を夜とする国があってほしい）」と俄《には》かに願ひ、とても叶はぬ心を悩ませしに、母の親、これはと尋ね来て、引立《ひった》て行かれし。思へば、昔男の、鬼一口の雨の夜の心地して（思えば、昔男が、連れだした女を鬼一口に食われた夜のような思いがして）、吉三郎、あきれ果てて悲しかりき。新発意は宵の事を忘れず、「今の三色（三種）の物賜はらずは、今夜の有様《ありさま》告げん」と云ふ。母親立帰りて、「何事か知らねども、お七が約束せし物は、我が請《うけ》にたつ（保証人になる）」と云ひ捨てて、帰られし。いたづらなる（淫奔な）娘持ちたる母なれば、大方なる事は（大よそのことは）聞かでも合点《がてん》（承知）して、お七よりは、なほ心を付けて（気をつけて）、明《あけ》の日早くそのもてあそび（手なぐさみ）の品々《しなじな》、調《ととの》へて、送り給ひけるとや。」

3

第三章「雪の夜の情宿《なさけやど》」に入る。

「油断のならぬ世の中に、殊更見せまじき物は道中の肌付金（旅行の時胴巻などにつけて肌身離さぬ金）、酒の酔《よひ》に脇指《ざし》、娘のきは（傍）に捨坊主（浮世を捨てた僧侶、侮蔑の感がこめられた語）と、御寺《みてら》を立帰りて、その後はきびしく改《あらた》めて（監督して）恋をさきける。されども、下女が情にして、文は数《かず》通はせて、心の程は互《たがひ》に知らせける。ある夕《ゆふべ》板橋近き里の子と見えて、松露《しやうろ》、土筆《つくつくし》を手籠《かご》に入れて、世を渡る業とて、売り来たれり。お七親の方《かた》に買とめける（呼びとめて買った）。その暮《くれ》は春ながら雪降りやまずして、里まで帰る事を歎きぬ。亭主あはれみて、何心《なにごころ》もなく、「つゐ庭の片隅にありて（土間の片隅にいて）、夜明《あ》けなば帰れ」と云はれしを嬉しく、牛蒡《ごぼう》・大根の莚《むしろ》かたよせ、竹の小笠に面《おもて》をかくし、腰簑《みの》身にまとひ、一夜をしのぎける。嵐枕に通ひ（冷い風が枕許に吹き通し）、土間冷《ひ》へあがりけるにぞ（すっかり冷えきったためか）、大方は命《いのち》も危《あや》うかりき。次第に息もきれ、眼もくらみし時、お七声して（お七が声を出して）、「先程の里の子あはれや、せめて、湯なりとも呑ませよ」とありしに、食焼《めしたき》の梅が、下《しも》の茶碗（召使用の茶碗）にくみて、久七（大男の通称）にさし出《い》だしければ、男（久七）請取《うけと》りて、これを与へける。「忝《かたじけな》き御心入《こころいれ》（ご親切）」と云へば、くらまぎれに（暗闇にまぎれて）、前髪をなぶりて（弄《もてあそ》んで）、「我（お前）も江戸に置いたらば、念者（男色における兄分）のある時分じやが、痛《いた》しや」と云ふ。「いかにも浅ましく（賎しく）育ちまして、田を鋤《す》く馬の口を取り、真柴苅《ましばかる》より外《ほか》の事を存じませぬ」と云へば、足をいらひて（いじって）、「奇特《きどく》に、あかがり（あかぎれ）を切《き》らさぬよ、これなら口をすこし（口を少し吸ってみよう）」と口を寄せけるに、この悲しさ、切なさ、歯を喰《く》ひしめて（歯をくいしばって）、泪こぼしけるに、久七分別して（考え直して）、「いやいや、根深《ねぶか》（葱）・にんにく喰《く》ひし口中もしれず」と止めける事の嬉し。その後、寝時になりて、下々《したじた》は、うちつけ階子《はしご》（簡単な梯子《はしご》を針で打ちつけたもの）を登り、二階に燈火《ともしび》影うすく、あるじは戸棚の錠前に心を付《つ》くれば（気をつけ）、内儀は、火の用心能々《よくよく》云ひ付けて、なほ娘に気遣《きづかい》せられ、中戸差し固められしは、恋路綱切れて、うたてし（情ないことだ）。

八つ（午前二時）の鐘の鳴《な》る時、面《おもて》の戸叩《たた》いて、女と男の声して、「申し姥《うば》（伯母・叔母）様、只今、よろこび（ご出産）遊ばしましたが、しかも若子《わこ》様（男子様）にて、旦那様の御機嫌（旦那様のご機嫌がいい）」と頻《しきり》に呼ばはる。家内《いへうち》起《お》き騒ぎて、「それは嬉しや」と寝所より直《すぐ》に、夫婦連立《つれだ》ち、出さまに（出て行きがけに）、まくり（海草）・甘草《かんぞう》を取持《とりもち》て、かたしがたし（片ちんば）の草履をはき、お七に門の戸を閉めさせ、急ぐ心ばかりに（せかせかと）行かれし。お七、戸を閉めて帰りさまに、暮方《くれかた》里の子思ひやりて、下女に、「その手燭まて（手燭台を奥へ持っていくのは待って）」とて、面影を見しに、豊《ゆたか》に（ぐっすり）臥《ふ》して（眠っているので）いとど哀れの増《まさ》りける。「心よく（気持よさそうで）ありしを、そのまま置かせ給へ（そのままにしておいておあげなさい）」と下女の云へるを、聞かぬ皃《かほ》して、近く寄れば、肌につけし兵部卿《ひやうぶきやう》（匂ひ袋の銘）の香《かほり》、何とやらゆかしくて（奥ゆかしそうで）、笠を取除《とりの》けみれば、やごとなき（上品な）脇貞《かほ》（横顔）のしめやかに（しっとりして）、鬢《びん》もそそけざりしを（乱れていなかったのを）、しばし見とれて、その人（吉三郎）の年頃に思ひいたして、袖に手を差し入れて見るに、浅黄羽二重《はぶたへ》の下着、これはと心をとめしに（気をつけてみると）、吉三郎殿なり。人の聞くをもかまはず、「こりや何としてかかる御姿ぞ」と、しがみ付きて嘆きぬ。吉三郎も面《おもて》見合はせ、物得云はざる事暫くありて（暫く物を言うこともできなかったが）、「我かく姿を替へて、せめては、君をかりそめに（一目でも）見る事願ひ、宵の憂《うき》思ひ（夕刻のつらい思い）、おぼしめしやられよ（思いやってください）」と、初めよりの事どもを、つどつどに（詳しく）語りければ、「菟角《とかく》は（とにかく）これへ御入《いり》ありて（こちらにお入りになって）、その御恨みも聞き参らせん（お聞きしましょう）」と、手を引き参らすれども、宵よりの身の痛み、是非もなく（どうしようもなく）哀れなり。やうやう下女と手を組みて、車にかきのせ（手車に乗せ）て、常の寝間《ねま》に入り参らせて、手の続くほどは（手の続く限り）さすりて、幾薬（いろいろな薬）を与へ、少し笑ひ貞《かほ》うれしく、「盃事《さかづきごと》して（酒をのみかわして）、今宵は、心にある程《ほど》を語りつくしなん（心にある限りのことを話しあいましょう）」と喜ぶ所へ、親父帰らせ給ふにぞ、かさねて、憂目（つらい目）に会ひぬ。衣桁《いかう》の陰に隠して、さらぬ有様《ありさま》にて（そしらぬ様子で）、「いよいよ、おはつ様は、親子とも御まめか（ご無事か）」と云へば、親父喜びて、「一人の姪なれば、とやかく気遣《きづかい》（心配）せしに、重荷おろした」と機嫌よく、産着《うぶぎ》の模様詮索《せんさく》、「万祝《よろづいはひ》て、鶴亀松竹のすり箔《はく》（金銀の模様をはりつけたもの）は（どうだろうか）」と申されけるに、「おそからぬ御事（急ぎでない事）、明日御心静かに（静かにゆっくりお考えなさい）」と下女も口々《くちぐち》に申せば、「いやいや、かやうの事は早きこそ良けれ（早いのがよい）」と、木枕、鼻紙をたたみかけて（木枕に鼻紙を畳んであてがい）、ひな形《がた》を切るる（雛《ひな》を紙で切って作る）こそうたてけれ（情けないことであった）。やうやうその程過《す》ぎて（やっとその騒ぎも一段落して）、色々たらして（色々だまして）、寝せまして、語りたき事ながら、ふすま障子ひとへなれば、洩《も》れ行《ゆ》く事を怖しく、灯《ともしび》の影に硯紙《すずりかみ》置きて、心の程を互《たがひ》に書きて見せたり見たり、これを思へば、鴛《をし》のふすまと（鴛鴦《えんおう》、おしどりだが唖《おし》でもある、襖《ふすま》であり衾でもあると）や云ふべし。夜もすがら書きくどきて、明《あけ》がたの別れ、又もなき恋があまりて（この上ない恋の思いを語りつくすこともできず）、さりとは物うき（つらい）世や。」

この第三章は西鶴の虚構にちがいないが、いかにも不自然で、話の運びが西鶴とは思われぬほど拙劣であり、構成に難がある。

せめては、かりそめにもお七を見ることを願っているのなら、板橋の農民の子に扮装した吉三郎は八百屋の松露などを売りにきたとき、何とかしてお七と目を合わすような工夫をしなければならないのに、そんな様子もない。雪が降りやまず、お七の父親が憐れに思って、土間の片隅で夜明けを待ったらよい、と言ってくれなかったら、お七と会うこともかなわなかったにちがいない。また、久七は吉三郎の前髪をなぶり、足にさわってあかぎれがないと云い、口を吸おうとまでしたのだから、吉三郎の手足が労働した者の手足でないことも、香をたきしめていることもすぐに判明したはずである。それにもまして、姪の出産で戸を叩き、家中が騒いでお七の両親が出かけたのに、吉三郎がぐっすり寝こんでいたというのも不可解である。両親が出かけるのを待って、何とかお七に声をかけるのが自然だろうし、二人が情を交す間もなく両親が帰宅し、その後は筆談で終るのだから、苦労の甲斐もない。

しいて考えれば、この事件がお七の欲求不満をつのらせ、次章の悲劇の契機となるように西鶴は本章を書いたのかもしれない。

なお、公然と接吻することはわが国の習慣ではなかったと思っていたが、久七が口吸ひ、つまり接吻を思い立っていることとからみると、元禄期にはそんな慣習があったのであろうか。それとも、これは男色の世界に限ったことだったのであろうか。

4

第四章「世に見をさめの桜」に入る。この話の山場であり、読みどころである。

「それとは云はずに（事情を打明けることもなく）、明暮《あけくれ》女心のはかなや（はかなさ）。会ふべきたより（手段）もなければ、ある日、風の烈しき夕暮に、いつぞや（以前）寺へ逃げ行く世間の騒ぎ（寺に避難した世間の騒ぎ）を思ひ出《い》だして、「又さもあらば（又火事があったら）、吉三郎殿に逢ひ見る事の種（便宜）ともなりなん」と由《よし》なき（つまらぬ）出来心にして、悪事を思ひ立つこそ因果なれ。すこしの煙立《たち》騒ぎて、人々、不思議と心がけ見しに（注意してみると）、お七が面影（お七の姿）をあらはしける（現れた）。これを尋ねしに、つつまず（何もかくすことなく）、ありし通り（ありのまま）を語りけるに、世の哀れとぞなりにける。」

このようなあさはかな考えを思い立つのは因果としか言いようがないかもしれない。当時の江戸で放火は死罪ときまっていたから、お七の熱烈な恋心、思いつめた情熱が世人の哀れを誘ったのである。このような死を賭した女性の恋情がわが国の文学で書かれたことはそれまでなかったと思われる。

「今日は神田のくづれ橋に恥をさらし（さらし者になり）、又は四谷、芝の浅草、日本橋に、人こぞりて見るに惜しまぬはなし。これを思ふに、かりにも人は、悪事《あしきこと》をせまじき物なり。天これを許し給はぬなり。」

人々はお七の命が失われるのを惜しんだが、悪事を許さぬのは天命だという。しかし、お七は覚悟をきめている。

「この女、思ひ込みし事なれば、身のやつるる事（躰のやつれる事）なくて、毎日、ありし昔の如く、黒髪を結はせてうるはしき風情《ふぜい》、惜しや十七の春の花も散々《ちりぢり》に、ほととぎすまでも惣鳴《そうなき》に、卯月（四月）の初めつ方、最期ぞすすめける（覚悟をうながした）に、心中《しんちう》更にたがはず（心がいささかも乱れることなく）、夢幻《ゆめまぼろし》の中《うち》ぞと（人生は夢幻にすぎないと）一念に（ひたすら）、仏国《ぶつこく》（極楽浄土）を願ひける心ざし、さりとては（そうではあっても）いたはしく、手向《たむけ》花とて、咲遅れし桜を一本《もと》持たせけるに打詠《うちなが》めて、「世の哀れ春ふく風に名（浮名）を残し遅れ桜の今日散りし身は」と吟じけるを、聞く人、ひとしほにいたましく、その姿を見送りけるに、限《かぎり》ある命のうち（それも命のあるうちのことで）、入相《いりあひ》の鐘つく頃、品変りたる道芝の辺《ほとり》にして（品川に近い鈴が森で）、その身はうき（はかない）煙となりぬ。」

　お七の最期は見事という他はない。一つにはその吉三郎を思う心の烈しさにあり、反面、第一章に説かれていた彼女の無常感にあった。

「人皆いづれの道にも、煙はのがれず（人間はいずれにしても死をまぬかれない）、殊に不憫はこれにぞありける（それでも憐れなのはこの女であった）。それは昨日、今朝見れば、塵も灰もなくて、鈴の森、松風ばかり残りて、旅人も聞き伝へて、只は通らず、廻向《ゑかう》して、その跡を弔《とぶら》ひ（弔い）ける。されば、その日の小袖、郡内縞のきれぎれまでも、世の人拾ひ求めて、末々の物語の種とぞ思ひける。近付《ちかづき》（縁故）ならぬ人さへ、忌日忌日に、樒《しきみ》折立て（樒を折って立て）、この女をとひけるに（弔ったのに）、その契りを込めし若衆は、いかにして、最後を尋ね問はざる事の不思議と（最期の時にも尋ねず、またその跡を弔わぬのが納得できないと）、諸人沙汰（評判）し侍る。」

お七の壮烈な最期が江戸市民の心をうったので、関心が吉三郎に向くのは自然であった。

「折節（ちょうどその時）、吉三郎は、この女にここち悩みて（思いつめて病気になり）、前後を弁《わきま》へず（前後不覚、意識不明となり）、憂世《うきよ》の限《かぎり》（この世の最後）と見えて、便《たより》少く（工合が悪く）、現《うつつ》のごとく（夢うつつのよう）なれば、人々の心得にて（とりはからいで）、この事を知らせなば、よもや命もあるべきか、「常々申せし言葉の末（言葉のはしばし）、身の取置《とりおき》（身辺の始末）までして、最期の時を待居しに、思へば人の命や」と首尾よしなに申しなして（恰好よくとりつくろって）、「今日明日の内には、その人爰《ここ》にましまして、思ふままなる御見《ごげん》（ご面会）」など云ひけるにぞ、ひとしほ（いっそう）心を取り直し、与へる薬を外になして（飲もうともせず、ほっておいて）、「君よ恋し、その人まだか」と、そぞろ事（とりとめない事）云ふほどこそあれ、「知らずや、今日は、はや三十五日」と、吉三郎には隠して、その女吊《とぶら》ひ（弔い）ける。それより、四十九日の餅盛《もちもり》など、お七親類、御寺に参りて、「せめて、その恋人を見せ給へ」と歎きぬ。様子を（吉三郎の様子を）語りて、「又も哀れを見給ふなれば、よしよしその通《とほり》に（まあまあそのままにして逢わないでください）」と道理を責めければ（理を尽して話したので）、「さすが人たる人なれば（吉三郎殿は立派な育ちの方だから）、この事聞《き》きながら、よもやながらへ給ふまじ、深くつつみて（かくして）病気もつつがなき身の折節（病気が回復なさったとき）、お七が申し残せし事どもをも語り慰めて、我子の形見に、それなりとも思ひはらしに」と、卒塔婆《そとば》書き立てて、手向《たむけ》の水も泪に乾かぬ石こそ亡き人の姿かと、跡に残りし親の身、無常の習《なら》ひとて、これ逆《さかさま》の世や（無常は世のならいだが、親が子を弔うのは逆になった世の中だ）。」

たまたま吉三郎がそれほどの重態であったというのもかなり不自然だが、止むをえないとしておく。吉三郎の今後は次章で語られるが、これは話としては後始末に似た蛇足で、実際は、お七の処刑で肝心な話は終っている。

5

最終章、第五章は「様子あつての俄坊主」と題されている。「様子」とは事情をいう。

「命程頼み少くて、又、つれなき物はなし。中々《なかなか》（吉三郎はかえって）、死ぬれば（死んでしまえば）、恨みも恋もなかりしに、百ケ日に当たる日、枕始《はじめ》てあがり（床上し）、杖竹を便《たより》に、寺中静かに初立《うひたち》（初めて歩くこと）しけるに、卒塔婆の新しきに心を付けて（気がついて）見しに、その人の名に驚きて、「さりとては知らぬ事ながら、人はそれとは云はじ（人はそうは云うまい）。遅れたる（死に遅れた）やうに取沙汰（評判されること）も口惜《くちを》し」と、腰の物に手を掛けし（刀に手をかけた）に、法師取りつき、さまざまとどめて、「とても死すべき（どうしても死なねばならぬ）命ならば、年月語りし人（長年兄分として懇《ねんごろ》にしてきた人、吉三郎の念者）に暇乞《いとまごひ》をもして、長老様にもその断《ことわり》（死なねばならぬ理由）を立て（申し上げ）、最後を極《きは》め給へかし。子細は（その理由は）、そなたの兄弟契約の御方（衆道の約束の兄分）より当寺へ預け置き給へば、そのお手前への難儀（その方への迷惑）、かれこれ覚《おぼ》しめし合はせられ、この上ながら（この上さらに）憂名《うきな》（悪い評判）の立たざるやうに」と諫《いさ》めしに、この断《ことわり》（道理）至極《しごく》して（納得して）、自害思ひとどまりて、兎《と》角《かく》は（とにかく）、世にながらへる心ざしにはあらず。その後、長老へかく（このようだ）と申せば、驚かせ給ひて、「その身は念比《ごろ》に契約の人（念者）、わりなく（切に）愚僧をたのまれ、預りおきしに、その人、今は松前に罷《まか》りて、この秋の頃は、必ず爰《ここ》にまかるの由（この寺においでとのこと）、くれぐれこの程（最近）も申し越されしに、それよりうちに（それ以前に）申し事（言わねばならぬ事、問題）もあらば、さしあたつての迷惑我ぞかし（迷惑するのは私なのだ）。兄分帰られての上に、その身は（そなたは）、いかやうとも（どのようにでも）なりぬべき事（身の振り方を決めるべきこと）こそあれ」と、色々異見（意見）遊ばしければ、日頃の御恩思ひ合はせて、「何か仰《おほ》せはもれじ」（どうしてお言葉に背きましょう）、とお請《う》け申し上げしに、なを、心許なく覚《おぼ》しめされて、刃物を取りてあまたの番（大勢の番人）を添《そ》へられしに、是非なく（止むを得ず）、常なる部屋に入りて、人々に語りしは、「さてもさても、わが身ながら（自分で起したことながら）、世上のそしり（非難）も無念なり。いまだ若衆を立てし身（女と契ってはならぬ衆道の道にある身）のよしなき人のうき情《なさけ》に（ふとした人の切ない情に）、もだしがたくて（ほだされて）、あまつさへ（その上）、その人（お七）の難儀、この身の悲しさ、衆道の神も仏も、我を見捨て給ひし」と感涙を流し、「殊更、兄分の人帰られての首尾（成行き）、身の立つべきにあらず（面目の立てようもない）、それより内に最後急ぎたし。されども、舌喰《く》ひ切り、首しめるなど、世の聞へ（世間の評判）も手ぬるし（潔くない）。情《なさけ》に一腰（刀一腰）貸し給へ、なに（どうしても）ながらへて甲斐なし」と泪に語るにぞ、座中袖をしぼりて、ふかく哀れみける。この事、お七親より聞きつけて（お七の親の方が聞いて）、「お歎き尤もとは存じながら、最後の時分（お七が死ぬ時）、くれぐれ申し置きけるは、吉三郎殿まことの情ならば、浮世捨てさせ給ひ、いかなる出家にもなり給ひて、かくなり行く跡をとはせ（こうして死んでゆく私の後世を弔って）給ひなば、いかばかり忘れ置くまじき（どれほど有難く思うことでしょう、そのお情は決して忘れません）。二世までの縁は朽《くち》まじと申し置きし」と、様々申せども、なかなか吉三郎聞き分けず、いよいよ思ひ極《きは》めて、舌喰《く》ひ切《き》る色め（気配）の時、母親、耳近く寄りて、しばし小語《ささやき》申されしは、何事にかあるやらん。吉三郎うなづきて、「兎も角も」と云へり。その後、兄分の人も立帰り、至極の異見（尤もな意見）申し尽して、出家となりぬ。この前髪の散る哀れ、坊主も剃刀《かみそり》なげ捨て、盛《さかり》なる花に時の間の嵐の如く、思ひ比《くら》ぶれば、命はありながら、お七最期よりは、なほ哀れなり。古今の美僧（髪をそり落して古今の美僧となり）、これを惜しまぬはなし。惣じて、恋の出家、まことあり。吉三郎兄分なる人も、古里松前へ帰り、墨染の袖とはなりけるとや。さてもさても、取り集めたる恋や、哀れや、無常なり、夢なり、現《うつつ》なり。」

こうしてこの話は終る。

本章に入って、意外も意外、吉三郎は男色の稚子だったことが判明、男色の若衆は女性と情を交してはいけないのに、そういう衆道に反する行為をしていたのだ、という。前章の末、恋わずらいで吉三郎が意識不明になるほどわずらっていたこともさることながら、このあたり、筋立に矛盾があり、西鶴の作為が目立つ。ただ、お七が処刑されて、すぐに吉三郎が世をはかなんで出家したのでは話として面白くないことも事実である。西鶴はそのために工夫したにちがいない。第三章「雪の夜の情宿」ほどではないとしても、本章もあまり感心しない。

6

上記したような点に私は八百屋お七の話、『好色五人女』巻四「恋草からげし八百屋物語」には欠点があると考える。しかし、第一章、第二章は才気あふれる筆致だし、第四章の恋に殉じて、たじろぐことなく、死に赴くお七のけなげさが、心をうつことは間違いあるまい。

V　おまん源五兵衛

1

『好色五人女』は、「八百屋お七」を除けば、読むに値しないと思われるが、とりわけ巻五「恋の山源五兵衛物語」と題する、おまん源五兵衛の話は駄作という他ない作品である。

第一章「連吹《つれぶき》の笛竹息《ふへたけいき》の哀れや」の冒頭「世に時花哥《はやりうた》源五兵衛と云へるは、薩摩の国鹿児島の者なりしが、かかる田舎には稀なる色好める男なり」とはじまる。「世に時花哥」とあるのは、寛文ころから源五兵衛節という流行歌があったことをいう。田舎だからといって色好みがいなかったわけではあるまい。この表現には西鶴の田舎蔑視の心情があらわれているかもしれない。

「頭つき（髪型）は所ならはし（土地のならい）にして、後《うしろ》さがりに髪先短く、長脇差もすぐれて目立つなれども、国風俗、これをも人の許しける。明暮《あけくれ》、若道《じやくだう》（男色）に身をなし（耽り）、弱々としたる髪長（髪長い女性）の戯《たはふ》れ一生知らずして、今ははや、二十六歳の春とぞなりける。年久しく不憫（愛情）をかけし若衆に、中村八十郎と云へるに、初めより命を捨てて、浅からず念友せしに（衆道の契りを結んでいたところ）、又あるまじき（又とない）美兒《せう》（美少年）、たとへて云はば、一重《ひとへ》なる初桜の半ば聞きて花の物云ふ風情たり。

或夜、雨の淋しく、只二人、源五兵衛住みなせる小座敷に取りこもり、つれ吹きの横笛、さらに又しめやかに、物の音も折りにふれては、哀れさもひとしほなり。

「同じ枕しどけなく、夜の明方《あけがた》になりて、何時となく眠れば、八十郎身を痛めて（体に苦痛を感じて）起こし、「あたら夜を夢にはなし給ふ（明けるのが惜しい夜をお眠りになっている）」と云へり。源五兵衛、現《うつつ》に聞きて（夢心地で聞いて）、心定まりかねしに、「我に語り給ふも今宵を限りなりしに、何か名残りに申し給へる事も」と云へば、寝耳にも悲しくて、「かりにも（冗談にしても）心掛《がか》りなり、ひとへ（一日）会はぬさへ面影幻に見えけるに、いかに我にせかすれば（じらせば）とて、今夜限りとは、無用の云ひ事（言葉）や」と手を取りかはせば、少しうち笑ひて、「是非なきは浮世、定めがたきは人の命」と云ひ果てず、その身はたちまち脈あがりて、誠の別れとなりぬ。」

八十郎の急死に会った源五兵衛は、八十郎の親に知らせ、野辺送りの上、西円寺という長老に始終を語り、出家し、高野山への参詣を思ひ立ち、「明くれば文月《ふづき》十五日、古里を立ち出《い》づるより、墨染は涙にしらけて（白くなり）、袖は朽ちけるとなり。」

ということで第一章を終る。

2

第二章「もろきは命の鳥さし」に入る。

「里は冬構へ（冬籠りの用意）して、萩柴折添へて、降らぬさきより雪垣など、北窓をふさぎ、衣《ころも》うつ音のやかましく、野はづれに行けば、紅林（紅葉した林）にねぐら争ふ小鳥を見かけ、その年の程十五か六か七まては行かじ、水色の袷帷子《あはせかたびら》に、紫の中幅帯、金鍔の一つ脇差（脇差を一本さし）、髪は茶筅《ちやせん》（髪を元結で結び髪先を茶筅のようにさばいた、無作法にみえるが風情のある髪型）に取り乱し、そのゆたけさ（のびのびとした美しさ）女の如し。さし竿の中ほどを取りまはして、色鳥を狙ひ給ひし事百度《ももたび》なれども、一羽もとまらざりしを本意なき（不本意な）有様、しばし見とれて、さても世に、かかる美童もあるものぞ、その年の頃は、過ぎにし八十郎に同じ、うるはしき所はそれにまさりけるよと、後世《ごせ》を取りはづし（道心を忘れ来世の安楽を失い）、暮方まで詠《なが》めつくして、その方近く立寄りて、「某《それがし》は法師ながら、鳥刺して獲《と》る事を得たり。その竿こなたへ」と片肌脱ぎかけて、「諸々《もろもろ》の鳥ども、この兒人《せりじん》（この若衆）のお手にかかりて命を捨つるが何とて惜しきぞ。さてもさても、衆道のわけ知らずめ」と、時の間に（たちまち）、数かぎりもなく取り参らせければ、この若衆、外なく（無上に）うれしく、「いかなる御出家ぞ」と問はせける程に、我を忘れてはじめ（一部始終）を語りければ、この人もだだと泪ぐみて、「それ故の御執行《しゆぎやう》（修行)、一《ひと》しほ殊勝さ思ひやられける。是非に今宵はわが笹葺《ささぶ》きに一夜」ととめられしに」とあり、こうして知り合った若衆に源五兵衛は彼の家へ誘われる。

「なれなれしくも伴ひ行くに、一《ひと》構への森(ひとむらの森)のうちに、綺麗なる殿作り(御館)ありて、馬のいななく音、武具飾らせて、広間を過ぎて縁より梯《かけはし》のはるかに、熊笹むらむらとして、その奥に庭籠《にはこ》ありて、はつがん・唐鳩《からばと》・金鶏《きんけい》・さまざまの声なして、少し左の方に中二階四方を見晴らし、書物棚しほらしく、爰《ここ》は不断(普段)の学問所とて、これに座をなせば、召使のそれぞれを召され、「この客僧《きやくそう》は、我物読(学問)のお師匠なり。よくよくもてなせ」とて、数々の御事(ご馳走)ありて、夜に入れば、しめやかに語り慰み、何時となく契りて、千夜《ちよ》とも(今宵一夜を千夜にもと)心を尽くしぬ。」

こうして馴染んだ二人の関係は長くは続かない。

「仏の道は外《ほか》になして(仏道修行はおろそかにして)、やうやう弘法の御山(高野山)に参りて、南谷《みなみだに》の宿坊に一日ありて、奥の院にも参詣せず、又国元に帰り、約束せし人の御方に行けば、いつぞや見し御姿変らず出《い》で迎ひ給ひ、一間なる所に入りて、この程のつもりし事を語り、旅草臥《くたびれ》の夢結びけるに、夜も明けて、かの御人の父、この法師を怪しく咎め給ひ、起こされて驚き、源五兵衛、落髪の初め(一部始終)、又このたびの事、ありのままに語れば、主《あるじ》横手うつて、「さてもさても不思議や、我子ながら姿自慢せしに、浮世とて儚く、この二十日あまりになりし跡

（前）に、もろくも相果てしが、そのきは（死にぎわ）までかのご法師ご法師と申せしを、おかされて（熱にうかされて）の事にと思ひしに、さてはそなたの御事か」と、くれぐれ歎き給ひける。なほ命惜しからず、この座を去らず身を捨つべきと思ひしが、さりとては死なれぬもの、人の命にぞありける。間もなく（僅かの間に）、若衆二人までの憂き目を見て、いまだ世にある事の心ながら口惜し。さる程にこの二人が我にかかる憂き事知らせける、大方ならぬ（尋常でない）因果とやこれを申すべし、かなし。」

これら第一、二章とは『好色五人女』の女性の「好色」とは関係ない余談であり、よくいえば序章である。

3

第三章「衆道《しゆだう》は両の手に散花《ちるはな》」は西鶴の人生観の記述にはじまる。

「人の身程あさましく、つれなき（薄情な）物はなし。世間に心を留《と》めて見るに、いまだいたいけ盛りの子を失ひ、又は末々永く契りをこめし妻の若死、かかる哀れを見し時は、即座に命を捨てんと我も人も思ひしが、泪の中にもはや欲といふ物つたなし（欲心がきざすのは見苦しい）。」

途中を略す。

「されば、世の中に化物《ばけもの》と後家立てすます女なし。まして男の、女房を五人や三人殺して後（死なせて後）、呼び迎へても（後妻を迎えても）咎にはならじ。それとは違ひ、源五兵衛入道は、若衆二人まであへなき憂き目を見て、誠なる心から、片山陰《かたやまかげ》に草庵を引きむすび、後の世の道（後世の安楽）ばかり願ひ、色道かつて（ふっつりと）止めしは、更に殊勝さ限りなし。

その頃又、薩摩潟浜《がたはま》の町といふ所に、琉球屋の何がしが娘、おまんと云へるありけり。年の程、十六夜《いざよひ》の月をもそねむ生まれつき、心ざしもやさしく、恋の只中（恋盛りの美しい最中）、見し人思ひかけざるはなし。この女、過ぎし年の春より、源五兵衛男盛りをなづみて（恋慕して）、数々の文に気を悩み（切ない思いのたけを一心にかき）、人知れぬ便《たより》に（人目につかない方法でこっそりと）つかはしけるに、源五兵衛一生女を見限り、かりそめの（軽々しく）返事もせざるを悲しみ、明《あけ》暮《くれ》、これのみにて日数を送りぬ。」

おまんは「人々にふかく隠して、自《みづか》らよき程に（髪を適当な長さに）切りて中剃《ちゆうぞ》りして（前髪の後の月代を剃り、若衆の髪型にして）、衣類もかねての用意にや、まんまと若衆にかはりて忍びて行」き、山奥の粗末な源五兵衛の庵を訪ねたが、留守、寂しく独り待つ間に、「源五兵衛入道、僅かなる松火《たいまつ》（松明）に道を分けて、庵近く立帰りしを嬉しく思ひしに、枯葉の荻原より、やごとなき（上品な）若衆、同じ年頃なる、花か紅葉か、いづれか色を争ひ、一人は恨み、一人は歎き、若道《じやくだう》（男色の道）の意気ごみ、源五兵衛坊主は一人、情人（愛人）は二人、あなたこなた（二人）の思はく、恋にやるせなくさいなまれて、もだもだとして悲しき有様、見るも哀れ、又興覚めて、「さても心の多き御方」と、少しはうるさかりき（嫌気がさした）」という。しかし、おまんはここで「思ひこみし恋なれば、このまま置くべきにもあらず（このまま引き下がるわけにはいかない）、「我も一通り心の程を申しほどきてなん（打ち明けよう）」と立出《い》づれば、この面影（おまんの姿）に驚き、二人の若衆姿の消えて、これはと思ふ時、源五兵衛入道不思議たちて（ふしぎがって）、「いかなる兒人《せうにん》（若衆）様ぞ」と言葉をかけければ、おまん聞きもあへず、「我事《われ》、見えわたりたるとおりの（ご覧のとおりの）若衆をすこし立て申し、かねがね、御法師様の御事聞き伝へ、身を捨て、これまで忍びしが、さりとはあまたの心入れ（ずいぶん気の多い方）、それとも知らず、切角気運びし甲斐もなし、思惑違ひ」と恨みけるに、法師横手を打つて、「これはかたじけなき御心ざしや」と、又移り気になりて、二人の若衆は世を去りし現《うつつ》の始を（この世の人でない幻だという一部始終を）語るにぞ、共に涙をこぼし、「そのかはりに我を捨て給ふな」と云へば、法師感涙流し、「この身にもこの道（男色）は捨てがたし」とはや戯れける。女ぞと知らぬが、仏様も許し給ふべし。」

となって、おまんはまんまと源五兵衛の庵に居つくことになり、第四章「情《なさけ》はあちらこちらの違ひ」に移る。

4

「「我そもそも出家せし時、女色の道は、ふつと思ひ切りし仏願なり。されども、心中に、美道前髪（男色）の事は止め難し。こればかりは許し給へと、その時より諸仏に御断り申せしなれば、今又咎めける人も持たず。不憫とこれまでお尋ねありし御情《なさけ》からは、末々見捨て給ふな」など戯《たはぶ》れけるに、おまん、こそぐるほど（くすぐられるほど）可笑しく、自《みづか》ら太股をひねりて、胸をさすり、「我云ふ事も聞こし召しわけられよ、御方さま（貴方様）の昔を偲び、今この法師姿をなをいとしくて、かくまで心を悩み、恋に身を捨てければ、これよりして後、脇に（私以外に）若衆のちなみは（若衆と契ることは）、思ひも寄らず、我云ふ事は御心にそまずとも（お気に入らなくても）、背《そむ》き給ふまじ（お背きなさる事はあるまい）、との御誓文の上にて、とてもの事に（どうせの事に）二世までの契り」と云へば、源五兵衛入道、愚かなる（うかうか）誓紙をかためて（書いて）、「この上は還俗《げんぞく》しても、この君の事ならば」と云へる言葉の下より、息づかひ荒くなりて、袖口より手を差し込み、肌に触《さは》り、下帯（褌）のあらざらん事を不思議なる皃《かほ》つき、又可笑し。その後、鼻紙入より何か取出《とりい》だして、口に入れて、かみしたし給ふ程に（噛みしめられるので）、「何し給ふ」と云へば、この入道赤面して、そのまま隠しける。これなん、衆道に、ねり木（男色に用いる秘薬、黄蜀葵《トロロアオイ》の根から作る）といふ物なるべし。おまん、なを可笑しくて、袖振り切りて臥しければ、入道、衣脱ぎ捨て、足にて片隅へかいやりて（足で衣服を片隅におしやって）濡れかけしは（情愛を迫ったのは）、我も人も余念なき事ぞかし。中幅のうしろ帯解きかけて、「この所は里に変りて嵐烈しきに」と、木棉の大袖をうちかけ、これをと手枕の夢法師、寝もせぬうちに、性根《しやうね》（正気）はなかりき。

おづおづ、手を背中に廻して、「いまだ灸もあそばさぬやら、更に（一向）御身に障り（傷）なき」と、腰よりそこそこに手をやる時、おまんも気味悪しかりき。折ふしを見合はせ（頃合を見て）、空寝入すれば、入道、せき心になつて（心が焦って）、耳をいらふ（いじる）。おまん片足もたせば（片足を持たせかけると）、緋縮緬の二布《ふたの》物（腰巻）に、肝つぶして、気を付けて見る程、皃《かほ》ばせやはらかにして女めきしに、入道呆れはてて、しばしは詞《ことば》もなく、起き出《い》づるを引き止め、「最前《さいぜん》（つい先刻）申しかはせしは、自《みづか》らが云ふ事ならば、何にても、背き給ふまじとの御事を、早くも忘れさせ給ふか、我事、琉球屋のおまんと云へる女なり。過ぎし年、数々の通はせ文（恋文）、つれなくも（無情に）御返事さへましまさず（下さらず）、恨みある身にも、いとしさやる方もなく、かやうに身をやつして、爰《ここ》に尋ねしは、そもや（そもそも）憎かるべき御事か」と恋の只中もつて参れば（恋の真情を吐露すれば）、入道俄かにわけもなふなつて（正体もなくなって）、男色女色の隔ては無き物と、あさましく取り乱して、移り気の世や。心の外なる道心、源五兵衛に限らず、皆これなるべし。思へばいやのならぬおとし穴（嫌といいえぬ落し穴、女性の陰部を暗示している）、釈迦も片足踏み込み給ふべし（お釈迦様も片足くらいはふみこみなさるだろう）。」

以上が第四章の全文である。巻五の興趣は本章に尽きると思われる。それにしても他愛ない話である。なお、「ねり木」とは世に知られたものであるか。一般人に知られていないから西鶴がことさら記したのか。私は知らない。

5

おまん源五兵衛の話は実質的には第四章で終る。

第五章「金銀も持ちあまつて迷惑」では、二人が源五兵衛の生家を訪ねるとすでに零落し、家を売り渡し、味噌の看板を出している始末であったが、おまんの生家は大いに繁盛し、「吉日を改め、蔵開きせしに、判金二百枚入りの書付の箱六百五十、小判千両入りの箱八百」以下略すが、すさまじい資産家となっていた。

「源五兵衛うれしかなしく（うれしくもあり悲しくもあり、感きわまり）、これを思ふに、江戸、京、大坂の太夫残らず請《う》けても（身請しても）、芝居銀本《かね》（芝居の金主）して捨てても、我一代に、皆になしがたし（皆は使いきれない）。何とぞ（何としても）、使ひ減らす分別出《い》でず、これは何としたものであらふ。」

こうして『好色五人女』は終るのだが、目出たし目出たしという結末である。四人までが非業の死を遂げるが、五人とも市井の女性、恋愛について能動的である点に、元禄期の女性の特徴を見るべきかもしれない。それにしても、これら五巻は、八百屋お七がまあまあとしても、粗末な作としか思われない。

『世間胸算用』

1

『世間胸算用』は全五巻、各巻四話から成るが、各話にもいくつかの挿話を収めている。巻一の第三話「伊勢海老は春の栬《もみぢ》」中の挿話から読み始めることとする。

「さるほどに大坂の大節季《ぜつき》（大晦日）、よろづ宝の市（あらゆる財物を購い得る市場）ぞかし。商ひ事がないないと云ふは六十年この方《かた》（寛永以来、寛永の鎖国が大坂の商業に大きな打撃を与えた）、何が売りあまりて廃《すた》る（捨てさられる）物なし。一つ求むればその身一代（一代ばかりか次の代まで）、子孫までも譲り伝へる挽碓《ひきうす》さへ、日々年々に御影山も切りつくすべし（御影山の御影石も切りつくすにちがいない）。まして蓮《はす》の葉物《はもの》（祝儀・不祝儀に用いる粗製品）、五月の甲《かぶと》・正月の祝ひ道具は、僅か朔日・二日、三日坊主。寺から里への礼扇《あふぎ》、これらは明けずに廃《すた》りて（捨てさられて）、世の費《つゐ》へかまはず（社会的無駄な消費も気にしない）、人の気江戸に続いて寛活《くはんかつ》（奢移《しやし》）なる所なり。たとへ千貫すればとて、伊勢海老なしに蓬莱《ほうらい》（松竹梅・鶴亀などを蓬莱山にかたどって作った祝儀用の飾り物）を飾りがたしと、家々に（それぞれの家で）調《ととの》へければ、極月《ごくげつ》（十二月）二十七八日より所々の魚の棚（魚屋の棚で）に買い上げて、唐物《からもの》（舶来品）の如く次第に難しく、はや大晦日には、髭も塵もなかりけり。（「見渡せば花も紅葉もなかりけり」と古歌にあるが）浦の苫屋《とま》の紅葉を訪ね、伊勢海老のないかないかといふ声ばかり。備後町の中ほどに永来《ゑら》といへる肴屋に、只一つありしを一匁五分より付出《つけだ》し（値をつけてせりだし）、四匁八分までに望めども、中々（とてもとても）当年のきれ物（品切れ物）とて売らざれば、使《つかい》がはからひ（使の考え）にもなりがたく、いそぎ宿に帰りて、海老の高き事を申せば、親父渋面つくりて、「われ一代のうちに、高い物買うたる事なし。薪は六月、綿は八月、米は新酒作らぬ前、奈良晒《ざらし》（奈良附近産の麻帷子）は毎年盆過ぎて（すべて季節はずれに）買い置き、年中限銀《げんぎん》（現金払い）にして勝手によき事ばかり（家計によいことばかり）。この以前父親の相果てられし時、棺桶一つ樽屋まかせに買いかづきて（高く買わされてしまい）、今に心がかりなり。伊勢海老が無ふて、年のとられぬといふ事あるまじ。一つ三文する年、二つ買ふて算用（勘定）を合すべし。無い物喰ふと云ふ年徳《としとく》の神は御座らいでも苦しうない事。四匁が四分にても海老は沙汰のない事（買わない事）」と機嫌悪し。

されども内儀男子《むすこ》と一つになつて（合意して）、「世間はともあれ（世間体はどうあれ）、聟《むこ》が初めての礼（年始の礼）にわせて（座らせて）、伊勢海老なしの蓬萊が出さるるものか。何ほどにてもそれを買へ」と、かさねて人を遣《つかは》しければ、早《はや》今橋筋の問屋の若い者買取りて、尤も五匁八分に値段は定めたれども、「正月の祝ひの物、端《は》した金《がね》は心にかかる」と、銭五百やりて海老取つて帰る（五匁八分は四百八十文）。その跡（後）にて色々穿鑿《せんさく》すれども、絵に描《か》こふもなかりき。これに付けても、この津《つ》（大坂）の広き事思ひあたりし（なるほどと思いあたった）。

宿に帰りてこの事を語れば、内儀は後悔らしき皃《かほ》つき、親父はこれを笑ふて、「その問屋（今橋筋の問屋）心許なし。追つつけ（間もなく）、分散（自己破産）にあふべきものなり。内証（財政状態）知らずして、さやうの問屋銀《がね》（問屋の資金）を貸しかけたる人の夢見悪かるべし。蓬莱に海老が無ふて叶《かな》はずば、跡の廃《すた》らぬ分別《ふんべつ》（後になって捨てられぬ物の工夫）あり」とて、細工人にあつらへて、物の見事に、紅絹《もみぎぬ》にて張《はり》ぬき（形だけ似せたもの）にして、二匁五分にて出来けり。」

大坂商人の分別とはかくあるべしといった教訓を説いているようである。

2

巻二からまず第一話「銀一匁の講中」の「いくらあっても金は楽しみ。金貸し屋の大黒講と一匁講」を読む。

「人の分限《ぶげん》（資産家）になる事、仕合せ（めぐり合わせ）といふは言葉（言葉だけのこと）、まことは面々の（各自の）智恵才覚を以て稼ぎだし、その家栄ゆる事ぞかし。これ福の神のゑびす殿のままにもならぬ事なり。大黒講（福の神の大黒天を冠した頼母子講）を結び、当地の手前（財産）よろしき者ども集り、諸国の大名衆（大名方）への御用銀の借入の内談を、酒宴遊興よりは増《まし》たる世の慰みと思ひ定めて、寄合座敷（会合の場所）も色近き所をさつて（色里近い場所を避けて）、生《い》玉《く》《だま》・下寺町《したでらまち》の客庵を借りて、毎月身躰（身代、資産）僉議《せんぎ》（借主の大名の財政状態の調査）にくれて、命の入日《いりひ》かたぶく（残る生命も僅かになった）老体ども、後世《ごせ》の事は忘れて、只利銀（利息）のかさなり、富貴になる事を楽しみける。

世に金銀の余慶（余分が）有る程、万《よろづ》につけて目出たき事外《ほか》になけれども、それは二十五の若盛りより油断なく、三十五の男盛りに稼ぎ、五十の分別盛りに家を治め（家業の基礎を固め）、惣領（家督を相続する長男）に万事を渡し、六十の前年より楽隠居して、寺道場へ参り下向して、世間向きの良き時分なるに、仏《ぶつ》とも法ともわきまへず、欲の世の中に住《す》めり。死ねば万貫目持つても帷子一つより（他は）、みな浮世に残るぞかし。この寄合の親仁《おやぢ》ども、二千貫目より内の分限一人もなし。又近年我々が働きにて、僅かなる身躰（資産）の者ども金銀を仕出し（稼ぎだし）、二百貫目三百貫目、あるひは五百貫目までの銀持《かねもち》二十八人語らひ、一匁講といふ事を結び、毎月宿も定めず、一匁の仕出し飯をあつらへ、下戸も上戸も酒なしに、遊び事にも始末第一、気のつまる詮索なり。朝から日の暮るるまで、余の事なしに身過《みすぎ》の沙汰（世渡りの話ばかり）、中にも借《か》銀《し》の慥《たし》かなる借り手を吟味して、一日も銀を遊ばさぬ思案をめぐらしける。

この者どもが手前（財政状態）よろしくなりける初め、利銀取り込みての分限なれば、今の世の商売に、銀貨《かね》屋より外に良き事はなし。然れども今程は、見せかけの（表面の）良き内証の不埒なる商人《あきんど》、大分借りこみこしらへて（多額の借金をした上）倒れ（倒産）ければ、思ひも寄らぬ損をする事度々《たびたび》なり。されども人を気づかひして（借手を不安に思って）、金銀貸《か》さずにも置かれず。「随分（できるだけ）内証を聞合はせ、この仲間は互ひに様子を知らせ、向後《きやうこう》（今後）は借入《かしいれ》をいたすべし。いづれもかく云ひ合すからは、出しぬき（他人の隙をうかがい、または欺き、事を行うこと）に合はし給ふな。さあらば（そうであれば）各々心得のために、当地で定まって銀借る人を一人・人書き出し、こまかに僉議（調査）して見るべし」。「これ尤もなり」。「先《まづ》北浜で何屋の誰、財宝諸色かけて七百貫目の身躰」と云ひ出れば、「その見立は各別（全く違う）、八百五十貫目の借銀《しやくぎん》」と云ふ。この有り無しの相違に、一座の衆中肝を潰し、「爰《ここ》が大事の詮索、両方の思し召し入れとくと承り、人々の心得のため」とぞ聞きける。」

貸借対照表、損益計算書等の財務諸表も存在しない時代だから、そうした計理書類を調べることなく、担保もとらずに、金を貸すのだから、借主の資産の実体がどうなのか、貸主としては当然の関心だが、借主の「内証」といわれる資産状態を把握するのは容易でない。当然見立て違いもおこるのだが、どうして、そう見立てたかが問題になる。

「先《まづ》分限と見たる所は、去々年の霜月に娘を堺へ縁組せしに、諸道具（嫁入り荷物）今宮から長《なが》町の藤の丸の膏薬屋の門《かど》まで続きし跡（後）から、十貫目入り五ツ青竹にて揃へ（背丈の揃った）

大男にさし荷《にな》はせ、そのまま御祓《おはらひ》（夏祭の御輿の行列）の渡る如し。外にも数多《あまた》の男子《なんし》あれば、余慶（余分の金）なくて娘に五十貫目は付けまいと思ひまして、嫌と云ふ者を（相手は嫌といふのに）無理に、この三月過ぎに二十貫目預け（無期限、無利息が原則だが、このばあいはかなりの高利らしい）ました」と云はるる。「さてさてお笑止《しやうし》や（お気の毒なこと）、その二十貫目が一貫六百目ばかりで戻るで御座ろ」と云へば、この親仁《おやぢ》顔色変つて、箸持ちながら集め汁（魚鳥の肉に青物などとりあわせた味噌汁）喉《のど》を通らず。「今日の寄合に口惜しき事を聞きける」と、様子を聞かぬ内から泪をこぼされける。「とてもの事に（いっそのこと）、その内証が聞きたし」。「さればその聟《むこ》殿方も、よくよくせはしければこそ（やりくりが忙しいからこそ）、芝居並《なみ》（リスクの高い芝居興行の資金借入のための金利）の利銀にて何程でも借らるるなり。この利をかきて（払って）、芝居の外何商売して、胸算用（心の中の見積り）が合ふと思《おぼ》し召すぞ。十貫目箱一つは、金物《かなもの》（金具）までうつて三匁五分づつ、十七匁五分で箱五つ。中には世間に沢山なる石瓦。人の心ほど怖しきものは御座らぬ。両方（聟嫁双方）の外聞（体裁）、見せかけばかりに内談（内々の相談）と存ずる。我等はその箱を明けて、正真《しやうじん》の丁銀にしてから、まことにはいたさぬ（真実とはうけとらない）。あの身躰（資産）の敷銀（持参金）は二百枚も過ぎもの（多すぎる）、こしらへ（衣類諸道具の支度なしに）五貫目。何と各々《おのおの》、我等が沙汰する所（申すこと）が違ふたか。先《まづ》あれには（さしあたり彼に）、一両年二貫目ばかり預けて見て、それに別の事なくば（不都合かなければ）、又四貫目程五六年も貸して、慥《たし》かなる事を見届けての二十貫目」と云へば、一座「これ尤も」と同音に申す。」

借主の惨状を聞かされて狼狽したのは二十貫目を貸付けた親仁《おやぢ》であった。

「段々利につまつて（一々道理に適って返す言葉もなく）、この親仁帰りには足腰立たずして歎き、「我この年《とし》まで人の身躰（資産）見違へし事のなきに、この度は不覚なる事を致しました」と男泣《おとこなき》にして、「何とぞ御分別（よいお考え）はないか、ないか」とあれば、時に最前《さいぜん》の（先程の）世智賢しき人の云ふは、「千日千夜ご思案なされても、この銀子《ぎんす》無事に取り返す工夫は、只一つより外になし。この伝授、上々の紬《つむぎ》一疋ならば、慥《たし》かに取り返して進上申す」と云へば、「それは、それは、中綿まで添へまして御礼申さう、何とぞ頼む」と云ふ。「然らば、只今までより念比《ごろ》に仕かけ、天満の舟祭りが見ゆるこそ幸ひなれ。浜にかけたる桟敷へ女房どもをおこして（寄こして）見せたしと、二十五日にお内儀をやりて、先《さき》（先方、北浜の借主）のかか（嬶、妻の賤称）としみじみと内証（財政状態）を語らせ、一日遊ぶうちに、男子（息子）どもが馳走（もてなし）に出るは知れた事じや（確実だ）。時に（その時に）二番目の息子が生れつきを（生れつきの容姿を）ほめ出し、「賢《かし》こさふなる眼差《まなざし》、こなたの御子息にしては、お心に掛けさしやるな（失礼ですが）、鳶が孔雀を産んだとはこの子の事、玉のやうなる美人（美男子）。近頃押し付けたる所望なれども（あつかましいお願いですが）、私もらひまして聟にいたします。酒一つ過《す》ごしましてヽ云ふでは御座らぬ。我等が子ながら、これ娘（この方の娘）も十人並よ。その上、親仁の一人子なれば、五十貫目付けてやるとは常々の覚悟。又我等が私金《わたくしがね》（内々の貯え）三百五十両、長堀の角屋敷、捨て売りにしても二十五貫目が物、仕てから（仕立ててから）袖も通さぬ衣裳六十五、一人の娘より外にやる者が御座らぬ。これがこちの聟殿」と、思ひ入りたる（思い入れたっぷりの）㒵《かほ》つきして、これを言葉の初めにして、その後折ふし、少しずつ物をやれば返しを請け、これ以て損のいかぬ事。それより良い程を見合せ（適当な時期をみて）、雇《やと》ひにつかはし、銀《かね》掛くる（銀貨を天秤ではかる）そばに置きて数を読ませ（数をかぞえさせ）、刻印を打たせ（品質保証のための印を押し）などして、内蔵《うちぐら》へ運ばせなどして、一日使ふて帰し、その後、先の身になる人（先方の身内の人）を見立て、ひそかに呼びにつかはし、「その人の二番目の子を、女房どもが何と思ひ入りましたやら、是非にと望みます。急がぬ事ながらついでもあらば、此方《こち》の娘をもらふてくださるか、尋ねてくだされ。こなたへ取りつくらふて申す事も御座らぬ、銀千枚は、いづ方（どちら）へやりますとても、その心得」と云ひ渡し、先《さき》へ通じたと思ふ時分に、「内々の預け銀入用」と申しつかはせば、欲から才覚して済ます事、手にとつたやうなり。この仕掛けの外あるまじ」と、云ひ教へて別れける。その年の大晦日に、かの親仁《おやぢ》門口より笑ひこみ、「おかげ、おかげ、御影にて右の銀子元利共に二三日前に請《うけ》取りました。こなたのやうなる智恵袋は、銀《かね》貸仲間の重宝、重宝」と、あたまをたたき、「さてその時は紬一疋と申せしが、これにて御堪忍あれ」と、白石の紙子《かみこ》（奥州白石の紙とその紙で作った紙子はその上質で知られる）二反差し出して、「中綿は春の事」と云ひ捨てて帰りける。」

金貸仲間が集まって情報交換し、借主の資産について話し合うのも大坂商人らしい智恵だが、迂闊に貸してしまった二十貫目を取り戻す手段の巧妙さは、むしろ狡猾ともいうべきかもしれない。情にからめた、こういう手段は現代では通用しないだろうが、狡猾な取立は現代でもいくらも存在する。『世間胸算用』の興趣は、こうした狡猾さ、極度の智恵働きによる金儲けの秘策を教えられることにあるのだが、私自身には縁がありそうでない。

3

同じ巻二の第三話「尤も始末の異見」から、素人の女性と遊女の比較の話が載っているので、紹介する。

「詮議して見るに、傾城《けいせい》と地女（素人女）に別に変つた事もなけれども、第一気が鈍《どん》で、物がくどふて（くどくて）、賤しい所があつて、文の書きやう（手紙の書き方）が違ふて、酒の飲みぶりが下手で、歌唄ふことがならひで（できないで）、衣裳つき（着物の着方）が取りひろげて（下手で）、立居（立居振舞）が危ふて（きまらないで）、道中（歩きぶり）がふらふらとして、床（寝所）で味噌塩の事を云ひ出して、始末で（無駄使いせず）鼻紙一枚づつ使ふて（傾城は延紙《のべがみ》という、タテ七寸ヨコ九寸位の白色小形の杉原紙を使う)、伽羅《きやら》(香木)は飲薬と覚へて、万《よろづ》に気のつまるばかり。髪かしら(髪の結い方)は大方似たものといへば、(言われるものの)同じ事に云ふも愚かなり。

女郎狂ひする程の者に、うとき(愚か者)は一人もなし。その賢き奴がこの儲けにくい金銀を、乞ひつめらるる借銀(支払いを責め立てられる借金)・目安つけられし(訴訟にもちこまれた)預かり銀《がね》の方《かた》へは済まさずして、大分物入の正月を請けあひ(正月の買物は大尽客がするもの)、万事の入用を、はや極月《しはす》(十二月)十三日に事始めとて(十二月十三日に正月の準備にかかる、遊里でも正月買をしてくれる客をあらかじめ約束する)つかはしける。よくよく面白ければこそなれ。爰《ここ》は分別の外ぞかし(このことは理性で判断できぬことだ)。

烏丸通り歴々、兄弟に有銀《ありがね》五百貫目づつ譲り渡されけるに、弟は次第に仕出し(商売を発展させ)、程なく二千貫目と一門《いちもん》のうちから指す(評判する)程なるに、兄は譲りうけて四年目の大晦日に、「天道は人を殺し給はず、今宵月夜ならば、昔を思ひ出して、これが売りに歩かるるものか(みじめな姿で歩けるものか)。闇で手くだがなる事(闇で人に見られないこと)」と紙子頭巾ふかぶかとかぶり、山椒の粉胡椒の粉を売りまはりて、悲しき年をとり、心うかうかと丹後口まで行くうちに、夜は明け方になりぬ。世にある時の朝ごみ(大尽であったときの朝、大門が開かれるのを待って、くりこみ夜明けまで遊んだこと)、思ひ出してぞ帰りし。」

素人の女性と遊女を比較して、性愛に関する、遊女の美点・長所、素人女の味気なさを説きながら、遊女狂いによって結局資産を失うに至る、人生の厳しさを語った一文であり、西鶴の人生観のふかさが窺われるように思われる。

巻三の第二話「年《とし》の内《うち》の餅《もち》ばなは詠《なが》め」から、「大晦日の掛けの乞いよう。昔と今で変る人心」を読む。

「数年《すねん》（多年）功者（物事に年季のはいっている人）の云へり、「惣じて掛《かけ》（掛売した代金、年末払いの約束で売った品物の代金など）は取りよい所より集めて、埒《らち》明かず屋（金払いの悪い癖のある男）と知れたる（知られた）家へ仕廻《しまい》にねだりこみ（最後に居催促して強談判《こわだんぱん》し）、言葉質とられて（後日の証拠となるような言葉を言って）迷惑せぬやうに、先《さき》（相手・借主）より腹の立つやうに持つてくる時、なほ物静かに（腹立ちまぎれに失言しないように、かえって心を静めて）、義理づめに（理窟づめに）、外《ほか》の話をせず、居間あがり口にゆるりと腰かけて、袋持（皮製の銀《かね》袋を持たせて歩く丁稚《でっち》）に灯挑《ちやうちん》（提灯）消させて、「何の因果に掛商人（掛売の借金とり商人）には生まれきました。月代《さかやき》剃つて正月した事なく、女房どもは銀《かね》親の人質になして（女房を担保にして貸主から金を借り）、（女房に）手代に機嫌とらせ、身過《みすぎ》は（暮らしの立て方は）外《ほか》にもあるべき事」と、科《とが》もなき氏神を恨む。「御内証（お内輪のこと）は存ぜねども、これ（こちら）のご内儀様は仏々《ほとけほとけ》（仏同様）。天井裏にさしたる餅花《もちばな》（柳の枝などに種々の形の小さな餅を花のようにつけたもの）に春の心して（正月になった気分がして）、地鳥《ちどり》の鴨（その土地でとれた鴨）・いりこ・串貝（あわびを竹串にさしたもの）、いづれ人の内は先看掛《まづさかなかけ》（正月用の鳥や魚をつるして、かまどの上に天井から水平に下げておく棹）が目につく物じや。お小袖もなされましたで御座りましよ。今は世間に皆紋所《もんどころ》を、葉付の牡丹と四つ銀杏の丸、女中方の流行物《はやりもの》。その時々に、ならばして（できれば）着たい。女房に衣裳。お松（下女）お仕着《しきせ》は定めて（きっと）柳すすたけ（染物の一種）に、みだれ桐の中型（型紙）で御座ろ。同じ奉公でも、こんなお家に居合はすがその身の仕合《しあは》せ、かたわきには（場末の家では）、今に（いまだに）天人唐草目にしむ（天人唐草模様が見馴れて古くさい）」などと、内儀に物を云はすやうに仕かけて隙《ひま》を入れけれぱ（時間をかければ）、外《ほか》の借銭乞《こひ》のない間を見合はせ、「この暮には何方へも（誰にも）払ひ致さねども、こなた（貴方）は段々ことはりに至極《しごく》いたした（一々道理に納得した）。来春女房どもが参宮いたす遣《つか》ひ銀《がね》（旅費）なれども、この通りは進ずる。残りは又、三月前（節句前）には帳を消し（すっかり清算して）、笑ひ皃《がほ》を見ますぞ」と、百目のうちへ六十目は渡すものなり」。」

この話は大晦日の掛売の代金とりの話だが、一般に借金とりの心構えでもありうるだろう。ただし、女房が立会わない時はどうしたらよいか、西鶴は書いていない。当方が腹立ちまぎれに失言する、その言葉尻を先方にとらえられぬよう、心静かに交渉しなければならぬとは、借金の取立てだけでなく、あらゆる交渉に有益な忠告ではあるまいか。

同じ巻三の第二話に「掛取りにもいろいろの心ざし。手代のわたくし油断すべからず」という話がある。

「つらつら世間を思ふに、随分身になる（役に立つ）手代よりは、愚かなる我子がましなり。子細は（その理由は）自然とまこと（真実）あらはれ、（息子であれば）銀《かね》集まればみな我が物と思ふから、そこそこに（通り一遍に）催促せず。身の働きに私《わたくし》なし（こまめに働いて表裏がない）。さて又召使の若い者、よくよく親方大事に思ひ、身の上（身分の程）を覚悟して、天理（天から付与された本性）を知るは格別、大方は主（主人）の為になる者は稀なり。一日千金の色所（遊里）に遊び、十分請け取る銀《かね》あればその内に不足こしらへ（使いこみ）、あるひは小判の仕掛（売買にさいし値段を銀で定め、支払は金や銭でするとき、金対銀、銭対銀の相場より高く支払うこと）、又は銀子《ぎんす》請け取る掛《かけ》を内へは銭使ふて（相場より安く受け取って私して）帰るなど、親方の確かに知らぬ（確実に知らぬ）売掛は死帳《しにちやう》（回収不能とした帳簿）に付け捨て、さまざまに私する事（私用に費消すること）、いかに気のつく主にてもそれ程にはならぬ者ぞかし。又小商人《あきんど》の小者（丁稚）までも、忙しき中に掛《かけ》あらましにして（掛売の貸金の受取をいい加減にして）、布袋屋（京都五条高倉のかるた屋）のかるた一面（一そろい）買ひて、道ありきありき（歩きながら）八九どうりに心覚へする者、親方に徳（得）はつかぬ事なり。掛乞《かけごい》（掛売の代金受取りの者）にも色々の心ざし、良き者少し。人は盗人火は焼木《たきぎ》の始末と、朝夕《てうせき》気を付くるが胸算用の肝文（肝要）なり。」

西鶴は愚かな息子でも賢い手代よりましというが、本当ではあるまい。愚かの程度にもよるし、道楽息子の方が忠実な手代よりましということもあるまい。西鶴は、使用人に注意、監督が必要と勧告しているにすぎないだろう。これにしても「人は盗人」云々は人を見たら盗人と思え、火を見たら火事と思え、とは当時の諺のようだが、当時はそれほどに人間不信の時代であったのか、と思うと感慨なしとしない。

同じ巻三の第四話「神さへ御目違ひ」の章に「神様のお目違い。見せかけばかり内証のからくり」という話が収められている。

「惣じての事燈台元暗し。大晦日の夜のけしき（様子）、大方に店付《つき》（店構え）の良き商人《あきんど》の宿へ、年徳《としとく》の神（一年中の吉方を司る女神）の役なれば、案内なしに正月仕《し》に入つて見れば、恵方棚は釣りながら、燈火もあげず、何とやら物寂しく、気味の悪しき内なれども（家だが）、爰《ここ》と見立てて入りければ、又外《ほか》の家に行きて相宿（他の年徳の神と相宿）もうれしからず。何と祝ゐけるぞ（どのように正月を祝うのか）と、暫く様子を見しに、門の戸の鳴る度《たび》に、女房びくびくして「まだ帰られませせぬ。再々（たびたび）足をひかせまして（無駄足をおさせして）悲しう御座る」と、いづれにも（誰にも）、同じ断《ことは》り云ひて帰しける。程なく夜半も過ぎ、曙《あけぼの》になれば、掛乞（掛売代金の取立ての人）ども爰《ここ》に集まり、「亭主はまだか、まだか」と、怖しき声を立つる所へ、丁稚大息つぎて（息せききって）帰り、「旦那殿は助松（の宿場）の中程にて、大男が四五人して松の中へ引きこみ、「命が惜しくば」といふ声を聞き捨てにして、逃げて帰りました」と云ふ。内儀驚き、「おのれ、主の殺さるるに、男と生れてあさましや」と泣出せば、掛乞一人一人出て行く。夜はしらりと（白々と）明けける。この女房、人帰りし跡（後）にて、さのみ歎くけしき（様子）なし。時に丁稚、懐《ふところ》より袋（金袋）投げ出し、「在郷もつまりまして（田舎も不景気になりまして）、やうやうと銀三十五匁銭六百取つて参つた」と云ふ。まことに、手だてする（一時しのぎの細工をする）家に使はれければ、内の者まで衒《かたり》（詐欺）同然になりける。

亭主は納戸の隅に隠れゐて、因果物語の書物くり返しくり返し読み続けて、美濃の国不破の宿《しゆく》にて、貧なる浪人の年を取りかね（年を越しかね）、妻子《さいし》刺し殺したる所、殊に哀れに悲しく、「いづれ（このままでも）死にもしさうなるものを（死にそうなものをわざわざ殺すまでもないだろうに）」と、我身につまされ、人知れず泣きけるが、「掛乞はみな了簡《りやうけん》して（諦めて）いに（去り）ました」と云ふ声に、少し心定まりて、ふるひふるひ立出で（ふるえながら納戸を出て）、「さてさて今日一日に年を寄らせし（今一日のために年をとつた）」と、悔みて帰らぬ事を嘆き（悔んだからといって年をとらないわけにはいかないのに、と嘆き）、余所《よそ》には雑煮を祝ふ時分に、米買い、焼木《たきぎ》（薪）とゝのへ、元日も常の食《めし》（ふだんと同じ食事）炊きて、やうやう二日の朝、雑煮して仏にも神へも進じ（供え）、「この家の嘉例にて、もはや十年ばかりも、元日を二日に祝ひます。神の折《を》敷《しき》（神餅を供えるへぎ板の膳）が古くとも、堪忍をなされ」とて、夕飯なしに済ましける。」

年末の掛取りに対する支払の苦労は江戸時代、ごく一般的だったようだが、ここまでくると詐欺も同然、許しがたいと言いながら、納戸に隠れた亭主が、年を越せない浪人が妻子を殺す話に涙を流す、というのは、かなりに痛切な西鶴の皮肉と読んでよいだろう。

4

巻四に入り第二話「奈良の庭竈《かまど》」に次の話がある。「鮹売八助改め足きり八助の由来」と題する。まことにうら佗びしい話だが、ここまでくると、ユーモアが感じられ、『世間胸算用』でも私の好きな話である。

「昔から今に（今まで）、同じ顔を見るこそ可笑《おか》しき世の中、この二十四五年も、奈良通《がよ》ひする肴屋《さかな》ありけるが、行くたびに只一色《ひといろ》（一品）にきわめて（決めて）、鮹《たこ》より外に売る事なし。後には人も鮹売の八助とて、見知らぬ人もなく、それぞれに商ひの道つきて（得意先ができて）、ゆるりと（ゆったり）三人口を過ぎける（家族三人の生計を立てていた）。されども大晦日は銭五百もつて、終《つい》に年を取りたる事なし（大晦日に五百文持って年を越したことがない）。口喰《く》らて一盃《ばい》に（食べるだけで精一杯で）、雑煮祝ふた分なり（元日もやっと雑煮を祝うので精一杯だった）。

この男、常々世渡りに油断せず、一人ある母親の頼まれて（ただ一人の母親の頼みでも）、火桶買ふて来るにも、はや（さっさと）間銭《あい》（手数料）取りて只は通さず（ただでは動かない）。まして他人の事には、とりあげ祖母《ばば》（産婆）呼んで来てやるけはしき（あわただしい）時も、茶漬飯を食はずには（食わせてもらわなければ）行かぬ者なり。いかに欲の世に住めばとて、念仏講（念仏信者の会合。頼母子講の一種）仲間の布（葬式用の白装束や経帷子用に頼まれた奈良晒の布）に利をとる（手数料をとる）などは、まことに死ねがな目くじろの男（死んでくれたらよい、そうしたら目までくりぬいてやろうといわれる男）なり。これほどにしてもあのざま（あんな貧乏暮し）なれば、天の咎めの道理ぞかし。」

ここまでは極端な吝嗇、なお貧乏暮しから抜けられぬ、気の毒だが、世にありえないことではない男の話である。

「そもそも奈良に通ふ時より今に（今まで）、鮹の足は日本国が（国中で）八本に極《きわま》りたるものを、一本づつ切つて足七本にして売れども、誰か（誰一人）これに気の付かぬ事にて売りける。その足ばかりを、松原の煮売屋にさだまつて（きまって）買ふ者あり。さりとは怖ろしの人心ぞかし。」

鮹の足が七本だからといって気づくことがあるまいと足七本の鮹を売り、その足一本をきまって買いとって煮付にして売る者がある、と聞くと、いささか滑稽な感がある。

「物には七十五度とて（物には限りがあるという諺があるが）、必ずあらはるる（露顕する）時節あり。過《す》ぎつる年の暮に、足二本ずつ切りて、六本にして、忙《いそが》しまぎれに（多忙につけこんで）売りけるに、これも詮索する人なく、売つて通りけるに、手貝《てがい》の町（奈良東大寺輾磑《てがい》門西方の町）の中程に、表に菱垣したる内より呼びこみ、鮹二盃売つて出る時、法躰《ほったい》したる親仁《おやぢ》（隠居、隠居すると頭を丸める）ぢろりと見て、碁を打ちさして立ち出《い》で、「何とやら裾のかれたる鮹（何となく裾の方が淋しい鮹）」と、足の足りぬを吟味しだし、「これはどこの海よりあがる鮹ぞ。足六本づつは、神代この方《かた》（以来）、何の書にも見えず。不便《ふびん》や、今まで奈良中の者が、一盃食《く》うたであらふ（鮹一盃とだまされて一杯くうをかけている）。魚屋、皃《かほ》見知つた（顔を覚えたぞ）」と云へば、「こなたのやうなる、大晦日に碁を打つてゐる所では売らぬ」と、言分《いひぶん》してぞ（勝手な理窟をつけて）帰りける。その後、誰が沙汰するともなく世間に知れて、さるほどに狭い所は（狭い奈良の町だから）、角《すみ》から角《すみ》まで、「足切り八助」と云ひふらして、一生の身過《みすぎ》の止まること（生活の手立てのとまったこと）、これ己が心からなり。」

鮹の買手が気づかぬまま、鮹の足一本を切りとって煮売屋に売る、八助のみじめさは哀れでもあり、そのいじましさに笑いを覚えるのだが、この足六本の鮹はどこの海からとれたのだ、こんな鮹は神代以来聞いたこともない、と言って、直接的に八助を咎めない、皮肉たっぷりな隠居も小意気である。

掛売という習慣は現在ではクレジット・カードのような形態に変っているが、敗戦までは珍しいことではなかった。かつて大宮駅前に公論社という良質の小規模書店があり、廃業したときは、日本経済新聞に廃業を惜しむ記事が掲載されたほどだが、私は戦後も数年、大晦日払いの掛売で本を買っていた。大晦日払いを節季払いというが、『世間胸算用』はおおむね節季払いの苦労話である。

同じ巻四の第三話「亭主の入替《いれかは》り」という章がある。

「年の波、伏見の浜にうちよせて、水の音さへせはしき十二月二十九日の夜の下り船、旅人《りよじん》、常より急ぐ心に乗り合ひて、「やれ出せ出せ」と、声々にわめけば、船頭も春知り顔にて（大晦日の近いのを知っているという顔付で）、「我も人も、今日と明日との日なれば、何がさて（とにかく）女在《じよさい》（如才、ぬかり）は御座らぬ」と、やがて纜《ともづな》ときて、京橋（伏見の舟着場、京橋）をさげける（京橋から下っていった）。

不断（ふだん）の下り船には、世間の色話・小唄・浄瑠璃・早物語（早口に息もつがずに語る座頭の芸）、謡に舞に役者の真似、一人も口たたかぬはなかりしに、今宵に限りて物静かに、折々思ひ出し念仏、又は、「長ふもない浮世、正月正月と待つてから、死ぬるを待つばかり」と、世を恨みたる云分《いひぶん》。その他の人々は寝入もせず、皆腹立ち（腹立たし）そふなる顔つきなるに、人の手代らしき男が、おやま茶屋（水茶屋に対し色茶屋をいう、お山は茶屋女）で歌ひ習ひし投げ節を、息の根の続く程張り上げて、相の手を口三味線の無拍子に、頭を振り廻して面《つら》憎し。

程なふ淀の小橋になれば、大間の行燈《あんどう》目あてに、船を艫《とも》より逆下《さかくだ》しにせし時、分別らしき人（思慮ありげに見える人）目を覚まして、「あれあれ、あれを見たがよい。人みなあの水車（淀の河原の水車として知られる）のごとく、昼夜年中油断なく稼ぎければ、大節季の胸算用違ふ事なきに、不断（平生）は手を遊ばして（手をこまねいて）、足元から鳥の立つやうに、ばたくさ（ばたばた）と働きてから、何の甲斐もなし」と、我一人智恵あり顔に云ひける。船中の人々耳を澄まして、「これ尤も」と聞きける中に、兵庫の旅籠屋町の者乗合ひけるが、「只今のお言葉にて、我らが身の上の事に思ひあたりました。浦住居《ずまい》の徳には（おかげで）、生肴《ざかな》のつかみどりの商売して、世渡り楽々としてから、毎年の仕舞（年末の勘定）には少しづつ足らず。この十四五年も迷惑して（途方にくれて）、大津に母方の姨《おば》ありけるが、僅か七十目か八十目か、百目より内のご無心申せしに、年々の事にて、姨《おば》も退屈（飽き飽き）いたされて、「当暮（今年の暮）の合力《がふりよく》（援助）はならぬ」と云ひ切られ、置いたものを取つて来るやうなる心当て違へば、里に帰りてから、年の取りやうなし」と語る。

又一人の男は、「さしわたして（直接）弟を連れて、この度《たび》四条の役者に近付《ちかづき》（知人）ありて、これを頼みにして、芸子（歌舞伎若衆）に出して前銀《がね》借りて、この節季を仕舞ふ（切りぬける）心がけにて上りけるに、思ひの他なる事は、我弟ながら、形（容貌）も人にすぐれて、太夫子《たいふご》（将来立女形《たておやま》になる子）にもなるべき者と思ひしに、「耳少し小さくて、本子《ほんこ》（芸子）には仕立てがたし」と受け取らねば、是非なく（致し方なく）連れて帰る。さてさて世間に人もあるものかな、十一、二、三の若衆下地の子ども（素質のある子）の、随分々々色品《しな》良きを、毎日二十人三十人連れ来たりて、人置《ひとおき》（奉公人紹介業者）が囁くを聞けば、牢人の子もあり、医者の子もあり。さのみ筋目も賤しからぬ人なれども、今年の暮《くれ》を仕舞ひかね（越しかね）、奉公に出せしに、十年切つて（十年の年季奉公の契約をして）、銭一貫から三十目までにて、好きなる子供取りける。色の白き事、賢き事、上方者にはとても及びがたし。つかひ銀《がね》（旅費）を損して帰る」と語りける。

又一人の男は、「親の代より持伝へし日蓮上人自筆の曼荼羅を、かねがね宇治に望みの人ありて、「金銀何程なりとも」と申されしに、その時は売惜《うり》しく、当暮（本年の暮）手前（暮らし向き）さしつまり、はるばる売り払ひに参りしに、この人いかなる故にや、分別（考え）替りて浄土宗になられければ、この名号（阿弥陀仏の称号、曼荼羅に書かれている）手にもとられず、思ひ入れ違ひまして迷惑いたすなり（困惑しています）。外に当所《あてど》も無ければ、宿（わが家）へ帰りてから借銭乞（借金取）にせがまれ、その相手になる事も難しければ（うるさいから）、大坂よりすぐに高野参りの心ざしを、見通《どお》しの弘法大師、さぞおかしかるべし」。

又一人の男は、「春のべの米（年末に米を借り春に支払う約束で借りた米）を、京の織物屋仲間へ毎年の暮に借入れの肝煎《きもいり》（斡旋）して、この間銀《あいぎん》（手数料）を取り、定まつて緩々《ゆるゆる》と（いつもゆっくりと）節季を仕舞ひけるが（越してきたが）、一石につき四十五匁の相場の米を、三月晦日《つごもり》（末）切《ぎり》にして五十八匁に定め、年々貸しけるに、諸職人内談して「一石に十三匁の利銀（利息）三ケ月に出す事は、いかにしてもむごき仕かけ（酷いやり方）、年は何やうにもとられ次第（年は何としてもとることにならざるをえないこと）、この米借るな」と言ひ合せ、切角鳥羽まで積み上《のぼ》したる米を、そのままに預けて帰る」と云ふ。

船中の身の上物語り、いづれを聞きても思ひの無きは一人もなし。

この船の人々、我家ありながら、大晦日に内にゐらるるはあるまじ。常とは変り、我人《われひと》いそがしき中なれば（誰も彼も忙しい時なので）、人の所へも訪ねがたし。昼のうちは、寺社の絵馬も見てくらしけるが、夜に入りて行く所なし。これによつて、大分の借銭肩《お》いたる人は、五節季（年間五度の支払い勘定日、三月三日、五月五日、七月十六日、九月九日の各前日と大晦日）の隠れ家に、心安き妾を《てかけ》かくまへ置きけるといふ。それは手前もふりまはしもなる人の事（経済のやりくりのできる人の事）、貧者のならぬ事ぞかし。「宵から小唄機嫌の人、定めて内証ゆるりと仕舞おかれしや、うらやましや」と訊ねければ、この男大笑ひして、「皆々は大晦日に、我人《われひと》のためになり、内にゐる仕出しを（自分のためにも人のためにもなって、しかも自分は逃げかくれしない工夫を）、いまだご存知なさそふな。この二三年入替りといふ事を分別して（考えだして）、これにて埒をあけける。互ひに懇《ねんご》ろなる亭主、入替りて留守といたし、借銭乞の来る時を見合せ、「お内儀、わたくしの銀《かね》は、外に買がかりとは違ひました（私がお貸しした銀は、ほかの掛買いとは違いますよ）。亭主の腸《はらわた》をくり出して、埒をあくる」と云へば、外の掛乞どもは、中々済まぬ事と思ひ、皆帰りける。これを大晦日の入替はり男とて、近年の仕出し（工夫）なり。いまだ、はしばし（田舎）には知らぬ事にて、一盃くはせける」。」

乗合船の人々の語るしみじみと、苦しい風情が心をうつところ、末尾に至って一転、掛乞撃退の新工夫は見事という他ない。これはほとんど詐欺に近いかもしれないが、西鶴の筆が読ませる話である。

5

巻五の第一話「つまりての夜市」から「食酒は貧乏の花盛り。酒手につまって編笠を市に出す工面」を読む。

「爰《ここ》に火吹く力もなき（火吹竹でかまどの火を吹く力もない）その日過《すぎ》（その日くらし）の釘鍛冶、お火焼《ほたき》（鍛冶の守護神、稲荷神社の御火焼）に稲荷殿へ進ぜたるお神酒《みき》徳利の小さきに、八文づつがはした酒（僅かな代金の酒）、日に三度づつ買はぬといふ事なく、四十五年このかた飲みくらしける。この酒の高、毎日小半《こなから》（一升の四分の一、二合五勺）づつにして、四十石五斗なり。毎日二十四文の銭つもり、つもり、十二匁銭にして銀《ぎん》に直し、四貫八百六十目なり。「この男下戸ならば、これほどに貧はせまじきもの」と笑ふ人あれば、この鍛冶我家おさめたる（我家の切り盛りする）㒵《かほ》つきして、「世中《よのなか》に下戸の建てたる蔵もなし」（貴賤貧富は天命という意）とうたひて、また酒をぞ飲みける。すでにその年の大晦日に、あらましに（あらかた）正月の用意をして、蓬莱は飾りながら、酒小半《こなから》（二合五勺）求むる銭なくて、ことの足らざる宿（わが家）寂しく、「四十五年このかた、一日も酒飲まぬ事のなきに、日もこそあれ（よりによって今日という日に）、元日に酒なくては、年を越したる甲斐はなし」など、夫婦さまざま内談するに、酒手《さかて》の借所なく、質種《しちだね》（質に入れる品物）もなく、やうやう思案めぐらして、過ぎつる暑さをしのぎし編笠、いまだ青々として、そこねもやらず（破れもせず）ありけるを、「これ、来年の夏までは久しき事なり。宝は身のさしあはせ（諺。財宝は持主の身命を救うに役立つべきためのものだの意）、これを売りて、当座の用に立つるより外なし」と、すでに立盛《たちさか》りたる（市が立って繁昌している）古道具の夜市にまぎれて、世間の様子を見るに、大方行く所なき借銭肩《おい》の皃《かほ》つきぞかし。宿の亭主（古道具市の主人）は売口銭（手数料）一割のきほひにかかつて（勢いに乗って）、ふり出しける（手をふってせいだした）。」

ここで種々の品が市で競りおとされるが、やがて、鍛冶屋の編笠になる。

「時に、くだんの編笠出せば、その座に売主の居るもかまはず、「哀れや、哀れや、この笠幾夏か着るためとて、古き小紙（鼻紙用の紙）にて紙袋して入れて、さても始末なやつが売物ぞ」と、三文からふり出して（せり始めて）、十四文に売りて、この銭受けとる時、「これはこの五月に三十六文に買うて、何々の誓文（誓って）、庚申参りに只一度かづき（かぶり）そのまま」と云ひけるも、その身の恥の可笑し。」

三十六文で買って、ただ一度しかかぶらなかった編笠も、いざ売るとなると、僅か十四文、これから一割の手数料をとられる悲しさは、金につまって物を売った者には経験のあるところであり、身につまされるにちがいない。

同じ巻五の第二話「才覚のぢくすだれ」から「分限は生れつきにあり。弟子を知ること師にしかず」はどうか。

「これ思ふに、世はそれぞれに気を付けて、少しの事にても貯へをすべし。分限《ぶんげん》になりける者は、その生れつき各別なり。

ある人の息子、九歳より十二の年の暮まで、手習につかはしけるに、その間の筆の軸を集め、その外、人の捨てたるをもとりためて、程なく十三の春、我手細工にして軸すだれをこしらへ、一つを一匁五分づつの三つまで売払ひ、初めて銀四匁五分儲けし事、我子ながら只者にあらずと、親の身にしては嬉しさのあまりに、手習の師匠に語りければ、師の坊この事をよしとは誉め給はず。「我この年まで、数百人子供を預りて、指南（指導）いたして見及びしに、その方《ほう》の一子の如く、気の働き過ぎたる子供の、末は分限に世を暮らしたるためしなし。又乞食する程の身躰《しんだい》（身代、身分）にもならぬもの、中分《ちうぶん》（中流）より下の渡世をするものなり。かかる事には、さまざまの子細（事情）ある事なり。そなたの子ばかりを、賢きやうに思《おぼ》し召すな。それよりは、手まはし（立ち回り）の賢き子供あり。我《わが》当番（掃除当番）の日は云ふに及ばず、人の番の日も、箒とりとり座敷はきて、数多の子供が毎日使ひ捨てたる反古のまろめたるを、一枚一枚皺のばして、日毎に屏風屋へ売りて帰るもあり。これは筆の軸をすだれの思ひ付きよりは、当分の用に立つ事ながら、これもよろしからず。又ある子は、紙の余慶（余分）持ち来たりて、紙使ひ過して不自由なる子供に、一日一倍ましの利（一日十割の利息）にてこれを貸し、年中に積りての徳（得）、何程といふ限りもなし。これらは皆、それぞれの親の世智《せち》がしこき気を見習ひ、自然と出《い》づる己々（各自）が智恵にはあらず。その中にも一人の子は、父母の朝夕《てうせき》仰せられしは、「外の事なく手習を精に入れよ、成人してのその身のためになる事」との言葉、反古にはなり難しと、明暮読み書きに油断なく、後には兄弟子どもすぐれて能書になりぬ。この心からは、行く末分限になる所見えたり。その子細は、一筋に家業稼ぐ故なり。惣じて親より仕続きたる家職の外に、商売を替へて仕続きたる稀なり。手習子供も、己が役目の手を書く（書をかく、ここでは手習いをする、すなわち読み書き十露盤を習うことを意味するであろう）事は外になし、若年《じやくねん》の時よりすすどく（抜け目なく欲をおこすのは）、無用の欲心なり。それ故第一の（まず）、手はかかざることの（手習いを怠けるのは）あさまし（情ない）。その子なれども（貴方の子供だが）、さやうの心入れ、よき事とは云ひ難し。とかく少年の時は、花をむしり、紙鳥《いか》（いかのぼり、凧をいう）をのぼし、智恵つき時に身を持ち固めたるこそ、道の常なれ。七十になる者の申せし事、行く末を見給へ」と云ひ置かれし。」

学校の成績が良いからといって、財産家になれるとは限らない。まして手習いで良い書をかけても、財産を作る助けにはならない。この老師の言葉は先生の信条であって、世間一般には通用しない。学校秀才は必ずしも社会的に成功するわけではない。これは教師の偏見、独断、希望にすぎないと私には思われるのだが、西鶴は次のとおり、続けて、師匠の見通しが正しかった、と記している。

「師の坊の言葉に違《たが》はず、この者どもわが世を渡る時節になつて（各自独立自活する時分になって）、様々に稼ぐほど成下《なりさが》りて（成上りの反対、おちぶれ）、軸すだれせし者は、冬日和《びより》の道のために、草履の裏に木を付けて履く事仕出し（工夫した）けれども、これも続きて世に流行《はや》らず。また紙屑集めし者は、ちやんぬりの（瀝青を塗った）かはらけ（土器）仕出して世に売れども、大晦日にも灯火一つの身躰（資産）なり。又手習ばかりに勢《せい》を入れたる者（精だした者）は、物事うとく見えけるが、自然と大気《たいき》（気が大きいこと）に生れつき、江戸まはしの油（大坂から菱垣廻船で輸送する油樽）、寒中にも凍らぬ事を分別（工夫）仕出し、樽に胡椒一粒づつ入るる事にて、大分利を得て年をとりけるに、同じ思ひ付きにて、油がはらけ（瀝青を塗った土器）と油樽と、人の智恵ほど違ふたる物はなかりし。」

発明、工夫により社会の需要に応じる物品を考えだすことと手習いに精出すかどうかとは関係ない。私は西鶴の見解に同意できない。ただし、原典の注には、寒中、硯の水の凍るのを防ぐにない。

は酒または胡椒の類を入れたので、油樽に胡椒を入れるのを思いついたのであろう、といった趣旨が記されている。

6

『世間胸算用』は節季払いの習慣があった時代の借金払いの苦労話だから、現代とは習慣が違う。しかし、クレジット・カードをはじめ多重債務に苦しむ人々も少くない。ここに収められた挿話に身をつまされる読者も多いはずである。

『日本永代蔵』

1

『日本永代蔵』は全六巻、各巻五話を収め、全篇三十話から成る。まず巻一、巻頭の「初午《はつむま》は乗《のっ》てくる仕合《しあはせ》」を読む。冒頭の数行は省略する。

「されば、天地は万物の逆旅《げきりょ》、光陰は百代《はくだい》の過客、浮世《ふせい》は夢幻《ゆめまぼろし》といふ。時の間の煙、死すれば何ぞ、金銀、瓦石《ぐはせき》には劣れり。黄泉《こうせん》の用には立ちがたし。然りといへども、残して、子孫のためとはなりぬ。ひそかに思ふに、世にある程の願ひ、何によらず、銀徳《ぎんとく》（金の力）にて叶はざる事、天《あめ》が下《した》に五つあり。それより外《ほか》はなかりき。これにましたる（金銀にまさる）宝船のあるべきや。見ぬ嶋の鬼の持《も》ちし（鬼が島の鬼の持った）、隠れ笠・かくれ簑も、暴雨《にはかあめ》の役に立たねば、手遠き願ひを捨てて、近道に、それぞれの家職（家業）を励むべし。福徳は、その身の堅固《けんご》（身体壮健）にあり。朝夕《てうせき》、油断する事なかれ。殊更、世の仁義を本《もと》として、神仏《しんぶつ》をまつるべし。これ、和国の風俗なり。」

右が序であって、以下肝心の話が始まる。

「折ふしは、春の山、二月初午《はつむま》の日、泉州に立たせ給ふ、水間寺《みづまでら》の観音に、貴賤男女、参詣《まふ》でける。皆、信心にはあらず。欲の道づれ、はるかなる苔路《こけぢ》、姫萩、荻《をぎ》の焼原を踏分《ふみわ》け、いまだ花もなき片里に来て、この仏に祈誓《きせい》かけしは、その分際程に（分相応に）、富めるを願へり。このご本尊の身にしても、独り独りに、返言《へんごん》し給ふも尽きず。「今、この娑婆《しやば》に、摑《つか》みどりはなし。我《われ》頼むまでもなく、土民《どみん》（百姓）は汝にそなはる（お前の天職である）、夫《をつと》は田打《う》ちて、婦《ふ》は機織りて、朝暮《てうぼ》、そのいとなみすべし。一切の人、このごとくと、戸帳《とちやう》ごしに、あらたなるお告《つげ》なれども、諸人の耳に入れざる事のあさまし。」

参詣人の耳に入らないのは、そんな説教を聞きにきたのではないからである。

「それ、世の中に、借銀《かりぎん》の利足（利息）程、怖しきものはなし。この御寺《み》にて、万人借銭《ぜに》する事あり。当年、一銭あづかりて（借りて）、来年、二銭にして返し、百文請取《うけと》り、二百文にて相済ましぬ（二百文で返済する）。これ、観音の銭なれば、いづれも失墜《しつつい》なく（不足なく）、返納したてまつる。をのをの、五銭、三銭、十銭より内（下の金額）を借りけるに、爰《ここ》に、年の頃二十三四の男、産付《むまれつき》太く、逞しく、風俗律義に（身なりは質朴で）」

以下、この男の身なりの叙述があるが、省くこととする。この男が、

「ご宝前《ほうぜん》（仏前）に立寄《たちよ》りて、「借銭《かりぜに》一貫」と云《い》ひけるに、寺役《じやく》の法師、貫《くわん》ざしながら（銭さしに一貫文すなわち千文、実際は九百六十文）相渡して、その国《くに》、その名を尋ねもやらず、かの男、行方《ゆきがた》

知れずなりにき。寺僧集りて、「当山開闢《かいびやく》よりこのかた、つゐに、一貫の銭貸したる例《ためし》なし。借《か》る人、これがはじめなり。この銭、済むべき事とも（返済されるとも）思はれず、自今は（今後は）、大分《ぶん》（多額に）に貸す事無用（禁止）」と沙汰（命令）し侍る。」

現在の超低金利は論外として、通常の金融状況では、金利は年一割か一割五分である。水間寺のばあい、年十割という、途方もない高利である。寺僧は堕落し貪欲、庶民の信心につけこんでいたわけであり、貸した一貫は返済されないのではないか、と心配することからみて、この寺の僧侶たちは信心の力も信じていないようにみえる。

「その人の住所《すみどころ》は、武蔵江戸にして、小網《こあみ》町の末に浦人（漁師）の着《つ》きし舟問屋（廻漕問屋）して、次第に家栄へしを喜びて、掛硯《かけすずり》に、「仕合《しあはせ》丸」と書付《かきつ》け、水間寺の銭を入れ置《お》き、猟師（漁師）の出船《しゆつせん》に、子細（事情）を語りて、百文づつ、貸しけるに、借りし人、自然の福《さいはい》ありけると、遠浦《えんぽ》に聞き伝へて、せんぐりに（先の分から次々に）、毎年集まりて、一年一倍（二倍）の算用につもり、十三年目になりて、元（元金）一貫の銭、八千百九十二貫にかさみ（増え）。」

途中だが、この男は出漁する漁師に仕度金として、百文ずつ十割の利息で貸し、漁師は縁起のいい金だからと言って借りて、漁を終えて帰ると二百文にして返済したのであろう。一年に二倍ずつになれば十三年たつと八千百九十二貫になることは計算どおりであり、これを水間寺に返済しても、廻漕業として漁師との取引が当然多くなるから、なお取引による利潤もあげたはずであ

る。そこで、

「東海道を、通し馬につけ送りて、御寺に積み重ねければ、僧中（全僧侶）、横手打ちて（感嘆して）、その後、詮義あつて、「末の世の、語り句になすべし」と、都より数多《あまた》の番匠《ばんじやう》（大工）を招きて、宝塔を建立、有難き御利生なり。

この商人、内蔵には常燈の光、その名は網屋とて、武蔵に隠れなし。惣じて、親の譲りを受けず、その身才覚にして、稼ぎ出し、銀五百貫目よりして、これを分限といへり。千貫目の上を、長者とは云《い》ふなり。この銀の息《いき》よりは（この銀の精の息吹から利は利を生んで）、幾千万歳楽と祝へり（幾千万貫目の長者になるやも知れぬと繁昌を祝った）。」

いったい、毎年一貫に対し二貫を返しては、また一貫を借りたのでは十三年間かかっても二十六貫にしかならない。網屋は十三年間水間寺に返済せず、寺に代って毎年十割の利息を稼ぎ、これを複利で運用したわけである。本来、この借銭は毎年返済すべきもので、複利で運用することは慣行ではなく、一年ごとに十割の利息とともに返済すべきもののはずだが、とくにそうと定めていなかったのであろう。

水間寺の貪欲、堕落もさることながら、これを利用した網屋の才覚が商人の誉れにちがいない。

2

巻一の第二話「二代目に破る扇の風」は一代で二千貫を作って八十八歳で死んだ男の跡とりの話である。父親の死んだときは二十一歳、「生れ付《つき》たる長者」だが、「親にまさりて始末（節約）を第一にして、あまたの親類に、所務《しよむ》分けとて（形見分けとしても）、箸かたし散《ちら》さず（箸一本渡さず）」、質素に暮らしていたところ、嶋原の花川という女郎に宛てた手紙を拾い、あけてみると一歩金がころがりでた。差出人に返したいと思ったが、誰に返してよいか分らないので、ともかく花川に渡してやろうと考え、家を出た後、「この一歩、只返すも、思へば惜しき心ざし出《い》でて、五七度も、分別変へけるが、程なく、色里の門《もん》口につきて、すぐには入《はい》りかね、しばらく立ちやすみ」逡巡したあげく、中に入り、「あなたこなたに、尋ねあたり、様子を聞けば、二匁（揚銭二匁）どりの、端傾城《はしけいせい》（下級の遊女）なるが、この二三日、気色悪《きしよくあ》しくて、引籠り居らるる由、そこそこに（いい加減に）、語り出ければ、かの文届《ふみとど》けず帰りさまに（帰りぎわに）、思ひの外《ほか》なる浮気おこりて、「元（元来）、この金子、我物にもあらず、一生の思ひ出に、この金子切《きり》（限度として）に、けふ一日の遊興して、老《を》ひての咄《はなし》の種にも」と思ひ極《きは》め」たのが、この男の一生を反転させることとなった。

「揚屋の町は思ひもよらず、茶屋にとひ寄り、藤屋《ふぢや》彦右衛門といへる二階にあがり、昼のうち九夂のお方《かた》（遊女）を、呼《よ》びてもらひ、飲みつけぬ酒に浮かれて、これより手習ふはじめ、情文《なさけふみ》（恋文）の取《とり》やりして、次第のぼりに（次第に格上の女郎を買うようになり）、太夫残らず買出《い》だし、時なる哉、都の末社四天王、願西《ぐはんさい》・神楽《かぐら》・あふむ・乱酒《らんしゆ》（上記は太鼓持四人）に育てられ、まんまと、この道に賢くなつて、後には、色作る男（しやれ男）の仕出し（おめかし）も、これ（この男）が真似して、扇屋の恋風《こひかぜ》様と云はれて、吹揚《ふきあげ》（財産を女に入れあげ）、人は知れぬ物かな。見及びて四五年このかたに。二千貫目、塵も灰もなく、火吹力《ひふくちから》（生計を立てる力）もなく、家名《いへな》の（家名のゆかりの）古扇残りて、「一度《ひとたび》は栄へ、一度は衰《おとろ》ふる」と、身の程を謡《うたひ》うたひて、一日暮しにせしを、見る時、聞く時、「今時は儲《まふ》けにくひ銀《かね》を」と、身を持かためし鎌田やの何がし、子供に、これを語りぬ。」

ふと魔がさしての女郎買いが、次第に我を忘れて、財産を蕩尽するに至る、人間の誘惑に対する心の弱さを描いた作と思われる。この話については津田左右吉が『文学に現はれたる国民思想の研究』に「平民の最も貴しとする金銀は、そも〳〵何のために貴いのであるか。「世に銭ほどおもしろきものは無し」（永代蔵巻四）といふのは、必ずしも「銀つかうて遊ぶ」（俗つれ〴〵巻四）ためばかりでなく、富を得またはそれを増殖することに大なる興味があるからでもあるが、ひたすらに貯蓄につとめて余念の無いものは、寧ろ軽侮嘲笑せられ、さういふものが思ひの外の機会から遊蕩に身を持ち崩して産を失ふ話（永代蔵巻一）さへ、作られてゐるのを見ると、畢竟は金銭といふものを以て、我が身の贅沢をして浮世の歓楽を購ふためのものとせられてゐたことがわかる。」（「平民文学の時代」第一節第十五章）それもそうかもしれないが、私には、誘惑に弱い人の心の哀れさを描いたのだという感がつよい。

3

巻一の第三話「浪風静《しづか》に神通丸《じんづうまる》」中に次の話がある。

「すぎはひは草ばふきの種（身過ぎは草の種ほど多いという意の諺）なるべし。この浜（大坂・北浜をいう）に、西国米水揚《さいごくまいみづあげ》（陸揚げ）の折ふし、こぼれすたれる筒落米《つつをこめ》（米さしの筒からこぼれ落ちた米）を、はき集《あつ》めて、その日を暮らせる老女ありけるが、形ふつつかなれば、二十三より後家となりしに、後夫《こうふ》となるべき人もなく、ひとりある世倅《せがれ》を、行末の楽しみに、悲しき年を経《ふ》りしに、何時《いつ》の頃《ころ》か、諸国改免《しよこくかいめん》（幕府の命令で、ある期限内に売買・貸借・質入れなどの権利・義務を破棄すること、徳政）の世の中すぐれて（豊作で）、八木《ばく》、大分この浦に入舟《ふね》、昼夜に揚《あげ》かね、かり蔵せまりて（臨時に借りた蔵も一杯になって）、置くべき方《かた》もなく、沢山に取直し（積直し）捨《すた》れる米を、塵塚まじりに（塵芥まじりに）、掃き集めけるに、朝夕に食ひ余して、一斗四五升たまりけるに、これより欲心出来《いでき》て、始末をしけるに、はや年中に、七石五斗のばして（残し増やして）、ひそかに売《う》り、明《あけ》の年、なを又、のばしける程に、毎年かさみて、二十余年に、胞《ほそ》くり金（ひそかな貯え）、十二貫五百目になしぬ。その後、世伜《せがれ》にも、九歳の時より、遊ばせずして、小口俵（俵の小口に詰める藁蓋）のすたるを（捨ておかれたのを）、拾ひ集《あつ》めて、銭ざしをなはせて、両替屋・問屋に売らせけるに、人の思ひ寄らざる銭儲《ぜにまふけ》して、我手より稼ぎ出し、後には、慥《たし》かなる方《かた》へ、日借《ひがし》の小判、当座貸しのはした銀《かね》、これより思ひ付きて、今橋の片陰《かたかけ》に、銭見せ（銭店）出しけるに、田舎人立寄《たちよ》るにひまなく、明《あけ》方より暮方まで、僅かの銀子《ぎんす》とりひろげて（僅かの銀貨を資本として何倍にも運用して）、丁銀《てうぎん》（なまこ形の銀貨）こまがね（細銀）かへ、小判を大豆《まめ》板に替《か》へ、秤にひまなく、かけ出し、毎日毎日積りて、十年経《た》たぬ中《うち》に、中間《なかま》商《あきなひ》のうはもり（本両替屋間の第一人者）になつて、諸方に借帳《かしちやう》、我《わが》方へは、借る事なく、銀《かね》替の手代、これに腰をかがめ、機嫌をとる程になりぬ。小判市も、この男買出《い》だせば、俄かにあがり、売出《い》だせば、忽ち、さがり口になれり。」

「昔の事は、云ひ出す人もなく、歴々の聟となつて、家蔵数をつくりて、母親の持たれし筒落掃《つつをはき》蕊箒子《しべははき》（米さしの筒からこぼれ落ちた米を掃きよせる藁しべ箒）、「渋《しぶ》団扇は貧乏招く」と云へども、この家の宝物とて、乾《いぬゐ》の隅に、納め置かれし。諸国を巡りけるに、今もまだ、稼いで見るべき所は、大坂、北浜、流れありく銀《かね》もありといへり。」

こぼれ米を拾い集めることから、金銀相場を左右するまでの大尽になるお伽噺《ときばなし》のような話だが、出世譚として興味ふかいので紹介してみた。

4

同じ巻一から更に引用するより、巻二以下に進みたいのだが、同じ巻一中の次の「昔は掛算今《かけざん》は当座銀《たうざぎん》」に三越の創業時の様子が語られているので、読んでおきたい。

「三井九郎右衛門と云ふ男、手金《てがね》（手許の金）の光、昔小判（慶長小判）の、駿河町と云ふ所に、面《おもて》九間に四十間に（間口九間、奥行四十間に）、棟《むね》高く、長屋作りして、新棚《しんだな》（新店）を出《い》だし、萬《よろづ》現銀売《げんぎん》に（定価販売とし）、掛値《かけね》なしと相定め、四十余人、利発手代を追まはし、一人一色の役目、たとへば、金襴類一人、日野・郡内《ぐんない》絹類一人、羽二重《はぶたえ》一人、沙綾《さや》類一人、紅《もみ》類一人、麻袴類一人、毛織類一人。このごとく、手分けをして、天鳶兎《びろうど》一寸四方、緞子《どんす》、毛貫袋《けぬきぶくろ》になる程、緋《ひ》繻子《じゆす》、鑓印長《やりしるしたけ》、龍門の袖覆輪《そでふくりん》かたかたにても、物の自由に売渡しぬ。殊更、俄《には》か目見《みへ》（浪人などの仕官がきまり急にお目見得するさいの）の熨斗目《のし》（礼服）・急ぎの羽織などは、その使《つかひ》を待たせ、数十人の手前細工人（抱えの仕立職人）、立《たち》ならび、即座に仕立て、これを渡しぬ。さによつて、家栄へ、毎日、金子百五十両づつ、ならしに（平均して）商売しけるとなり。」

以下は略す。わが国の商家における定価販売が何時始まったか、私は充分な知識がないが、ここで西鶴が特筆していることからみれば、三井八郎右衛門（西鶴が九郎右衛門と書いているのは誤り）が最初だったのではないか。豊富な品揃え、一人の手代が一品を扱えば自らその商品に詳しい知識をもて、顧客を満足させるだろうし、数十人の仕立職人を抱えて、即座に仕立てて渡すことなど、大いに需要者の要請に応えたにちがいない。毎日百五十両平均の売上があったというのも驚異だが、何よりも定価販売を貫徹することの難しさを考えると、三井八郎右衛門の卓抜な発想に感心する。定価は、原価に適当な利益を上乗せした価格で、かつ、顧客が納得する価格でなければならない。顧客が買ってくれる価格を原価にどれほど利益を上乗せした額とすべきか、見切らねばならない。顧客からみれば、買うさいに不当に儲けられていないという安心感を与えるような信用がなければならない。本来、売手と買手との間の需要供給の力関係で、商品の値段は決まって当然である。だから、一律の定価販売は非常な冒険である。値段は買手が相当、合理的と考える額でなければならない。三井八郎右衛門のような商人の出現によって、商業は発達してきたにちがいない。

5

巻二の第一話は「世界の借屋大将」と題されている。

「「借屋《しやく》請状之事、室町、菱屋《ひしや》長左衛門殿借屋に、居申され候は藤市《ふぢいち》と申す人、慥《たし》かに、千貫目御座候」。「広き世界に、ならびなき分限我《ぶんけん》なり」と自慢申せし。子細は、二間《けん》口の棚借《たながり》（借家）にて、千貫目持《も》ち、都の沙汰になりしに、烏丸通に、三十八貫目の家質《かじち》（家屋敷を抵当にとって金を貸すこと）を取《と》りしが、利銀つもりて（利息がかさんで）、おのづから流れ（質流れとなって藤市の所有になった）、始めて家持《いへもち》となり、これを悔みぬ。今までは、借屋に居ての分限、と云はれしに、向後《きやうかう》（今後は）、家あるからは、京の歴々の内蔵の塵埃《ちりほこり》ぞかし。」

借家に住んでいたからこそ借家住まいの分限者と云われたのに、持家に住んだのは多数の家持の分限者の中の塵埃にすぎなくなってしまった、と藤市は嘆いたのである。

「この藤市、利発にして、一代のうちに、かく、手前（暮しむき）富貴になりぬ。第一、人間堅固なるが、身を過ぐる元なり。この男、家業の外《ほか》に、反故《ほんこ》の帳をくくり置《お》きて、見世（店）を離れず。一日《じつ》（終日）筆を握り、両替の手代通れば、銭小判の相場を付置《つけお》き、米問屋の売買《うりかい》を聞合せ、木薬屋《きぐすり》（薬種問屋）・呉服屋の若ひ者に、長崎の様子を尋ね、繰綿《くりわた》（精製していない綿）・塩・酒は、江戸棚（店）の状日（飛脚の到着日）を見合せ、毎日、万事を記し置けば、紛《まぎ》れし事は爰《ここ》に尋ね、洛中の重宝《ちようほう》になりける。」

藤市は情報の重要性を知った先覚者だったにちがいない。他人に無償で情報を提供したかもしれないが、自らも利用したであろう。

以下、藤市の生活が語られるが、その一部を引用する。

「夏になり、東寺あたりの里人、茄子《なすび》の初生《はつなり》を、目籠に入て売来たるを、七十五日の齢《よはひ》、これたのしみのひとつは二文、二つは三文に、直段（値）を定め、何《いづ》れか、二つとらぬ仁《ひと》はなし。藤市は、ひとつを二文に買《か》ひて、云へるは、「今一文で、盛《さかり》なる時は、大きなるがあり」と、心を付《つく》る程の事、悪しからず。」

「七十五日の齢」とは、初物をたべれば、七十五日、寿命が延びるとの俗信。「心を付る」とは配慮する、といったほどの意味であろう。娘の教育についてはこう語られている。

「何より、我子を見る程、面白きはなし。娘、おとなしく（大人らしく）なりて、頓《やが》て、嫁入屏風を拵《こしら》へとらせけるに、「洛中尽《づくし》を見たらば、見ぬ所を歩行《ありき》たがるべし。源氏・伊勢物語は、心のいたづら（ふしだら）になりぬべき物なり」と、多田の銀山《かな》、出盛《でさかり》し有様書《かか》せける。この心からは、いろは哥を作りて誦《よま》せ、女寺《をんなでら》（寺小屋）へも遣《や》らずして、筆の道を教へ、ゐひもせす京の、かしこ娘となしぬ。」

「京」は「いろは歌」の最後に添える語で、これを京都にかけた文である。藤市自身は明らかにかなりの教養人である。

「親の世智なる事（せちがらいこと）を見習ひ、八才より、墨に袂をよごさず（手習ひを始めず）、節句の雛遊びを止《や》め、盆に踊らず、毎日、髪かしらも自《みづか》ら梳《す》きて、丸曲《まるわげ》に結《ゆ》ひて、身の取廻し

（身仕舞）、人手にかからず、引ならひの真綿も、着丈の竪横を出《で》かしぬ。いづれ、女の子は、遊ばすまじき物なり。」

「引ならひの真綿」とは衣類に入れるために真綿を塗桶にかぶせて引伸すことをいう。「着丈の竪横」とは着る人の寸法に合わせて縦横をきちんと整えた、の意のようである。

さて、この話の掉尾が見事である。

「折ふしは正月七日の夜、近所の男子を、藤市かたへ、長者になりやらの指南を頼むとて、遣《つか》はしける。座敷に燈《ともしび》かかやかせ（輝かせ）、娘を付置《つけお》き、「露路の戸の鳴《な》る時《とき》知らせ」と申し置きしに、この娘、しほらしくかしこまり、灯心を一筋にして（数本を一本にして、客のくるのを待つ）、物申《ものまう》の声する時、元のごとくにして、勝手に入りける。三人の客、座に着く時、台所に、擂鉢の音、響き渡れば、客、耳をよろこばせ、これを推（推量）して、「皮鯨の吸物」と云へば、「いやいや、はじめてなれば、雑煮《ざふに》なるべし」と云ふ。又ひとりはよく考《かんが》へて、「煮麺《にうめん》」と落ち付ける。必ず云ふ事にしておかし。藤市出《い》でて、三人に、世渡りの大事を、物語りして聞せける。一人申せしは、「今日の七草といふ謂《いはれ》は、いかなる事ぞ」と尋ねける。「あれは、神代《かみよ》の始末はじめ、増《ぞう》水《すい》（雑炊）と云ふ事を知せ給ふ」。又一人、「掛鯛《かけだい》を六月まで、荒神の前に置きけるは」と尋ぬ。「あれは、朝夕に肴を喰《く》はずに、これを見て、喰《く》うた心せよと云ふ事なり」。又、太箸をとる由来を問《と》ひける。「あれは、穢《よご》れし時白《しら》げて、一膳にて、一年中あるやうに、これも神代の二柱《はしら》を、表《ひょう》すなり。よくよく、万事に気を付《つ》け給へ。」」
荒神は火の神、小鯛二尾を藁縄に通してかまどの上に掛け、六月一日に食べる慣しがあった。太箸は雑煮箸、折れることを嫌って長く丸く作った。神代の二柱はイザナギ、イザナミの二神。一対の太箸は二柱の見立て。

ここで前述の言葉に続けて藤市がしめくくりの言葉を話す結末となる。

「「さて、宵から今まで、各《おのおの》咄し給へば、最早、夜食の出《い》づべき所なり。出さぬが、長者になる心なり。最前《さいぜん》の擂鉢の音は、大福帳の上紙《うはかみ》に、引《ひく》糊を摺《す》らした」といはれし。」

私は、藤市が夜食を供しなかったのが吝嗇のためだとは考えない。当時は朝夕二食が普通であった。長者になるためには、夜、さらに雑煮などを御馳走になる、といったさもしい根性であってはならない、と教えたのである。

藤市は考え方がまことに合理的であり、元禄期、発展する商業を推進した精神を体現している感がある。

6

巻三の第一話「煎《せん》じやう常とはかはる問薬《とひぐすり》」は冒頭に「長者丸《ちやうじやぐはん》（長者になるための丸薬）」の方《はう》

組《ぐみ》（処方箋）を説いている。「問薬」とは、病状を判断し治療の適否をみるために試みる薬をいう。

「「△朝起《あさおき》五両　△家職（家業に精出すこと）二十両　△夜詰《づめ》（夜なべ）八両　△始末（節約）十両　△達者（健康）七両、この五十両を細《こまか》にして（粉末にして）、胸算用・秤目《はかり》（心の中の計算、薬でいえば重量）の違ひなきやうに、手合《あはせ》（調合）念を入れ、これを朝夕呑込《のみこ》むからは（服用すれば）、長者にならざると云ふことなし。

然れども、これに大事は、毒断《どくだち》あり、○美食・淫乱・絹物を不断着《ふだんぎ》　○内儀を乗物全盛、娘に琴、哥賀留多《うたかるた》　○男子《むすこ》に万の打囃《はやし》（笛、太鼓など）　○鞠《まり》・楊弓・香会《かうぐはい》・連俳　○座敷普請（建築）・茶の湯数奇《ずき》　○花見・舟遊び・日風呂入（日中の入浴）　○夜歩行《ありき》・博奕《ばくち》・碁・双六《すごろく》　○町人の居合（抜刀術）・兵法　○物参詣《まうで》・後生心（後世の安楽を願う心）　○諸事の扱《あつか》ひ（調停）・請判《うけはん》（保証）　○新田の訴詔《そせう》事・金山の中間入（鉱山開発を共同でする仲間になること）　○食《け》酒（食事の時の飲酒）・莨菪《たばこ》好・心当《あて》（目的）なしの京のぼり　○勧進相撲の銀本《かねもと》（金主）・奉加帳の肝入（世話人）　○家業の外の小細工（こせこせめぐらす策略）・金の放《はなし》目貫《ぬき》（刀、脇差の柄《つか》につける装飾用の金具である目貫を金で作ること）　○役者に見知られ、揚屋に近付《ちかづく》　○八より高借銀（銀百匁に月銀八分より高い利息の借金）、先《まづ》、この通りを、班猫《はんめう》・砒霜石《ひさうせき》（いずれも毒薬）より怖《おそろ》しく、口にて云ふもさておき、心に思ふ事もなかれ」と、小《ちい》さき耳に小語《ささやき》給へば、これ皆、金言と悦び、かの福者の教に任せ、朝暮油断なく、所は御江戸なれば、何をしたればとて、商《あきなひ》の相手はあり。」

富貴になるのは難しいが、富貴を維持することはもっと難しいようにみえる。この金言を小声で耳元でそっと囁いたというのがいかにも可笑しい。

肝心の話は巻一の第三話「浪風静に神通丸」と似ているが、ともかく、紹介する。

日本橋の南詰に一日立ちつくしても銭一文拾えない、「「種蒔《ま》かずして、小判も、一歩《ぶ》も、はへる例《ためし》なし。何とぞ只取る事を」と、気を付け、心を砕く中に、屋形（大名屋敷）々に行《ゆ》きて、殿作り（御殿建築）仕《し》舞ひ、大工・屋根葺、おのがひとつれに（おのおの一団になって）、二百、三百人、辰巳《たつみ》あがりなる（かん高く、下品な大声で）高咄し、逆鬢《さかびん》（油気がなくなって髪が前にそそげていること）にして、天窓《あたま》つき（髪の形）おかしく、衣裏《えり》（襟）の汚《よご》れ着《き》る物《もの》、袖口のきれたる羽織の上に帯して、間棹《けんざほ》（測量竿）、杖に突《つ》くもあり、大方《かた》は懐手《ふところで》、腰の屈みし後付《うしろ》、その職人とは、看板なしに知れける。跡より番匠童《ばんじやうわらは》（大工の見習）に、鉋木屑《かんなくづこつば》をかづかせけるに、可惜《あたら》（もったいないことに）、檜の木の切々《きれぎれ》、落ちて捨《すた》るをかまはず。「これらまで大様なる事（けちけちせず気の大きいこと）、天下の御城下なればこそ」と思はれ、これに気を付《つ》けて、一つ一つ拾ひ行《ゆ》くに、駿河町の辻より、神田の筋違橋までに、一荷に余る程、取集め、そのまま、これを売りけるに、二百五十文手取して、足許にかかる事を、今まで知らぬ事の残念と、その後は、日毎に暮《くれ》を急ぎ、大工衆の帰りを見合はせ、その道筋にある程、拾ひけるに、五荷より少き事なし。雨の降る日は、この木屑より、箸を削《けづ》りて、須田町・瀬戸物町の青物屋に卸し売《うり》。箸屋甚兵衛と、鎌倉河岸《がし》にかくれなく、次第分限《ぶんげん》となりて、後はこの木切《ぎれ》、大木となりて、材木町に大屋敷を求め、手代ばかりを三十余人抱へ、河村・柏木・伏見屋にも、劣《をとる》まじき木山をうけ（山主と契約して材木伐採権を確保し）、心の海広く、身躰《しんだい》（資産）真艫《まとも》の風、帆柱の買置きに、願ひのままなる利を得て、幾程なく、四十年のうちに、十万両の内証金（貯蔵金）、これぞ、若い時呑込し、長者丸の験《しるし》なり。」

木屑を拾い集めたのは箸屋を始めるさいの元資を作るためで、何時までも木屑を拾っていたわけではあるまい。ただ、こうして他人の捨てた物を拾って資金を作ることは長者丸にはなかったはずである。その後どうしたか。

「今は七十余歳なれば、少しの不養生も、苦しからじと、はじめて、上下共に、飛驒紬《ひだつむぎ》に着替《きかへ》、芝肴《しばさかな》も、それぞれに喰覚《くひおぼ》へ、築地の門跡（西本願寺別院）に日参して、下向に（帰り道に）、木引町の芝居を見物、夜は碁友達を集め、雪のうちには、壺の口（新茶の壺の口）を切り、水仙の初咲《はつざき》、投入花のしほらしき事ども。いつ習ひ初められしも、見えざりしが、銀《かね》さへあれば、何事もなる事ぞかし。」

こうした事柄は、長者丸では禁止されているはずだが、西鶴は気にしていないようである。

7

巻三の第五話「紙子身躰《かみこしんだい》の破れ時」は呉服屋忠助の話である。

紙子は紙製の着物、厚紙に柿渋を塗り、日干しにした後、夜露にさらし、揉み柔げて作った衣服をいう。駿河本町で安部川紙子に皺をつけて縮緬状にし、さまざまの小紋をつけて売出し、三十余年の間に千貫目の資産を作ったのが、忠助の先代である。忠助は相続して三十年、無分別な商売によって財産をつかいはたし、浅間神社の前の町はずれに借家住居となれば、親類からも、手代たちからも見放され、正月の鏡餅も見たことなく悲しい月日を送っていた。

「世上は、いそがはしき師走にも、隙《ひま》にして、両隣集り、暮近き年詮索、各々《おのおの》、忠助をさして、「こなた（あなた）も、若ひやうに見えてから、皃《かほ》に古めきたる所あり、殊更、成人の子供達（があるのだから）、大かた、中つもり（おおよその見当）にも違ふまじ。四十八九か」。忠助、機嫌変りて（機嫌を損ねて）、「歴々のお目違ひ、私事、当年三十九に罷《まか》りなる」といふ。いづれも合点《がてん》せず（納得せず）、「いかにしても、三十九・四十にしては、請取《うけと》りがたし。物は、ありやうに（ありのままに）語り給へ」と、皆々問《と》ひつめられ、「年は四十七なれども、三十九がまこと」と云ふ。その子細《しさい》を聞けば、「元日に、雑煮も祝はず、初着物もせず、松飾りは、思ひも寄らず、え方（恵方、歳徳神のいる方角）が東やら、南に梅が咲くやら、暦さへ持たずして、年をとらぬ年が、八年あるによつて、四十七ながら、三十九じや」と大笑ひして暮れける。」

忠助は貧乏を冗談にする心のゆとりをもっている。忠助が、遠江の新坂あたりまでの路銀があれば、忽ち分限になる覚えがあるというので、近隣の人々が援助して、忠助を送りだす。忠助は佐夜の中山の岑《みね》の観音（曹洞宗観音寺）に参詣、「我一代、今一たびは、長者になし給へ、子供が代《よ》には、乞食《こつじき》になるとも、只今助け給へ」と祈願して鐘をつく。「駿河に帰りて語れば、聞く人毎に、「その心からあれ（そんな心がけだから、落ちぶれたのだ）」と、指をさしける」という。ところが、乞食になってもよいはずの子供の縁で、忠助の運が開けることとなる。

「此所は、桑の木の指物《さし》・竹細工、名人あり。忠助、これを見習ひ、鬢《びん》水入・花籠を作りて、十三になる娘に、府中の通り筋へ、売《うり》に出し、その日をなりわひに、送りけるに、この娘、親に孝なる事、国中にかくれなし。然も、その形《かたち》うるはしく、気を留《と》めて見る程美女なり。ある時、江戸の福人（裕福な人）、伊勢参宮の下向に、これを見そめ、親もと尋ね貰ひ、独りある子の嫁になし、その後、忠助夫婦一家《け》残らず東武へ引越し、子にかかる（子の世話になる）時を得て（幸運に恵まれて）、一生楽々と送りぬ。美目《みめ》は果報の一つと、これを聞き伝へて、随分、女子を大事に生育《そだて》けれども、安倍川の遊女は知らず、遂に、好女《よき》見た事なし。兎角、美形《びけい》はないものに極《きは》まり。これを思ふに、唐土《もろこし》、龐居士《ほうこじ》が娘の霊照女《れいせうぢよ》は、悪女なるべし。美形ならば、よもや、籠は売《うら》せてはおかじ。」

龐居士は唐代の人、馬祖道一禅師、俗称馬氏に参禅して悟入し、家財を西湖に投じて乞食となり、娘の霊照女も参禅、父の作った竹籠を売って父娘は生活したという。美貌に生れつくかどうかは前世の因果である。遊女に美女はいても、素人には美女はいない、というのが当時の常識であったそうである。

忠助は幸運であったといえばそれまでだが、貧乏を冗談にする心のゆとりをもっており、近隣の貧しい人々からも愛され、子の代は乞食になってもいい、もう一度自分だけは分限者にしてほしいと願う正直な気持をもつ人物だからこそ、幸福な晩年を送ることができたということができるだろう。西鶴は金儲けの上手な人よりも、むしろ忠助のような人物が好きだったのかもしれない。「煎じやう常とはかはる問薬」の金言にいわれたような心がけで分限者になったような人物は、じつは嫌いだったのではないか。

8

巻四の第一話「祈るしるしの神の折敷《をしき》」は染物を業とする桔梗屋の話である。

「爰《ここ》に、桔梗屋とて、纔《わずか》なる染物屋の夫婦、渡世を大事に、正直の頭《かうべ》をわらして（心を砕いて）、暫時《ざんじ》も只居《ただゐ》せず（無為に過さず）、稼げども、毎年、餅搗《つき》遅く、肴掛《さかなかけ》（正月用の食品をつるす竿）に鰤《ぶり》もなくて、春を待つ事を悔みぬ。宝《たから》船を敷寝にして（宝物の摺物を枕の下に敷く）、節分《せつぶん》大豆をも、「福は内に」と、随分うつ甲斐もなく、貧より分別変りて（貧乏のため考えが変って）、「世は皆、富貴の神仏を祭る事、人のならはせなり。我は又、人の嫌へる貧乏神をまつらん」と、おかしげなる藁《わら》人形を作りなして、身に渋帷子《しぶかたびら》を着せ、頭《かしら》に、紙子頭巾を被《かぶ》らせ、手に破れ団扇《うちは》を持たせ、見苦しき有様を、松飾りの中に、なおして（安置して）、元日より七種《ななくさ》まで、心にある程のもてなし、この神、うれしきあまりに、その夜、枕元にゆるぎ出《い》で、「我《われ》年月、貧家をめぐる役にて、身を隠し、様々悲しき宿の、借銭の中に埋《うづ》もれ、悪さする子供を叱るに、「貧乏神め」と、あて言《こと》（あてこすり）を云はれながら、分限なる家に、不断、丁銀《てうぎん》かける音、耳にひびき、癪《しやく》の虫がおこれり。（中略）その方、心にかけて、貧乏神を祭られ、折敷《へしき》（片木《へぎ》を四方に折り廻して作った食器をのせる角盆）に居《すはり》て物喰《く》ふ事、前代、これがはじめなり。この恩賞、忘れがたし。この家に伝はりし貧銭を、二代長者の奢り人（奢った長者の二代目）に譲り、忽ちに繁昌さすべし。それ、身過《すぎ》は色々あり。柳はみどり花は紅《くれな》ゐ」と。」

ここで夢が覚めるのだが、「折敷に居りて物喰ふ事、前代、これがはじめなり」の意味が私には理解しにくい。「貧乏神に供えた膳の前に坐って物を食うことは前代未聞、初めてのことだ」といった趣旨であろうか。

「二三度、四五度繰返し、あらたなる御霊夢、覚めても、これを忘れず。有難く思ひ込み、「我、染物細工なるに、くれなゐとのお告《つげ》は、正しく紅染《もみ》の事なるべし。然れども、これは小紅屋《こべに》と云ふ人、大分仕込して（他の染物屋からも仕入れて）、世の自由をたしぬ（世間の需要を満している）。それのみ（それのみならず）、近年、砂糖染（黒糖色に似た染物）の仕出し（工夫）、重《おも》ひ智恵者の京なれば、大方の事にて利を得る事、思ひも寄《よ》らず」と、明暮《あけくれ》、工夫を仕出し、蘇枋木《すおうぎ》の下染《ぞめ》、その上を、酢にて蒸しかへし、本紅《ほんもみ》の色に変《か》はらぬ事を思ひ付き、これを秘密して染込《こ》み、自《みづか》ら、歩《か》行荷物《ち》して、江戸に下り、本町の呉服棚に売りては、登商《のぼりあきなひ》（京上りの商売）に、奥筋《おくすじ》（奥州）の絹綿とととのへ、さす手、引手に（すべての行動に）、油断なく、鋸商《のこぎりあきなひ》（往復の商売）にして、十年経《た》たぬうちに、千貫目余の、分限とはなりぬ。この人、数多の手代を置きて、諸事さばかせ、その身は楽《たのしみ》を極《きは》め、若ひ時の辛労《しんらう》を、取りかへしぬ。これぞ人間の持様《もちやう》（人としての処生法）なり。」

貧乏神を祀るという発想が独自だから、夢のお告を得たともいえるが、貧乏神を祀らずとも、彼の才覚で新製品を工夫し、商売繁昌したにちがいない。こうした独創性のある人物こそが、西鶴が好きな型の人物であった。

この話は結びに一般論を述べているので、まとめとして読むこととする。

「たとへば、万貫目持《も》ちたればとて、老後まで、その身を使ひ、気をこらして（あくせくして）、世を渡る人、一生は夢の世とは知らず、何か益あらじ。されば、家業の事、武士も、大名は、それぞれ国に伝はりて（それぞれの領国に知行が世襲されて）、願ひなし。末々の侍、親の位牌知行を取り、楽々と、その通りに世を送る事、本意にあらず。自分に（自分ができるだけ）奉公を勤め、官禄に進めるこそ、出世なれ。町人も、親に儲け貯《た》めさせ、譲状《ゆずりじやう》にて家督請取り、仕にせ置かれし商売（父祖代々基礎を築いてきた商売）、又は棚賃（家賃）・借銀《かしがね》（貸金）の利（利息）づもりして、あたら世をうかうかと送り、二十《はたち》の前後より、無用の竹杖（伊達につく杖）・置頭巾（たたんで頭に載せる頭巾）、長柄の傘さしかけさせ、世上かまはず（世間を軽視し）、僣上男《せんしやう》（傲りたかぶった男）、いかに、おのれが金銀使ふて、すればとて、天命を知らず。人は十三歳までは、わきまへなく（分別なく）、それより二十四五までは、親の指図をうけ、その後は我と世を稼ぎ（自力で商売にはげみ）、四十五までに、一生の家を固め（生涯暮らせる資産をつくり）、遊楽する事に極《きは》まれり。なんぞ、若隠居とて、男盛りの勤めをやめ、大勢の家来に、暇《いとま》を出《い》だし、外なる主取《しゆとり》をさせ（別の主人に仕えさせ）、末を頼みし甲斐なく（将来をあてにしたかいもなく）、難儀にあはしぬ。町人の出世は、下々を取合《とりあは》せ（使用人を能力相応に養成し）、その家を、あまたに仕分《わく》る（沢山に別家させる）こそ、親方の道なれ。惣じて、三人口までを、身過《みすぎ》とは云はぬなり。五人より、世を渡るとは云ふ事なり。下人一人も使はぬ人は、世帯持とは申さぬなり。旦那と云ふ者もなく、朝夕《てうせき》も、通ひ盆（料理を運ぶ盆）なしに、手から手に取りて、女房盛手《もりて》（妻の手で盛りて）食ふなど、いかに腹ふくるればとて、口惜しき事ぞかし。同じ世過ぎ（世渡り）、各別の違ひあり。これを思はば、暫時も、油断する事なかれ。金銀は回り持《もち》、念力《ねんりき》にまかせ（心をうちこんで）、たまるまじき物にはあらず。我《わが》夫婦より働き出《い》だし（桔梗屋夫婦は二人だけで働き始め）、今、七十五人の竈将軍《かまどしやうぐん》、大屋敷、願ひのままに、七つの内蔵・九の間の座敷、万木千草の外、銀《かね》の生《な》る名木《めいぼく》はびこりて、所は、しかも、長者町に住めり。」

壮年には精神をうちこみ、力の限り働けば、酬いられぬということはない。晩年には適宜遊興を楽しむことこそが商人の身過ぎの望ましいかたちだ、というのが西鶴の説く商人道である。これが元禄期の普遍的な考え方であったかもしれない。くりかえしていえば、巻三の「煎じやう常とはかはる問薬」の「長者丸」の説く長者の心得は西鶴の思想とは相容れない。

9

巻五から第二話「世渡りには淀鯉のはたらき」の鯉の働きの話を読む。

「爰《ここ》に、山城の淀の里に、山崎屋とて、身業《みすぎ》の種は、親代からの油屋なりしが、家職の槌の音（油搾木の楔を打つ槌の音）を嫌ひ、無用の奇麗好《ずき》、この家の福の神は、塵にまじはり給ひしに、竹箒《たけばはき》に恐《おそ》れて、出《い》でさせ給ふにや、次第に淋しくなりて、毎年、銀高減《へ》りて、自《おのづか》ら、槌・碓《からうす》の音も聞かぬやうに、何時となく、灯し油も絶へぬ。俄かに、昔の宝寺《たからでら》を祈る甲斐なく、手と身になりて（身一つに落ちぶれて）の思案、何とも、埒の明《あ》かぬ世渡り、小橋の下に魚はあれど、網なふて渕を覗き、弥陀次郎《みだじらう》が跡たれて（弥陀次郎の前例に倣って）、発心もならざれば、「兎角《とかく》、身を捨てて（捨身になって）稼がば、遅牛《おそうじ》も淀車の、廻《まは》り合せ良くば、二度《ふたたび》、家の栄へ行《ゆ》く事も」と、商《あきなひ》の道替《か》へて、鯉・鮒荷《にな》ふて、京通ひ、淀の川魚名物とて、殊更に売払ひ（よく売れ）、人も面《おもて》を見知りて、淀の釈迦次郎と、異名を呼びて、用ある方には、この者を待つ程になりてから、淀の里より、手振《てぶり》で（手ぶらで）行きて、丹波・近江より都に運ぶ鯉・鮒請《う》けて（仕入れて）、一日に、限りもなく売りける程に、風味《ふうみ》各別と、いひなして（評判になって）、同じ鯉・鮒を、外の者のは買《か》はざりき。商人は只、しにせ（信用）が大事ぞかし。その後、刺身《さしみ》を作りて、盛売《もりうり》（皿などに盛って一皿いくらで売ること）に、五分、三分にても、自由調《とと》へ（注文に応じ）ければ、京は、台所せちがしこく（計算高く）、人振舞（客のもてなし）にも、これにて埒を明《あ》け、次第に時花《はや》れば、その程なく、分限になりて、金銀蒔《まき》ちらして、両替の見せ（店）を出《い》だし、あまたの手代を抱へ、この家繁昌の時は、昔の鯉売の事は、云ひ出《い》だする人もなく、風俗も、自《おの》づから都めきて、新在家《しんざいけ》衆（新在家に住む上流商人）の衣裳をうつし、油屋絹の諸織《もろおり》を、憲法染の紋付、袖口、薄絹にして、三重《みつかさ》ね、小褄《こづま》高からず、裾長く、同じ羽織、豊かに見えて、歴々とは、云はで知れける。たとへば、公家《くげ》の落《おと》し子、大名の筋目あればとて、昔の剣《つるぎ》の売喰《うりぐい》、運は天に、具足は質屋にありては、時の役には立ちがたし。只、智恵才覚といふも、世渡《よわたり》の外はなし。」

鯉売から始めて、分限者になり、贅沢な衣裳を身に着けるようになった経緯の説明がある。たとえば諸織とは二本以上の糸を撚り合わせた糸で織った織物のことだが、その種の言葉の解釈は私の感興とは関係ない。要は智恵、才覚をどう使うかが問題なのだ、と西鶴は説いているのだと私は解している。

10

巻六の第二話「見立《みたて》て養子が利発」は小憎らしい程、利発な若者の話である。

「爰《ここ》に、通《とをり》町中橋の辺《ほとり》に、銭見世（店）出《い》だして、若い者数多《あまた》使へる人あり。日頃は、始末（節約）第一の人なれど、一両二歩の鯛を整《ととの》へて、ゑびすの祝義（夷講の御祝儀）を、渡しけるに、いづれも、何心も無ふ、夕飯を祝ひぬ。大勢の若い者の中に、この程、伊勢の山田の者とて、十年切つて（十年の約束で）抱へたる、十四になる小者、坐《すは》りし膳を（前に据えられた膳を）、二三度戴《いただ》き、食《めし》くはぬ先に、十露盤《そろばん》置《お》いて、「お江戸へ来たりて、奉公を致せばこそ、かかる活計（贅沢）にあふ事よ」と、ひとり呟きて、これを喜ぶ風情《ふぜい》、主人の目にかかりて、子細を尋ねられしに、「されば、今日の鯛の焼物、一両二歩にて、背切《せきり》十一なれば、一片《ひときれ》の値《あたい》、七匁九分八厘づつに、当るなり。小判は、五十八匁五分の相場に仕《つかまつ》る。算用（計算）してからは、銀をかむやうなる物なり。塩鯛・干鯛も、昔は生《なま》なれば、祝ふ心は同じ事、今日の腹も、常に変らぬ事（祝い日だからといって腹に変りはない）」と申せば、亭主、横手をうつて（感心して）、「さりとは、利発者、分別ざかりの手代どもさへ、何のわきまへもなく、箸を右の手に持つ物、とばかり心得て、主の恩をも、知らざるに、いまだ若年にして、物の道理を知る事、天理に（道理に）、かなふべき者なり」と、親類中を呼び寄せ、段々（詳しく）、物語りして、「この者を養子分にして、我家を譲るべし」と、一筋に、夫婦ともに思い入て、伊勢の親許へ、相談の人遣《つかは》しける時。」

ここまでが第一段落になり、このこましゃくれた若者が第二段の利発ぶりを示す。

「小者、その中へ罷《まか》り出《い》で、「いまだ、おなじみもなきうちに、御心入の程は、かたじけなし。然れども、国元へのお使《つかひ》は、ご無用なり。首尾せぬ時は、それ程の費《つゐへ》なり。殊に、御内証の事（この家の財政状態）、世は、はり物なれば（世間には見かけ倒しのことが多いという意味の諺）、手まはし（やりくり）ばかりにて、大分の借金のあるも存ぜず、よくよく見届け申さぬ中に、養子の契約は、なりがたし」と申せば、なを、この言分を感じ（感心し）」

ここでは主客逆転したかの感があり、士人がこの若者に自家の資産を説明することとなる。

「「その方が心もとなき事（不安な事）、尤もなり。さりながら、一銭も、人の物を借らず」と、毎年の勘定帳を見せければ、「有金、二千八百両」と知らせ、「この外《ほか》、金子百両、女房、後々《のちのち》、寺参り金に、この五年前に、のけて置ける」と、包みながら、封《ふう》じ目に、年号月日、書付置《お》きぬ。」

これから、さらに若者が主人に説教する。

「小者、これを見て、「さてもさても、商ひ下手なり。包み置きたる金子は、一両も多くはなるまじ、利発なる小判を、長櫃《なかびつ》の底に入置《いれお》き、年久しく、世間を見せ給はぬは、（中略）このお江戸に居ながら。やうやう、三千両の身代、これを、大きなる皃《かほ》つき、遊ばしける。私《わたくし》養子になさるるからは、四五年の中に、江戸三番ぎり（三番以内）の両替になる事、長生きして見給へ」。」

ここで彼は完全に主導権をとって亭主に申し渡す。

「まづ夫婦衆は、今日より毎日、談義ある寺参りし給ひ、その下向に（帰りに）、納所《なつしょ》坊主に近寄り、散銭ある程買給へ。」

以下は略す。ともかく、この若者は十五年経たぬ中に、三万両の分限者にし、夫婦は隠居して安楽に暮らすことになるのだが、ここまで、金銭に執着するのはどうなのか。西鶴はこの若者がこうして孝養をつくしたと書いているが、必ずしも推賞しているようにもみえない。儲け本意の社会批判の感が強いと思うのだが、どうだろうか。

11

『日本永代蔵』全五巻、全三十話は元禄期の商人の才覚のいきいきした在り方、繁栄と没落、活発な商業の発展の模様をまざまざと示している。やはり西鶴という作家の偉大さを堪能させる作である。同時に、元禄期という「時代」とその「時代」に生きた「人間」を描いた名作と思われる。

後記

本書に収めた文章の中、『武道伝来記』『武家義理物語』『本朝二十不孝』『日本永代蔵』『好色一代男』の五章は『ユリイカ』二〇一五年八月号から十二月号に発表したものである。

ひき続き西鶴の作品を読む文章を掲載していただくつもりで『好色五人女』（その一）、（その二）、『世間胸算用』を書きあげていた。ところが、その間、二〇一六年一月号からは、私の交友録といった文章を連載したらどうか、という提案を青土社の清水一人さんから受けた。私は西鶴に苦労していたので、清水一人さんの提案をうけることとした。ただ交友録では対象が友人に限られるので、先輩、肉親等を書くばあい、題名がふさわしくない。そこで、「私が出会った人々」と題することとした。

一方、書きためていた原稿が惜しいので、かねてから書くつもりでいた『万の文反古』についての文章を書き加え、連載した文章、書きためていた文章にこれを加え、本書を刊行していただくことになった。

西鶴をとりあげる以前に『ユリイカ』に連載した『私の日韓歴史認識』も途中で連載をうちきり、書きためていた残余を加えて刊行していただいたものであった。連載をこうして途中でうちきるのは、私が小心なため締切に間に合わないことを怖れ、いつも三、四回分書きためているので、連載している間、関心がすでに他に向かっているためであるといってよい。

『私の日韓歴史認識』は日清戦争以降の日韓関係の歴史をとりあげているとはいえ、現代的関心の対象となっている問題なので、次は古典を読む感興を記した文章を発表したいと思った。旧制中学五年生のとき、江戸文学に興味をもって、若干を読み、ことに西鶴の『武家義理物語』に、武士の義理とはこれほどに苛酷なものか、ということにふかい感銘を覚えた。衆道については気づかなかった。私が衆道を知らなかったためかもしれないし、あるいは衆道に関する個所は伏字にされていたのかもしれない。『好色一代男』などは全頁ほとんど伏字であったので読まなかったが、『日本永代蔵』なども面白く読んだ記憶があった。そうした記憶から西鶴をとりあげることにしたのだが、たんに興味で読みとばすのと違って、感興を記すために読むばあい、西鶴を読みこなすにはあまりに私は古典の素養に乏しかった。現在では多くの作品に注釈が加えられているし、古語辞典の類も多く刊行されている。それでも、私が正確に本書に収めた西鶴の作品を読みこなすことができたとは思っていない。ただ、西鶴の作品の興趣の一部は拾いあげることができたのではないか、と自負している。
本書の刊行にさいしては、例により青土社社長の清水一人さんの厚意をいただき、前著『萩原朔太郎論』のさい、校閲、校正の労をとってくださった水木康文さんに本書についてもご面倒をおかけした。連載中は『ユリイカ』編集部の明石陽介さんのお世話になった。これらの方々に心からお礼を申し上げたい。

中村稔

二〇一六年三月五日

西鶴を読む

2016年4月20日　第1刷印刷
2016年5月10日　第1刷発行

著者――中村 稔

発行者――清水一人
発行所――青土社
東京都千代田区神田神保町1－29 市瀬ビル 〒101-0051
［電話］03-3291-9831（編集）03-3294-7829（営業）
［振替］00190-7-192955
印刷所――ディグ（本文）
方英社（カバー・扉・表紙）
製本所――小泉製本

装幀――菊地信義

ISBN978-4-7917-6920-9 Printed in Japan

中村稔の本

詩集
新輯 うばら抄　二三三〇円
新輯・幻花抄　一八〇〇円

随想集
日の匂い　一七四八円
スギの下かげ　一八〇〇円
人間に関する断章　二三〇〇円
食卓の愉しみについて　一九〇〇円
古今周遊　二二〇〇円

評論
萩原朔太郎論　三二〇〇円
芥川龍之介考　二二〇〇円
樋口一葉考　二二〇〇円

中也を読む　詩と鑑賞　二二〇〇円

司馬遼太郎を読む　一九〇〇円

平家物語を読む　一九〇〇円

私の詩歌逍遙　二六〇〇円

私の日韓歴史認識　二二〇〇円

文学館を考える　文学館学序説のためのエスキス　一九〇〇円

自伝

私の昭和史　二四〇〇円

私の昭和史・戦後篇　上・下　各二四〇〇円

私の昭和史・完結篇　上・下　各二四〇〇円

著作集

中村稔著作集　全六巻　各七六〇〇円